閱讀經典，成為更好的自己。

愛經典

金閣寺

尤海燕——譯

三島由紀夫

緣起

愛經典

卡爾維諾說：「『經典』即是具影響力的作品，在我們的想像中留下痕跡，並藏在潛意識中。正因『經典』有這種影響力，我們更要撥時間閱讀，接受『經典』為我們帶來的改變。」因為經典作品具有這樣無窮的魅力，時報出版公司特別引進大星文化公司的「作家榜經典文庫」，期能為臺灣的經典閱讀提供另一選擇。

作家榜經典文庫從二〇一七年起至今，已出版超過一百本，迅速累積良好口碑，不斷榮登各大暢銷榜，總銷量突破一千萬冊，本書系的作者都經過時代淬鍊，其作品雋永，意義深遠；所選擇的譯者，多為優秀的詩人、作家，因此譯文流暢，讀來如同原創作品般通順，沒有隔閡；而且時報在臺推出時，每部作品皆以精裝裝幀，質感更佳，是讀者想要閱讀與收藏經典時的首選。

現在開始讀經典，成為更好的自己。

目次

第一章
初遇金閣[1]

從小時候起，父親就經常對我講起金閣[2]。

我出生的地方是位於舞鶴東北方的一個伸向日本海的荒涼海角。父親的故鄉並不是那裡，而是舞鶴東郊的志樂。他被人懇求著當了和尚，成了這偏僻海角的寺院的住持，又在當地娶妻，於是有了我這個孩子。

成生岬寺院的附近沒有合適的中學。不久，我就離開了父母的膝下，寄宿在父親故鄉的叔叔家，從那裡每天走去東舞鶴中學上學。

1 本書章節標題為編者所加。

2 日本室町幕府第三代將軍足利義滿建造的三層建築。義滿從將軍位子上退下來之後，於一三九七年在京都北山投入巨額資金建造了豪華的別墅。這別墅在他死後成為了禪宗的鹿苑寺(又稱金閣寺)。金閣的名稱來源於其中貼滿了金箔的舍利殿。金閣是北山文化的精華，室町幕府鼎盛時期的象徵，昭和二十五年(一九五〇)被燒毀，昭和三〇年(一九五五)重建。

父親的故鄉，是一片陽光燦爛的土地。但是，每年到了十一、二月的時候，即便是萬里無雲的大晴天，一天裡也會下四、五次寒冷的驟雨。我變幻無常的心情，肯定就是這片土地養育出來的吧。

五月的傍晚，我放學回來後，就會從叔叔家二樓的讀書室，眺望對面的小山。夕陽照在新葉青蔥的山腰上，好似在原野正當中豎起了一扇金色的屏風。看到此景，我就不禁開始想像金閣了。

雖然經常在照片和教科書上看到真實的金閣，但在我心目中，還是父親講述的夢幻的金閣更勝一籌。父親絕對沒有給我講過現實中的金閣多麼金光閃閃。父親只是說，世上沒有比金閣更美的東西了。而且，無論是從「金閣」的字面上，還是從發音上，我心中描畫出來的金閣，都是無與倫比的。

遠處的水田在陽光下閃著光。我想，那就是看不見的金閣的投影。福井縣和京都府交界處的吉坂坡，正好位於正東方向。太陽從坡上升起。雖然與現實的京都方向相反，但我從那山谷的朝陽裡，看到了金閣向著早晨天空高聳挺立的雄姿。

就這樣，金閣無處不在，但又不是現實。這一點與這裡的海非常相似。舞鶴灣位於志樂村西一里半[3]，海被山遮住，從陸地上看不見。但是這片土地上，總是飄蕩著海的預感。風中有時能聞到海的氣味，海上波濤洶湧時，成群的海鷗就會逃到陸上，飛落在水田裡。

我本來就身體孱弱，無論是跑步還是單槓都比不過別人，再加上天生的口吃，越發使我消極退縮。大家都知道我是寺院的孩子。頑皮的孩子都學口吃和尚結結巴巴地念經來嘲笑我。講談[4]中，一出現口吃捕快的場景，他們就故意大聲讀出來給我聽。

口吃，無疑在我和外界之間設置了一道屏障。我老是不能順暢地發出第一個音。第一個音是我的內部和外界之間的大門上的一把鎖，但這鎖從來沒有順利地打開過。一般人都能夠自由地運用語言打開自己內部和外界之間的大門，使內外暢通無阻。而我，卻無論如何也做不到。我的這把鎖徹底鏽住了。

口吃的人，在為發出第一個音而無比焦躁時，簡直就像要把身子從內部的濃厚黏膠裡拚命掙脫出來的小鳥一般。等好不容易掙脫出來，卻為時已晚。的確，外界的現實有時也會在我苦苦掙扎的時候，停下來等我。但是，等待我的現實已經不是新鮮的現實了。儘管我大費周章才到達了外界，那裡卻總是瞬間就變色了，偏離了——只有如此才是適合我的、失去了鮮度的現實，半散發著腐臭的現實。這樣的現實擋在了我的面前。

3 日本的一里約為三·九二七公里。此處一里半就是將近六公里。

4 日本類似評書的一種曲藝形式，講述人利用一桌一扇，為觀眾講述歷史故事（朝代更迭、英雄征戰和遊俠傳）和虛構故事等。

不難想像，這樣的少年會擁有兩種相反的權力意志。我喜歡歷史上關於暴君的記載。如果我是口吃且沉默的暴君，眾臣下就會終日戰戰兢兢，看著我的臉色度日吧。我根本不需要用明確流暢的言語來使我的殘暴正當化，因為，我的沉默會把所有殘暴正當化。這樣，我一面沉浸在幻想著將平日輕蔑我的老師和同學依次處刑的快樂裡，一面又徜徉在我是自己內部世界的王者，是靜靜洞悉一切的大藝術家的空想裡。從外表看，我的確是貧弱少年，但內心比誰都富足。一個有著難以抹去的缺陷的少年，悄悄想像自己是個不為人知的天選之子，難道不是理所當然的嗎？我感到，這個世界上的某個角落，還有一個連我自己也不知道的使命在等待著我。

……不禁想起了這樣一段往事。

東舞鶴中學是一所有著明亮校舍和廣闊操場的新式學校，被連綿的群山包圍著。

五月的一天，我們的學長、舞鶴海軍輪機學校的一個學生，請假回來母校玩。

他的皮膚曬得黝黑，從壓得很低的制服帽簷可以看到高挺的鼻梁。從頭頂到腳尖，都可謂是不折不扣的少年英雄的風姿。他對著我們這些後輩淨講那些軍紀嚴明的艱苦生活。他用講述極盡豪奢的生活的口吻，來描述那些本應悲慘的生活，一舉手一投足都充滿了自豪。他那樣年輕，卻完全知曉自身謙遜的分量。他像迎著海風前進的船頭雕像一般，挺著白條橫紋制服的前胸。

大谷石砌成的兩三級石階通向下面的操場，他當時就坐在那個臺階上。在他周圍，是四、五個聽得入迷的學弟。斜坡上的花圃裡開滿了五月的花朵，鬱金香、香豌豆、銀蓮花、虞美人爭相綻放。頭頂上，厚朴樹盛開著豐碩的白色大花。

說話人和聽話人，個個都像紀念雕像一樣一動也不動。我呢，就在離他們大約兩公尺遠的操場的長椅上，一個人坐著。這就是我的禮儀，是我對五月的花朵、充滿自豪的制服和明朗笑聲的禮儀。

不過，比起他的那些崇拜者，少年英雄好像對我更加在意。因為只有我看起來完全不把他當回事，這傷害了他的自尊。他向大家打聽了我的名字，然後對著初次見面的我打起了招呼：「喂，溝口。」

我依舊沉默著，死死地盯著他。他那面對著我的笑臉裡，有種類似權力者的屈尊俯就。

「不回答點什麼嗎？你是啞巴嗎？」

「他是結、結、結巴。」他的一個崇拜者替我回答了。

大家都笑彎了腰。嘲笑是多麼耀眼的東西啊。在我看來，這些同年級的少年，他們青春期特有的殘酷笑聲，簡直就像閃閃發光的繁葉，粲然奪目。

「原來是結巴呀。你不想進海機嗎？結巴這種東西的，一天就能給你掰過來！」

不知為何，我馬上口齒清晰地回答了他。話語流暢，和意志無關，一下子脫口而出。

「不想進。我要當和尚。」

大家一瞬間安靜了。少年英雄低下頭，隨手摘了一根草莖，銜在嘴裡。

「嗯，這樣的話，幾年後我也要承蒙你關照了啊。」

那一年，太平洋戰爭已經爆發了。

……此刻在我心裡，確乎生出了一種自覺。我在黑暗的世界裡張開雙臂等待著。不久，五月的花朵、制服、不懷好意的同學，都會落入我張開的雙臂之中。我將在底下把這個世界用力擰緊，抓住……但是，若是這種自覺成為少年的自豪，也未免太沉重了。

自豪必須是更加輕快、明亮、能清晰可見、粲然奪目的。我想要清晰可見的東西。我想要誰都可以看得見，能夠成為我的驕傲的東西。比如說，他腰間垂著的那把短劍，正是這樣的東西。

中學生誰都嚮往的短劍，真是美麗的裝飾品。據說海軍學校的學生偷偷地用那短劍削鉛筆。把這樣莊嚴的象徵故意用在日常瑣事上，是多麼的風雅啊。

正好，海軍學校的制服被他脫了下來，隨意地搭在了塗著白漆的柵欄上，還有制服褲子和白色的襯衫……這些衣物緊挨著花朵，散發著帶有汗臭的年輕肌膚的氣息。蜜蜂也弄錯了，停歇在白色耀眼的襯衫之花上。裝飾著金色緞帶的制服帽子，就像戴在他頭上一樣，深深地端扣在一根柵欄上面。原來他被那些學弟下了戰書，去裡面的摔跤場比賽相撲了。

這些被脫下的衣物，給人一種榮譽墓地的印象。而無數五月的花朵，又加深了這種印象。特別是帽簷折射著漆黑反光的制帽，還有旁邊搭著的皮帶和短劍，和他的肉體割裂開來，反而散發著抒情的美，它們本身就像回憶一樣完整……就是說，看起來宛如少年英雄的遺物。

我確認了周圍沒有人。摔跤場那邊傳來了歡呼聲。我從口袋裡掏出了一把生鏽的削鉛筆的小刀，偷偷地靠近，在他那美麗短劍的黑色劍鞘的裡側，深深地劃了兩三道醜陋的刻痕……

……看了前面的敘述，也許馬上就會有人斷定我是一個詩意少年吧。但是迄今為止，豈止是詩，就連手記這樣的東西我都不曾寫過。用別的才能去填補自己低於常人的部分，並以此出類拔萃——這樣的衝動，我是沒有的。換言之，我過於傲慢，以至於並不想當藝術家。想當暴君和大藝術家的夢想充其量只不過是夢想而已，我根本沒有著手將它們變成現實的打算。

因為不被他人理解成為了我唯一的自豪，所以我再也沒有為了要讓人去理解什麼而努力表達的衝動。我覺得，我天生就沒有被賦予能引人注目的東西。孤獨瘋狂地長大，簡直就像豬一樣。

我突然回憶起我們村裡發生的一個悲劇事件。這件事明明和我沒有半點關係，但是，我的確與它相關並且參與其中的感覺，卻揮之不去。

這個事件，讓我一下子面對了世間的一切——人生、肉欲、背叛、恨和愛，所有的一切。而其中潛藏著的崇高要素，我的記憶卻自作主張地否定並忽視了。

與叔叔家相隔兩棟房子的人家，有一個漂亮的女兒，叫作有為子。她有一雙澄澈的大眼睛，也許是因為家境殷實吧，整天一副高傲的樣子。雖然被大家寵愛呵護，但她老是獨來獨往，不知道在想些什麼。善妒的女人都散布謠言，說有為子雖然可能還是個處女，但看她那面相，分明就是石女啊。

有為子當時剛從女校畢業，進了舞鶴海軍醫院當特別志願護士。從家裡到醫院距離不遠，可以騎自行車通勤。可是上早班時天濛濛亮就要出門，比我們的上學時間要早兩個多小時。

有天晚上，我思戀有為子的身體，沉浸在陰鬱的空想裡，一夜都沒睡好。於是很早就從被窩裡出來，穿上運動鞋，走進夏天黎明前黑暗的戶外。

思戀有為子的身體，那晚不是第一次。起初一有機會就想像的東西，漸漸地凝固起來，像思念形成的團塊，有為子的身體凝結成了一個潔白、充滿彈性、浸在幽暗陰影中的芳香肉體。我想像著觸摸它時手指的灼熱，又想像著它反抗我手指時的彈力和花粉般的香氣。

我沿著微曦中的道路筆直地奔跑。連石頭都不曾羈絆我的腳，黑暗在我面前自由自在地開闢了道路。

就在那裡，道路變寬了，我來到了志樂村安岡的村頭上。那裡有一棵巨大的櫸樹，樹幹被朝露濡溼了。我躲在樹根那裡，等著有為子從村子那邊騎著自行車過來。

我只是等著，沒有想做什麼。我氣喘吁吁地跑過來，在櫸樹下休息著，並不知道這之後要做什麼。但是，因為我一直過著和外界無緣的生活，所以我產生了一種一旦闖入外界，就無所不能的幻想。

黑斑蚊叮了我的腿。雞鳴四起。我透過晨霧眺望路上。遠處升起了白色朦朧的影子，看起來好像曙色，其實那就是有為子。

有為子騎著自行車，開著前照燈。自行車無聲地滑行而來。我從櫸樹後面跑到了自行車前。自行車慌忙地急剎車了。

那時，我感到自己瞬間石化了。意志、欲望、所有的一切，都變成了石頭。外界和我的內部毫無關係，再次成為了包圍著我的無法撼動的事實。從叔叔家跑出來，穿著白色運動鞋，沿著黎明前的黑暗道路跑到這櫸樹下的我，只不過是一口氣沿著自己內部世界的道路跑過來了而已。隱約浮現在熹微晨光中的村裡重疊的屋頂、黑色的樹林、青葉山的黑色山頂，甚至連眼前的有為子，都已經完全失去了意義，令人悚然。不等我的參與，現實就橫在了那裡。而且，以我從未經歷過的分量，這無意義、巨大，而漆黑的現實，被沉甸甸地交給了我，向我逼來。

語言應該是此刻唯一的救星吧，我依舊這麼想著。這是我特有的誤解。有必要採取行動的時候，我總是糾結著語言。因為語言很難從我的嘴裡發出，所以我只糾結於它而忘記了行動。我一直以為，光怪陸離的行動總是會伴隨著光怪陸離的語言。

我什麼也沒看。然而現在想來，有為子可能剛開始很害怕，但一旦發現了是我，就一直盯著我的嘴看了。那個在熹微晨光中徒勞地蠕動而無趣的黑暗小洞，就像是野生小動物的巢穴一般髒汙醜陋的小洞——也就是我的嘴——她恐怕是一直盯著看的吧。然後，當她確定了從那裡沒有發出任何與外界連結的力量時，就安心了。

「幹什麼呀！也不學好，你這個小結巴！」

有為子開口了，那聲音裡有著晨風般的端正和颯爽。她按著車鈴，踩上腳踏板，像避開石頭一樣繞開了我。明明前面沒有一個人，騎車離去的有為子卻好幾次按響車鈴，直到消失在遠處的田野那頭。那鈴聲，在我聽起來就像是嘲笑一般。

——那天晚上，因為有為子告狀，她的母親來到了我叔叔家。我被平日溫和的叔叔狠狠地訓了一頓。於是我詛咒有為子，希望她去死。結果幾個月之後，我的願望實現了。從此以後，我對詛咒的力量深信不疑。

無論睡著還是醒著，我都詛咒有為子死掉。我從心裡希望我奇恥大辱的見證人就此消失。只要沒有了證人，我的恥辱就會從世界上徹底消失吧。他人都是證人。可是，如果沒有他人，恥辱就不會產生。我從有為子的面影，從她在微熹中像水一樣閃閃發光、一直盯著我嘴巴的眼睛後面，看到了他人的世界——絕不會讓我們一個人獨處的，甚至進而成為我們的共犯和證人的他人的世界。他人必須全部滅亡。為了我能真正地面對太陽，世界必須毀滅……

我被有為子告狀的兩個月後，有為子向海軍醫院辭了職，待在家裡不出門了。村裡的人議論紛紛。到了秋末，那個事件發生了。

……我們做夢也沒想到，村子裡混進了海軍的逃兵。中午村公所來了憲兵，不過憲兵來村裡也並不是什麼稀奇事，所以我們也都沒太在意。

那是十月末的一個清朗秋日。我像往常一樣去了學校，回家做完作業，準備睡覺了。正要熄燈時，村裡道路上傳來了眾人像狗群一樣喘著氣奔跑的聲音。我跑下樓，門口一個同學站在那裡，朝著起身的叔叔、嬸嬸和我，睜圓了眼睛大喊道：

「剛才就在那邊，有為子被憲兵抓住了！一起去看吧！」

我趿拉著木屐就跑了出去。月光皎潔，收割後的稻田裡到處都落下了稻架清晰的影子。

在一片樹叢底下，黑魆魆的人影攢動。穿著黑衣的有為子坐在地上，臉色慘白。周圍是四、五個憲兵和她的父母。其中一個憲兵把一個便當包袱似的東西伸到她面前，大聲怒喝著。父親不停地四處轉動腦袋，時而向憲兵道歉，時而呵斥女兒。母親就蹲在地上哭。

我們在一田之隔的壟上眺望著。看熱鬧的人漸漸多了起來，都肩並著肩沉默無語。月亮像被擰了水一樣變小了，掛在我們的頭上。

同學悄悄在我耳邊說明了事情的經過。

說是拿著便當包袱從家裡出來，正準備去旁邊村子的有為子被埋伏的憲兵抓住了。那個便當一定是要送去給逃兵的。逃兵和有為子在海軍醫院在一起了，有為子懷了孕被海軍醫院趕了出來。憲兵逼問她逃兵的藏身之地，有為子就坐在那裡一動不動，頑固地沉默著……

我呢，則目不轉睛地盯著有為子的臉。她像是一個被抓住的瘋女，在月光下靜默著。

我從來沒有見過那樣一張寫滿拒絕的臉。我覺得自己的臉是被世界拒絕的臉。但是，有為子的臉卻拒絕了全世界。月光毫不留情地瀉在她的額頭上、眼睛上、鼻梁上、臉頰上。但她那紋絲不動的臉只是被月光洗過而已。只要稍微一眨眼、一張嘴，她企圖拒絕的世界就會以此為信號，從那裡崩塌陷落吧。

我屏氣凝神地看著。歷史在那裡中斷，只有一張無論是向著過去，還是向著未來，都一言不發的臉。那樣不可思議的臉，我們有時會在剛被伐倒的樹樁上見到。即便帶著新鮮水靈的色彩，但成長已經在那裡斷絕，沐浴著原本不可能感受到的風和陽光，突然暴露在原本不屬於自己的世界的樹樁斷面上。那美麗的木紋刻畫出來的不可思議的臉，只是為了拒絕，向著這邊的世界伸出來……

我不由得感到，有為子的臉如此美麗的瞬間，無論是在她的一生裡，還是在看著它的我的一生裡，都不可能再有第二次了。但是，它持續的時間，並沒有我預想的長。那張美麗的臉上，突然發生了變化。

有為子站了起來。那時我好像看見她笑了。我好像看到了月光下她那潔白的門牙閃閃發光。對於這變化，我無法記錄更多。因為起身後的有為子的臉，從明亮的月光下逃開，隱進了樹叢的陰影裡。

沒能看到有為子決心背叛的那一瞬間的變化，我感到遺憾。如果仔仔細細地看到那個過程，我也許會萌發出寬恕人類的心、寬恕所有醜惡的心。

有為子伸手指向鄰村的鹿原山陰處。

「金剛院！」

憲兵叫了起來。

之後，我也感到了一種像小孩子趕廟會般的喜悅。憲兵分頭從四面包圍了金剛院，並請求村民給予幫助。我出於一種不懷好意的興趣，和其他五、六個少年一起加入了被押著帶路的有為子的第一隊。月光下，有為子被憲兵簇擁著走在前面，步伐堅定，我感到了驚訝。

金剛院是座名剎。它位於距離安岡步行約十五分鐘的山麓，裡面有高丘親王親手種植的榧樹，以及相傳是左甚五郎[5]所建的優雅的三重塔。我夏天經常去後山的瀑布玩水。河邊有大殿的圍牆。殘破的牆上芒草茂密，那白色的穗子就是夜裡看起來也豐美潤澤。大殿的大門旁邊盛開著山茶花。一行人默默地沿著河邊走著。

金剛院的佛堂建在更高處。走過獨木橋，右邊是三重塔，左邊是紅葉林，盡頭高聳著一百零五級長滿青苔的石階。臺階是石灰石的，很容易滑腳。

過獨木橋之前，憲兵回頭用手勢止住了一行人的腳步。據說過去這裡有運慶、湛慶[6]所建的仁王門。從那裡再往裡，九十九谷的群山都是金剛院的領地。

……我們都屏住了呼吸。

憲兵催促了有為子。她一個人走上獨木橋，我們也馬上緊隨其後。石階的下方被陰影籠罩著。但是從中段往上，就進入了明亮的月光之中。我們分頭躲在石階下方的陰暗角落。開始變色的紅葉，在月光下顯得黑魆魆的。

石階之上是金剛院的正殿。從那裡向左斜架出一條遊廊，通向神樂殿[7]似的空佛堂。那空佛堂模仿清水寺舞臺的樣子伸向空中，組合起來的大量柱子和橫梁，從懸崖底下支撐著它。佛堂、遊廊和支撐的梁柱，都在風雨的洗禮下，變得像白骨一樣，清淨潔白。

在紅葉繁茂的季節，紅葉的顏色和這白骨一般的建築顯現出美麗的和諧。夜晚，到處沐浴著斑駁月光的白色梁柱，看起來既怪異，又妖豔。

逃兵好像藏身在舞臺上方的佛堂裡。憲兵想要把有為子當作誘餌來捕捉他。

我們這些證人躲在陰影裡，大氣不敢出。儘管被十月下旬的寒冷夜氣籠罩著，我的臉頰依然發燙。

有為子獨自一人，走上了一百零五級的石灰石臺階，就像狂人一樣自豪……黑色的衣服和黑色的頭髮之間，只有那美麗的側臉潔白如玉。

月亮、星星、夜空的雲、以如茅的杉樹形成的稜線和天空接壤的群山、斑駁的月影、白茫茫浮現出的建築，所有的這一切裡，有為子背叛的清澄的美讓我沉醉。她有資格一個人挺胸登上這白色的石階。這背叛，就如同星星、月亮，以及茅杉。即，她和我們這些證人一起住在這個世界，接受這個大自然。她是作為我們的代表，向上攀登著石階的。

5 安土桃山時代到江戶時代初期的著名工匠首領，受到豐臣秀吉和德川家康的寵愛。

6 運慶，生歿年不詳，鎌倉時代初期的佛像雕刻家。他將寫實的新風引入傳統的定式化雕刻，創造出了生動的雕刻樣式。湛慶（一一七三－一二五六），運慶之子、雕刻家。與父親一起投入了東大寺和興福寺的佛像製作。

7 神社內用於演奏神樂的殿舍。

我不禁這麼想著，呼吸急促。

「因為背叛，她終於接受了我。她現在是我的了。」

……所謂的事件，會在某個地點從我們的記憶中墜落消失。攀登一百零五級布滿苔蘚的石階的有為子還在眼前，她好像會永遠不停地爬上去。

可是，在那之後她突然變了一個人。也許是登上石階盡頭的有為子，再一次背叛了我、背叛了我們。從那時起，她並不是全盤拒絕這世界，也不是全盤接受。她只是屈服於愛欲的秩序，墮落成了為一個男人獻身的女人。

所以，我只能把它當作古老的石版印刷一般的光景來回憶了……有為子穿過了遊廊，向著佛堂的黑暗處呼喊。男人的身影出現了。有為子對他說了些什麼。男子向著下面的石階，開槍射擊了。應戰的憲兵，也從石階旁的樹叢裡開槍還擊。男人再一次握槍瞄準，向著企圖逃向遊廊的有為子背後連發數彈。有為子倒下了。男人將槍口對準自己的太陽穴扣動了扳機……

——以憲兵為首，大家沿石階蜂擁而上，奔向兩人的屍體，我卻躲在紅葉的影子裡一動不動。白色柱梁縱橫交錯，在我的頭頂上聳立著。眾人跑過鋪著木地板的遊廊時雜亂的足音，變成了極其輕快的聲音，從上面飄落下來。兩三束手電筒的電光交錯，穿過了欄杆，照到了紅葉的樹梢上。

我只覺得這一切都是遙遠的事情。鈍感的眾人，只要沒有流血就不會慌張。然而，流血都是悲劇發生之後了。我不知不覺打起盹來。醒來的時候，大家已經忘記我，四周鳥聲婉轉，朝陽的光芒直射進了紅葉林的深處。白骨似的建築從地板下面迎接著晨曦，甦醒了過來，靜靜地，驕傲地，朝著長滿紅葉的山谷，伸出了空佛堂。

我站起身來，打了一個寒戰，將身體各處揉搓了一遍。只有寒冷留在了身體裡面。留下來的，也只有寒冷。

＊＊＊

第二年春假時，父親在國民服[8]外披著袈裟，來到了叔叔家，說是要帶我去京都過幾天。父親的肺病已經很嚴重，他的衰弱讓我吃了一驚。不光是我，連叔叔嬸嬸都勸他不要去京都，但他不聽。之後我才領悟到，父親是想趁自己還活著的時候，把我引見給金閣寺的住持。

當然，去拜訪金閣寺是我長年以來的夢想。可是，和無論怎麼強打精神、任誰看來都是重病之人的父親一起旅行，我就不太情願了。隨著尚未謀面的金閣越來越近，我卻

8 一九四〇年日本制定的類似軍服的國民常用服裝，二戰期間很多男子穿著。

心生躊躇。無論如何，金閣都必須是美的。於是，比起金閣本身的美，我將一切都賭在了想像金閣之美的我內心的能力上。

按少年的頭腦能夠理解的程度，我也算是通曉金閣了。一般的美術書，都是這麼講述金閣歷史的：

「足利義滿接手了西園寺家的北山殿，在這裡建設了規模宏大的別墅。其主要建築有：舍利殿、護摩堂、懺法堂、法水院等佛教建築，以及宸殿、公卿間、會所、天鏡閣、拱北樓、泉殿、看雪亭等居住建築。舍利殿被傾注了最多的心血，這就是之後被稱為『金閣』的建築。難以確定什麼時候開始被叫作『金閣』的，據說是從應仁之亂之後。到了文明年間，這個叫法就已經非常普遍了。

「金閣是一座面向廣闊苑池（鏡湖池）的三層樓閣。一三九八年（應永五年）左右建成。一、二層是中古貴族居住形式的寢殿風格，設有格子板窗；第三層是方三間的禪堂、佛堂式風格，中央是門上有縱橫框架、內裝薄板的唐風雙開門，左右是花頭窗[9]。檜樹皮覆蓋的寶塔形屋頂上，鍍金的銅鳳凰展翅欲飛。而人字形屋頂的釣殿（漱清亭）伸向池面，打破了整體的單調。屋頂的斜坡平緩，屋簷由稀疏的椽子組成。各部分尺寸比例精細，優美而輕快，是住宅風格和佛堂風格融為一體的庭園建築傑作，是充分吸收了貴族文化的義滿趣味的體現，非常傳神地再現了當時的氣氛。

「足利義滿死後，依照他的遺命，北山殿改為禪宗寺院，號鹿苑寺。其間的建築也移到他處或者荒廢，只有金閣倖存了下來……」

正如夜空中的月亮一般，金閣是作為黑暗時代的象徵而建造的。因此，我夢想中的金閣，必須要有湧向其四周的黑暗做背景。在黑暗中，金閣美麗纖細的柱子結構，從內部發出微光，穩固而安靜地坐在那裡。無論別人向它傾訴什麼，這美麗的金閣，總是無言地展示著它纖細的骨架，忍受著周圍的黑暗。

我又想起了屋頂上那隻經歷了幾百年風吹雨打的鍍金銅鳳凰。這隻神祕的金色大鳥，既不報曉，也不振翅，一定已經忘記了自己是一隻鳥吧。但是，看起來不飛，並不意味著它不在飛。其他的鳥是在空間裡飛翔，這隻金鳳凰是展開閃光的翅膀，永遠地在時間裡飛翔。是時間拍打著它的雙翼，向後方流逝。因為是在飛翔，鳳凰只需保持不動的姿勢，圓睜怒眼，高展雙翼，讓尾羽迎風飛揚，用它那莊嚴的金色雙腳踏踏實實地抓牢屋頂就好。

這麼想著，我不禁感覺，金閣本身就是一艘飛渡時間之海的美麗之船。美術書上所說的「牆壁很少、四面通透的建築」，會讓人聯想到船的構造，而這複雜的三層屋形船前面的池塘，又令人想到大海。金閣穿過了無數的黑夜而來。這是無窮無盡的航海。白天，這艘不可思議的大船若無其事地拋錨靜駐，任憑眾人前來觀賞。夜晚，它從周圍的

9　上部為曲線狀的禪宗風格的窗戶。

黑暗裡借了力量，將屋頂像風帆一樣張滿，繼續起航前行。

我人生中最初碰到的難題，可以說就是「美」。父親是樸素的鄉下僧人，語彙貧乏，只會告訴我「世上沒有比金閣更美的東西了」。在我未知的地方已經存在著美，我不由得為這種想法感到不滿和焦躁。因為，如果在那裡，美確實存在的話，那麼，我的存在，就是被美排除在外了。

可是金閣對我來說，絕對不是虛幻的觀念。它是一個實體，雖然有群山阻隔，但只要我想見，就可以去見它。美，就是這樣能夠用手指觸摸，能夠清晰地映入眼簾的物體。我一直都知道，我也一直都相信，在世界萬千的變幻裡，不變的金閣依然實實在在地存在著。

我有時候覺得金閣是能夠被我一手掌握的精緻小巧的手工藝品，有時候又覺得它是高聳入雲占據整個天空的巨大怪物般的伽藍[10]。美，應該是不大不小、纖穠合度，可惜當時只是少年的我並不知道。於是，當我看到嬌小的夏花在朝露裡散發著朦朧的光彩時，就會想這真像金閣一樣美麗啊。當我看到群山對面烏雲密布、雷聲陣陣，看到那黑雲閃閃發光的金邊時，也會想到金閣的宏偉壯觀。最後，就連看到美人的臉龐，我也會在心中形容「像金閣一樣美」了。

這次的旅行令人悲傷。列車沿著舞鶴線行駛，從西舞鶴站開始，在真倉、上杉等小站每站停車，經過綾部，向著京都前進。車廂裡很髒，在保津峽沿線的隧道遍布之地，煤煙呼呼地灌進車裡，令人窒息。父親一直猛咳不止。

乘客大多是多少和海軍有關的人。三等車裡坐滿了下士、水兵、工人，以及去探望海軍軍團後回來的家屬。

我看著窗外陰沉沉的春日天空。我看著父親在國民服外披著的袈裟，看著健康年輕的下士金色扣子在制服上跳躍著的胸脯。我感到自己好像處在他們兩者之間。我成年後也會被軍隊徵兵的。但是，我即便當了士兵，也能像眼前這些下士一樣盡忠職守嗎？總之，我腳跨著兩個世界。我雖然還這麼年輕，但已感覺在我醜陋頑固的額頭下面，父親所掌管的死的世界和年輕人的生的世界，正以戰爭為媒介漸漸糾纏在一起。我就是那個將兩者連在一起的結吧。如果我戰死，有件事情應該就會明瞭——無論走眼前岔道的哪一條，不用說結局都是相同的。

我的少年時代呈微明色地渾濁著。漆黑的世界固然令人恐懼，但白晝一樣清晰可見的「生」，也不屬於我。

我一邊悉心看護著咳嗽不止的父親，一邊不時看著窗外的保津川。保津川呈現出像化學實驗用的硫酸銅那樣濃厚的深藍色。每當列車鑽出隧道，就會看到保津峽一會兒遠

10 佛教寺院建築物的總稱。

離鐵路，一會兒又出乎意料地逼近眼前，被光滑的岩石包圍著，轟隆隆地轉動著那深藍色的轆轤。

父親有些不好意思地在車裡打開了白米飯團的便當。

「這可不是黑市的米。既然是施主的心意，咱們得高興地領受才好啊。」

父親用能讓周圍聽見的音量這麼說著，吃了起來。可是並不算大的飯團，他也勉強只吃下了一個。

我不覺得這列被煤煙熏黑的舊火車是駛向京都的，我感覺它在朝著死亡的車站前進。這麼一想，每次經過隧道就充滿車廂的煤煙，聞起來都有一股火葬場的氣味了。

……但是，當我終於站在鹿苑寺山門前的時候，我的心還是怦怦直跳了。因為我馬上就可以看到這世上最美的東西了。

日已西斜，群山被煙霞籠罩著。幾名觀光客和我們一起進了大門。在大門左邊，鐘樓的四周有一片掛著殘花的梅林。

父親站在種著一棵高大麻櫟樹的大殿正門處，請求引見。回覆說住持正在接待客人，要我們等二三十分鐘。

「那就趁機看一下金閣吧。」父親說。

父親大概是想讓我看看他能利用關係，不花錢就帶我進去參觀。但無論是賣票的還是驗票的，都完全不是十幾年前父親經常來時的面孔了。

「下次再來的時候又會換人了吧。」父親有點心寒地說道。可是，我感到父親已經不能確信還有「下次再來的時候」了。

但是，我故意裝出一副少年姿態（只有在這種時候，只有在需要特意的演技的時候，我才像個少年），精神抖擻地搶在父親前面，幾乎是一陣小跑地奔去了。於是，一直那樣夢想著的金閣，輕易地對我展現了真容。

我站在鏡湖池的這邊，金閣隔著池水，把正面暴露在夕陽下。左側對岸，漱清亭若隱若現。斑駁浮現著荇藻和水草的池面上，映著金閣精緻的倒影，那倒影看起來比真實的金閣更加清楚。夕陽將池水的倒影，蕩漾在每一層外廊的內側。和周圍的亮度相比，這外廊內側的反射太過炫目鮮明，金閣就像誇張運用透視法的繪畫一樣，給人一種高聳威嚴的倨仰之感。

「怎麼樣，漂亮吧？一樓叫作法水院，二樓叫作潮音洞，三樓叫作究竟頂。」

父親把瘦骨嶙峋的手放在了我的肩膀上。

我不斷地變換角度，側首凝望。可是，心裡沒有湧起任何感動。那只不過是一座古舊發黑、小小的三樓建築而已。屋頂上的鳳凰，看起來也只是像一隻停在那裡的烏鴉。哪裡談得上美？甚至給人一種不和諧、不穩定之感。我心想，所謂美，就是這樣不美的東西嗎？

如果我是一個謙虛而熱愛學習的少年，也許會在如此輕易失望之前，先感歎一下自己鑒賞能力的欠缺吧。但是我心中被對無上之美的預期所背叛的痛苦，奪走了我其他所有的反省。

我想，是不是金閣偽裝了它的美，變成什麼別的東西了呢？美有可能為了保護自己而欺騙人的眼睛。必須更接近金閣，排除讓我的眼睛感到醜的障礙，一個一個地檢查細節，用這雙眼去觀察美的核心。既然我只相信眼睛能看到的美，就必須採取這個態度。

之後，父親帶著我，恭恭敬敬地登上了法水院的緣廊。我先看了收納在玻璃櫥裡的精緻的金閣模型。這個模型甚合我意，不如說這個模型更加接近我夢想中的金閣。大金閣的內部放著這樣一個一模一樣的小金閣，就像大宇宙裡面存在著一個小宇宙那樣令我聯想到無限的對照和呼應。至此，我終於能夠想像了——比這個模型更小並且完整的金閣，以及比真實的金閣還要無限大、幾乎可以容納整個世界的金閣。

可是，我不能一直在這個模型前流連駐足。接著，父親帶我參觀了被稱作國寶的足利義滿像。這座木像是以義滿出家後的法名——「鹿苑寺殿道義」來命名的。

在我看來，這也不過是一尊被煤煙熏黑的奇怪木像而已，沒有任何的美感。接著我們來到二樓的潮音洞。無論是據傳由狩野正信[11]親筆作的天人奏樂的壁頂畫，還是三樓究竟頂的各個角落裡留下的落寞的金箔痕跡，都不能讓我感受到美。

我倚著細細的欄杆，茫然地俯瞰著水面。在夕陽的照射下，像生鏽的古代銅鏡一樣的水面上，金閣的倒影筆直地落了下來。水草和荇藻的下方深處，映著傍晚的天空。那天空和我們頭頂的天空不同。那是一片澄明而充滿佛光的天空，它從下方、從內側，整個吞噬著這地上的世界。金閣就像一塊結滿黑鏽的巨大純金船錨一般沉落其中……

住持田山道詮和尚，是父親禪堂時代的同學。道詮和尚與父親曾經同吃同住，是共度三年禪堂生活的交情。兩人為了加入義滿將軍建立的相國寺的專門道場，一起經歷了「門前自省」[12]、「三日坐禪」[13]等程序才得以入眾[14]。不僅如此，很久以後，道詮師父開心的時候才說起過，他和父親不光是修行時共苦的學友，更是就寢時刻後偷偷翻過院牆溜出去找女人時同甘的夥伴。

拜謁了金閣之後，我們父子倆再次拜訪大殿的正門。我們被人領著穿過長長的走

---

11 狩野正信（一四三四—一五三〇），室町時代的畫家。狩野派的始祖。作品涉及肖像畫、佛畫、山水畫等廣泛領域，把中國的水墨畫與大和繪相結合，對中國畫的日本化有很大貢獻。

12 原文作「庭詰」。禪宗規定，雲遊僧進入專門道場修行，必須先在正門處終日坐在自己的行李上低頭自省。

13 原文作「旦過詰」。雲遊僧經過「庭詰」後，須再於小屋中坐禪三日。

14 與僧眾共同起居、共同參與佛教活動之意，又作交眾。經過以上兩種修行的雲遊僧，方可成為寺院僧眾的一員。

廊，來到了能將有名的陸舟松庭院一覽無餘的大書院的住持房間。

我身穿學生服，蜷縮著膝蓋，拘謹地坐在那裡，父親卻一下子顯出輕鬆之色。可是，父親雖與住持出身相同，卻面相各異。父親一副病弱之身，窮苦之相，臉上慘白乾皺，而道詮和尚簡直像一個粉紅色的點心。和尚的桌子上面，從各界各地寄來的包裹、雜誌、書籍和信件堆起了小山，都尚未啟封，和這華麗的寺院倒是很相配。和尚用胖胖的手指拿了剪刀，靈活地打開了一個包裹。

「從東京寄來的點心呢。現在這種點心很少見了。聽說只進貢到軍隊和官府裡去，店裡買不到呢。」

我們喝著淡茶，吃了這種從沒吃過的類似西洋乾點心的東西。越是緊張，點心粉末就越是止不住地往下掉，都落在了我發光的黑色嗶嘰褲子的膝蓋上。

父親和住持說到軍隊和官僚只重視神社而輕視寺院，憤慨他們何止是輕視甚至是壓迫，又討論了今後寺院應該如何經營下去等話題。

住持微胖，當然也有些皺紋，不過連那一條條皺紋的深處，都洗得乾乾淨淨。圓圓的臉上只有鼻子很長，像流淌的樹脂凝固了的形狀。臉雖是這一副樣子，但剃光的腦袋卻顯現出威嚴之風，好像全部精力都集中在頭上似的，也只有這腦袋極具動物性。

父親和住持的話題，轉到了禪堂時代。我一直在看庭院裡的陸舟松。這棵巨松的樹枝低低盤踞著，呈現船型，只有船頭部分的枝條，一齊高聳著。臨近閉園時間，來了一批團體遊客，隔著牆都能聽見從金閣方向傳來的高聲喧鬧。那些腳步聲和人聲，被春日夕暮的天空所吸收，聽起來並不尖銳，而是柔和圓滿。腳步聲就像潮水一般遠遠退去，宛如踏過地面的眾生的足音。我抬頭凝視著金閣頂上將黃昏殘照聚集於一身的鳳凰。

「這個孩子啊……」聽到了父親的話，我扭頭轉向他。在近乎黑暗的房間裡，我的未來，被父親託付給了道詮師父。

「我已經來日無多了。到時候請一定關照這個孩子。」

道詮師父果然沒有虛情假意地安慰。

「明白了。交給我好了。」

讓我吃驚的是那之後兩人間愉快的對話，談及了各種各樣名僧之死的趣聞。有位名僧說著：「啊，不想死啊」就死了，有位名僧模仿歌德說：「再給我點光吧」就死了，還有位名僧一直到死都還在計算自己寺院的帳目。

住持請我們吃了一頓「藥石飯」[15]，我們當晚就住在寺院裡。晚飯後我催促父親又去看了一趟金閣，因為月亮升起來了。

15 從前禪宗和尚因不吃晚飯，會懷抱一塊溫熱的石頭以防飢餓和寒冷。之後指禪寺中充當晚飯的粥或泛指晚飯。本書中出現的「藥石」因均指禪寺的晚餐，故之後全部譯為「晚飯」，不再特別說明。

父親因和住持久別重逢而亢奮，已經十分疲倦，但一聽「金閣」兩字，他就喘著大氣，扶著我的肩膀跟來了。

月亮從不動山的山際升了起來。月光照著金閣的背面，金閣疊映著複雜的暗影，靜寂無聲。只有究竟頂花頭窗的窗框上，有光潤的月影滑過。究竟頂的結構四面通透，好像那裡住著朦朧的月光。

從葦原島的陰影處，夜鳥鳴叫著飛了起來。我感到了肩膀上父親瘦骨嶙峋的手的分量。當我將目光投向肩膀，看到在月光的照射下，父親的手變成了白骨。

* * *

曾經那樣令我失望的金閣，在返回安岡之後的日子裡，它的美又在我心中一天天地復甦了，並且不知何時，變得比見它之前更美了。我說不出它到底哪裡美。看來被夢想培養出來的東西，一旦經過了現實的修正，反而給夢想以新的刺激了。

我已經不會再從看到的風景和事物裡追尋金閣的幻影了。金閣漸漸變得深厚、堅固和實在。那一根根的柱子、花頭窗、屋頂和鳳凰，所有的一切都觸手可及、歷歷在目。纖細的局部和複雜的整體互相照應，就像回憶起音樂的一個小節，整首曲子就能流淌出來，無論拿出其中的哪一個部分，金閣的全貌都會共鳴起來。

「世上最美的東西就是金閣，您說的很對。」

在給父親的信裡，我第一次這樣寫道。父親把我帶回叔叔家後，馬上又返回了荒涼海角的寺院。

不久，母親發回了電報。父親因大量咯血去世了。

第二章 禪房生活

因為父親的死，我真正的少年時代結束了。我驚愕於自己的少年時代完全欠缺對人的關心。這種驚愕，直到知道自己對於父親的死毫不悲傷時，才變成了一種無法用驚愕來命名的、某種無力的感懷。

等我趕回去時，父親已經躺在棺材裡了。這是因為，我要徒步走到內浦，從那裡乘船沿著海灣回到成生，花費了整整一天。正處梅雨季節前夕，夏日驕陽似火。我見了父親之後，靈柩就被匆忙運往荒涼海角的火葬場，準備在海邊焚燒了。

鄉下寺院住持的死，是一件異樣的事情。因為實在恰如其分，所以異樣。他是那個地方的精神支柱，是每位施主一生的守護人，也是他們得以託付身後事的人。就是這樣的他，死在了寺院裡。這簡直是曾經給予大家太忠於職守的感動、到處教大家如何去死的指導者，在親自演示時不小心死掉那樣的過失。

實際上父親的靈柩安放得非常適得其所，就像完美地嵌進萬事俱備的葬禮中一般。母親、小和尚和施主都在靈柩前哭泣。小和尚磕磕絆絆地誦經，好像也多半是倚仗著靈柩中父親的指示。

父親的臉埋在初夏盛開的花叢中。花兒還在散發著勃勃生機，令人恐懼。花兒好像是在窺探著井底。因為死人的臉和活著的時候不同，從存在的表面無限地陷沒下去，陷入再也無從打撈的深淵，留下來的只有朝向我們的面具邊框一樣的東西。所謂的物質，離我們多麼遙遠，其存在方式又是多麼的不可企及——沒有什麼能比死人的臉更生動地說明這個事實了。精神就這樣透過死亡變成了物質，我才得以接觸到這樣的場景。現在，我終於能夠漸漸理解，為什麼五月的花朵、太陽、桌子、校舍、鉛筆……這些物質都對我那麼冷淡，離我那麼遙遠了。

母親和施主默默看著我與父親最後的會面。但是，我頑固的心並沒有接受這個詞所暗示著的生者世界的推理。並不是「會面」，我只是看著父親死去的臉而已。

屍體只是被看著。我只是在看著。「看」這個動作，正如平時無意識地做那樣；「看」這個動作，是如此確鑿的生者權利的證明，也是人世間殘酷性的展現。這對我來說，是新鮮的體驗。不會大聲唱歌，也不會高喊著四處奔跑的少年，學會了以這種方式來確認自己的「生」。

雖然我很自卑，可是，當我以一張一滴眼淚也沒有的明朗的臉面對施主時，並沒有感到羞愧。寺院在臨海的懸崖上。弔喪的來客的背後，日本海海面上盤踞的夏雲升騰，遮住了天空。

起龕[1]的誦經儀式開始了，我也加入了其中。大殿很暗，掛在柱子上的經幡、懸在正殿橫梁上的華鬘[2]，還有香爐、花瓶等陳設，在星星點點的燈火下光芒閃爍。海風不時吹進來，鼓起我的僧衣下襬。正在誦經的我，眼角不斷地感受到滲入了強烈陽光的夏雲的姿影。

灼熱的外光不斷傾注到我的半邊臉上，那輝煌的侮辱……

——葬禮的隊伍還差一兩百公尺就要到火葬場時，突然遭遇了驟雨。正好經過一個好心的施主家門口，所以連棺材一起都能避雨了。雨沒有要停的意思，而葬禮隊伍必須前進。於是大家都帶好雨具，把棺材用油紙蓋好，運到了火葬場。

火葬場位於向村子東南方向突出的海角根部，是一片淨是石頭的狹小海濱。在那裡焚燒的煙不會飄到村子裡，因此自古以來就一直被當作火葬場。

那裡岩石上波浪洶湧。就在驚濤拍岸、浪花四濺之時，雨點也不停地扎進那波動的水面。無光的雨滴只是在冷靜地貫穿著不同尋常的海面，海風卻冷不防地把雨刮向荒涼的岩壁。白色的岩壁像被潑上了墨汁似的變黑了。

我們穿過隧道來到這裡，趁著工人準備火葬的時候，在隧道裡避雨。

看不見什麼海景，只有海浪、打溼的黑色岩石和雨。澆上了油的棺材，顯出鮮豔的原木色，被雨點拍打著。

火生起來了。由於為住持的死準備了充足的油，所以火苗反而蓋過了雨的勢頭，發出了鞭打般的聲音，熊熊燃燒起來。白天的火焰在濃煙中清晰地顯現出了透明的身姿。煙霧沖天彌漫，漸漸地被吹向懸崖那邊。一瞬間，在雨簾裡面，只剩下火焰以端麗的形狀燃燒著。

突然，發出了東西裂開的可怕聲音。棺材蓋彈了起來。

我看了一眼旁邊的母親。她兩手握著佛珠站在那裡，臉僵硬無比，就像能鑽入手掌中那樣，凝固成了小小的一團。

＊＊＊

按照父親的遺言，我去了京都，成了金閣寺的弟子，跟著住持剃度出家了。學費由住持替我出，作為回報，我負責打掃環境、照顧住持起居，如同俗家所謂的書僮。

進了寺院，我馬上就發現了，嚴厲的舍監被徵入伍，寺裡面除了老人就是小孩。來到這裡，從各種意義上我都鬆了一口氣。再也不會像在俗家的中學裡那樣，被人嘲笑是

1　禪宗葬禮時，在靈柩前進行的最後一道儀式，出殯前的誦經。
2　佛教供物。指經過人為編串，裝飾身首的花，佛教五種供物之一。

寺院的孩子了，因為在這裡的都是同類了……與他們不同的是，只有我是結巴和比大家難看些而已。

我從東舞鶴中學退學，在田山道詮和尚的幫助下，轉到了臨濟學院中學。再不到一個月，秋季學期就要開始，之後我就要去新學校上學了。可是我知道，學校一開學，我們就會被動員到不知何處的工廠去勞動了。現在，在新環境裡，我面前還有幾週的暑假。服喪中的暑假，處於昭和十九年戰爭末期的、不可思議的安靜的暑假……寺院裡的弟子生活每天都很有規律。在我的記憶裡，那是最後的、完全的休假。蟬鳴聲依然不絕於耳。

……相隔數月後見到的金閣，在晚夏的陽光中靜靜佇立著。

我剛剛剃完髮，頭上還泛著青光。好像空氣緊貼在頭上，那種感覺，就像自己腦子裡想的事情，隔著一層敏感易破的薄薄皮膚直接和外界接觸一般，不可思議而危險。

抬著這樣的頭仰視金閣，金閣不僅進入我的眼簾，還從我的頭部滲入了我的體內。就像這個頭被驕陽照著就會變熱，在晚風中馬上就會涼下來。

「金閣啊，總算住到你身邊來了，」我有時會停下拿著掃把的手，在心裡自言自語，「不用馬上，但願有朝一日你能親近我，把你的心扉向我敞開。你的美，好像再過一陣才能清楚地看到，現在還看不見。請把比我心裡想像的更美、更真實的金閣清清楚楚地顯現給我看吧。或者，如果你是世界上最美的，就請你告訴我你為何這麼美，又何必這麼美吧。」

那個夏天，悲慘消息紛至遝來，金閣寺把戰爭的黑暗當作餌食，變得越發生機勃勃、光芒四射了。六月裡，美軍已經登陸塞班島，聯軍也已經在諾曼第平原上馳騁了。參觀者的人數顯著減少，金閣好像非常享受這孤獨和靜寂。

戰亂和不安，成堆的屍體和大量的血，不用說，滋養了金閣的美。金閣原本就是由不安建成的建築，是以一位將軍為中心，由眾多懷有陰暗心理的人設計的建築。美術史家只看到它是不同建築樣式的折中，但其實它三層各自為政的設計，無疑是在探索能使不安結晶的建築樣式的過程中，自然而然地形成的。如果說它是以一種安定的建築樣式建成的話，就必定不能統攝那種不安，而早就崩塌了吧。

……即便如此，我還是時常停下拿著掃把的手仰望金閣，為它近在眼前而感到不可思議。之前我和父親在某個夜晚悄悄地造訪金閣時，它都沒有給過我這種感覺。而當我一想到，今後的漫長歲月裡，金閣都會在我的眼前，就覺得難以置信。

在舞鶴時總感覺金閣永遠都在京都的一角，而住到這裡之後，卻感覺金閣只有在我看它的時候才會出現在我眼前，而當夜裡我在大殿睡覺的時候，金閣就不復存在了。因此，我每天都要跑好幾次去看金閣，這也招來了一同修行的師兄弟的取笑。我無論看多少次，都覺得金閣的存在不可思議。甚至會覺得，在看完了回大殿的路上，如果突然轉身回去再看一眼的話，金閣就會像那個尤麗狄絲[3]一樣，瞬間遁形，消失得無影無蹤。

我打掃完金閣周圍，終於避開了漸漸灼熱的朝陽來到後山，登上通往夕佳亭的小路。因為還沒有開園，山上空無一人。只有像是舞鶴航空隊的戰鬥機編隊，緊貼著金閣上空，留下低吼的轟鳴飛走了。

後山裡有一個被水藻覆蓋的寂靜的沼澤，叫作安民澤。池中有個小島，上面立著一座名叫白蛇塚的五重石塔。這裡的早晨，鳥聲喧囂卻不見鳥影，整個樹林都在婉轉歌唱。池水前夏草茂密。小路和草地之間隔著一道低矮的柵欄。有個白衣少年躺在草地上。旁邊的一棵小楓樹上，靠著一把竹耙子。

少年一躍而起，那氣勢彷彿要剜取飄蕩在夏日清晨的靜謐空氣。他看到了我，說：

「原來是你啊。」

我昨夜剛被介紹給這位姓鶴川的少年。鶴川家是東京近郊一所有錢的寺院，學費、零花錢和糧食，都由家裡源源不斷地供應。只是為了讓他體驗一下弟子修行的生活，才透過住持讓他暫居在金閣寺的。暑假他回去探親，是昨夜提前回來的。說著一口漂亮東京話的鶴川，從秋天開始就是我在臨濟學院的同學了。他那快人快語的爽朗話風，昨夜已經讓我心生畏懼了。

剛才被他一說「原來是你啊」，我一下子說不出話來。可是，我的沉默，好像又被他理解成了一種非難。

「好啦，何必那麼認真打掃呢？反正來了客人就會弄髒的，況且也沒什麼遊客嘛。」

我微微笑了。我這樣無意中流露出的無可奈何的笑，對某些人來說，就成了親近的種子。我就是這樣，總是在自己給別人留下印象的細節上不夠負責。

我跨過柵欄，在鶴川身旁坐了下來。鶴川又躺回地上，頭枕著手。手臂外側被曬得很黑，內側卻白皙得能隱約看到靜脈。晨光透過樹葉縫隙灑下來，在他手上散亂映出淡青色的草影。直覺告訴我，這個少年並不像我那樣愛著金閣。這是因為我不知不覺把對金閣的偏執，全都怪罪在自己的醜陋上了。

「聽說令尊過世了，是嗎？」

「嗯。」

鶴川快速地轉動著眼珠，毫不掩飾自己那種少年特有的對推理的熱衷，說：「你之所以喜歡金閣，是不是因為你一看到它就想起令尊？比如說令尊也特別喜歡金閣什麼的。」

對於這個猜中了一半的推理，雖然我知道我面無表情的臉上完全沒有變化，但心裡還是有一點點歡喜的。鶴川像喜歡製作昆蟲標本的少年那樣，把人的感情仔細地分門別

3　希臘神話中的神，俄耳甫斯之妻。被毒蛇咬死後居於冥界。俄耳甫斯費盡周折將她帶回人間世界時，路上因觸犯禁忌回頭看了她，她瞬間永遠消失。

類，收藏在自己房間的精緻的小抽屜裡，並時不時地把它們拿出來實地檢驗一番，以此為趣。

「令尊去世，你肯定非常悲傷吧。因為，你顯得很寂寞呀。從昨夜我第一次見到你，就這麼想了。」

我沒有任何反感。被他這麼一說，我從他覺得我寂寞的感想裡得到了某種安心和自由，話也流利地脫口而出了。

「沒有什麼可悲傷的。」

鶴川抬起他那顯得礙事的長睫毛，看了過來。

「欸？這麼說，你是恨你父親嗎？至少，是討厭？」

「也沒有生氣，也不是討厭……」

「那，你為什麼不悲傷呢？」

「我也說不清啊。」

「真不明白。」

鶴川被難住了，他又從草地上坐了起來。

「這樣的話，你是有什麼別的更悲傷的事情嗎？」

「有什麼啊？我不知道。」我說道。說完以後，我又反省自己為什麼如此喜歡引起別人的疑問呢？對我自身來說，那根本算不上什麼疑問，是不言自明的事情。我的感情裡也有口吃，我的感情總是慢一步。結果就是，我父親的死這件事和悲傷這份感情各自孤立，互不連結，沒有交集。稍微一點時間的錯位、稍微一點時間的遲誤，就會把事件和我的感情拉回到分離狀態——恐怕還是本質性的分離狀態。如果我也有自己的悲傷，那它應該和任何事件及動機都沒有關係，只會突然而毫無理由地襲擊我吧……

……然而，我還是沒能把這一切都告訴眼前的新朋友。鶴川終於忍不住笑了出來。

「欸，你可真怪啊。」

他穿著白襯衫的肚子在起伏。樹葉間灑落下來的陽光在那裡跳躍，讓我感到幸福。就像這白襯衫的褶皺一樣，我的人生也泛起了漣漪。可是這白襯衫是多麼的潔白耀眼啊！哪怕是帶著褶皺……或許，我也可以這樣？

和世間無關，禪寺每天按照禪寺的規矩來運行。因為是夏天，每天早晨最晚五點起床，叫作「開定」。起床後馬上是早課誦經，叫作「三時回向」，要讀三遍。然後是打掃房間，擦洗地板，吃早飯[4]。

粥有十利
饒益行人

4 禪宗稱「粥座」，因飯前要誦《粥座經》。

果報無邊
究竟常樂

誦完了《粥座經》就吃粥。飯後做除草、打掃庭院、劈柴等雜務。學校開學了的話，之後就去上學。從學校回來，不久就是晚飯。之後偶爾會有住持講經。到九點是「開枕」，也就是就寢。

我每天的日程就是如此。每天喚醒我的，是廚房的典座[5]繞著圈子敲響的鈴聲。

金閣寺，也就是鹿苑寺，原本應該有十二、三人。可是因為應召入伍和徵調別處，現在只有一位七十幾歲的導覽員兼門房，一位近六十的炊事婦，執事、副執事，以及我們弟子三人了。老人都已經半截入土了，少年還是孩子。執事又叫「副司」，忙著會計的工作，無暇顧及其他。

幾天後，我被分配給了住持（我們都叫他「老師」）的房間送報紙的差事。報紙送到寺裡是早課結束、擦拭清掃完畢的時候。這麼少的人，必須在短短的時間裡打掃有三十多個房間的寺院的所有走廊，只能是應付了事。在門口取了報紙，經過神佛使者房間前面的走廊，繞一周到客殿後方，再穿過間廊，去往老師起居的大書院。我心裡念叨著「趕快做吧」，因為這一路上的走廊，都是潑出半桶水粗粗擦拭、任其風乾，地板各處的凹坑裡，積水在朝陽下閃著光，把腳踝都打溼了。時值夏天，倒很舒服。但是，來到老師房間的拉門外面時就要跪下，說聲「打擾您了」，等裡面傳來一聲「嗯」的回答後，才能進入房間。我從同門那裡學到了一個祕訣：進去之前，要先用僧衣的下襬飛速將濡溼的腳擦乾。

我聞著油墨散發出的俗世的強烈氣味，偷偷瞟著報紙的大標題，急匆匆地奔跑在走廊上。於是，「帝都空襲不可避免嗎？」這個標題，赫然映入了眼簾。

想來也怪，迄今為止我從來沒有把金閣和空襲聯想在一起。塞班島陷落以來，一般認為本土空襲無法避免，京都市的一部分也開始緊急強制疏散了。即便如此，金閣這個半永久的存在和空襲的災禍，在我心中還是毫不相干的兩個東西。我深知，金剛不壞之身的金閣，清楚地知道和那科學性的火焰彼此互為異類，一旦相逢就會閃開……但是，也許不久，金閣就會被空襲的大火燒毀。如果這樣下去，金閣的的確確就會變成灰了。

……自從這種想法在我腦海裡形成，金閣它那悲劇的美再一次加深了。

那是暑假最後一天的下午，第二天學校就要開學了。住持帶著副執事，到外面辦法事去了。鶴川邀我一起去看電影，但是我不想去，於是他也突然不想去了。鶴川就有這

5 禪寺裡負責雜務的僧人。

樣的特點。

我們請了幾個小時的假，黃褐色的褲子打上綁腿，戴上臨濟學院中學的制帽，出了正殿。正是夏日最毒的時候，沒有一個遊人。

「去哪裡？」

我答道，不管去哪裡，去之前都要好好看看金閣。也許到了明天這個時候就不能看到金閣了，也許我們去工廠的時候金閣就會毀於戰火了。我結結巴巴地說著牽強的理由，鶴川一臉茫然和不耐煩地聽著。

說完了這些，我就像說了什麼不好意思的話似的，汗流滿面。對金閣異樣的執著，我只告訴了鶴川一個人。可是，即便聽了這些，鶴川的表情裡，也只有努力要聽清我的結巴的那種常見的焦躁而已。

我碰到了這樣的臉。無論是重大祕密的告白，還是對美的感動的傾訴，又或是掏心掏肺的吐露，我碰到的就是這樣的一張臉。人一般來說，不會對別人顯現出這樣的臉。那張臉以無可挑剔的忠實，完全複製了我滑稽的焦躁，可謂成了映照著我的可怕的鏡子。無論多麼美麗的容顏，這個時候，都會變得和我一樣醜陋。一看到這個，我想要表達的重要的東西，瞬間就變成了和瓦礫一樣毫無價值的東西了……

在鶴川和我之間，夏日灼熱的陽光直射下來。鶴川年輕的臉上泛著油光，陽光中一根根睫毛金光閃閃，鼻孔在悶熱的空氣裡張開，等待著我把話說完。

我說完了，說完的同時，一股怒火湧上了心頭。因為鶴川從初次見面直到現在，從來沒有嘲笑過我的口吃。

「為什麼？」我這麼質問他。我說過多次，比起同情，嘲笑和侮辱更讓我感到舒服。

鶴川臉上浮現出了無可名狀的溫柔微笑，然後，這麼說了：「可是，我天生就根本不在乎這個呀。」

我吃了一驚。在農村的野蠻環境中成長的我，完全不懂這種溫柔。從我這個存在身上剔除了口吃，還能是我——這個發現，是鶴川的溫柔教給我的。我深深體會到了被乾脆俐落地剝光的快感。原來鶴川那被長長的睫毛勾勒出來的眼睛，把我的口吃過濾掉，接納了我。而那之前的我，一直莫名其妙地深信，如果我的口吃被無視，就等於我的存在被抹殺。

……我感到了感情的和諧與幸福。因此，我永世難忘那時看到的金閣，並非不可思議。我們兩人從打瞌睡的門房老人前面經過，沿著空無一人的牆壁旁的道路一陣小跑，來到了金閣的近前。

……當時的情景歷歷在目。鏡湖池的岸邊，兩個裹著綁腿的白衣少年並肩而立。兩人的面前，金閣沒有任何遮攔地矗立著。

最後的夏天，最後的暑假，最後的一天……我們的青春，站在了令人頭暈目眩的頂端。金閣也和我們一起站在這頂端，和我們面對面、對話。對空襲的期待，令我們如此接近了金閣。

晚夏寂靜的陽光，給究竟頂的屋頂貼上金箔，直射傾瀉下來的光，將金閣內部填滿了夜晚一般的黑暗。迄今為止，這個建築以其不朽的時間把我壓倒，與我隔離，但它不久就會毀於戰火，悄悄地靠近了我們的命運。金閣或許會比我們先滅亡。於是，我不禁感覺金閣是和我們同樣活著了。

環繞金閣的長滿紅松的群山，被蟬聲籠罩著，就像無數看不見的僧人在念消災咒一樣。「佉佉。佉呬。佉呬。吽吽。入嚩囉。入嚩囉。缽囉入嚩囉。缽囉入嚩囉。」

這個美麗的東西不久就會化為灰燼了，我想。我心中的金閣和現實的金閣，就像透過繪絹描摹的畫疊在了原畫上，細節徐徐地重合在一起。屋頂和屋頂，向池水伸出的漱清亭和漱清亭，潮音洞的勾欄和勾欄，究竟頂的花頭窗和花頭窗，都重疊了起來。金閣已經不是巋然不動的建築了。它化身成了現象世界的虛幻象徵。如此想來，現實的金閣也變成了不亞於心中金閣的美麗之物。

也許明天，天上就會降下火焰，它那纖細的柱子、優雅的屋頂曲線將化為灰燼，再也不會映入我的眼簾。但是眼前的它，精緻的身姿，沐浴著夏天火一般的陽光，泰然自若。

山邊湧起了父親出殯誦經時我眼角感受到的威嚴的夏雲。它蕩漾著鬱積的光，俯瞰著這纖細的建築。金閣在如此強烈的晚夏的陽光下，失去了細節上的情趣，內部包裹著陰冷的黑暗，只以其神祕的輪廓，拒絕著周圍流光溢彩的世界。只有屋頂上的鳳凰，為了不向太陽撲倒，豎著尖利的爪子，緊緊地抓著底座。

厭倦了我久久的凝視，鶴川拾起腳邊的小石頭，以乾脆俐落的投手動作，扔向了鏡湖池中金閣倒影的中心。

波紋推開池面的水藻擴散開來，一瞬間，美麗精緻的建築崩塌了。

＊＊＊

從那以後直到戰爭結束的一年間，是我與金閣最為親密、最擔心它的安危、最沉溺於它的美的時期。怎麼說呢，那是我在把金閣拉低到和我同樣高度的假定中，得以毫不畏懼地愛著金閣的時期。我還沒有從金閣那裡受到壞影響，或者說還沒有受到它的荼毒。

世間有著我和金閣共同面臨的危難，這激勵了我。我發現了把美和我連結在一起的媒介。我感覺在我和一直拒絕我、疏遠我的東西之間，架起了一座橋梁。

燒死我的火也會燒毀金閣吧，這個想法幾乎讓我迷醉。在同樣的災禍、同樣的戰火的命運下，金閣和我住的世界終於屬於同一個次元了。和我醜陋脆弱的肉體一樣，金閣有著雖然堅硬，但極易燃燒的碳元素的肉體。這麼一想，我感覺我能把金閣藏在我的肉體中、藏在我的身體組織當中而逃匿，就像逃走的盜賊在緊急時刻會把珍貴的寶石吞下去隱匿起來那樣。

那一年裡，我既沒有學經，也沒有讀書，只是日復一日地重複修身、軍訓和武道訓練，還有去工廠勞動和幫忙強制疏散，從早到晚地忙碌著。我愛做白日夢的性格得以助長。托戰爭的福，人生離我遠去了。戰爭對我們少年來說，是一個夢一般虛幻而慌亂的體驗，是遮蔽了人生意義的隔離病房一樣的存在。

昭和十九年十一月，B二九戰機開始轟炸東京。會不會明天就輪到京都了呢？一時間人心惶惶。我偷偷地想像著京都全市被戰火包圍的景象。這個都城過度守護著古老久遠的東西使之保持原貌，眾多的神社佛寺都忘卻了從它們當中誕生的灼熱的灰燼記憶。一想到應仁之亂如何使這都城荒廢殆盡，我就覺得因為京都已經把戰火造成的不安忘卻了太久，所以減損了幾分它的美。

明天金閣就會燒毀吧。它那頂天立地的形態就會消失吧……那時屋頂上的鳳凰就會像不死鳥一樣重生，飛向空中吧。然後，被形態所束縛的金閣，也會身輕如燕地離開碇石，閃著微光，漂浮在湖的上空、黑暗的海潮上空吧……

等啊等啊，京都還是沒有迎來空襲。第二年的三月九日，即便東京平民區已經是一片火海，災禍還是離我們很遙遠，京都上方只有澄澈的早春晴空。

我一邊半絕望地等待著，一邊想相信，這早春的天空就像閃亮的玻璃窗那樣，雖然看不見裡面，但內部已經是隱藏著火焰和破滅了。前面已經說過，我缺乏對人的關心。父親的死、母親的貧窮，基本上沒有左右我的內心生活。我只是一直在夢想著一個巨大的天之壓榨機那樣的東西，能把災禍、世界末日和慘絕人寰的悲劇，無論是人還是物質、美的還是醜的，都統統不作區分地壓碎。早春的天空非同尋常地燦爛，不禁令人認為那就是覆蓋大地的巨斧的鋒利寒光。我只是在等待著它落下，連思考的時間都不給人留地、迅速地落下。

有件事我至今都感到不可思議。原本我並不是被黑暗的思想所困。我所關心的、擺在我面前的難題，應該只有「美」。但是我不認為是戰爭影響了我，使我抱有了黑暗的思想。如果只凝思美這件事，人類就會在不知不覺中碰上世間最黑暗的思想。人類大概生來就是如此。

我不禁想起戰爭末期在京都發生的一件事。那幾乎令人難以置信。不過目擊者不止我一個人，在我身邊的還有鶴川。

某個停電日，我和鶴川一起去了南禪寺。我們還沒去過南禪寺。我們橫穿過寬闊的公路，走過索道上的木橋。

那是五月的大晴天。索道已經廢置不用，拉拽船體的斜面軌道鏽跡斑斑，幾乎埋沒在了雜草叢中。雜草開著小小的十字形白花，在風中搖曳著。一直到索道的斜坡都積滿了汙濁的水，將岸上成排繁花落盡、長出新葉的櫻花樹的影子浸透在裡面。

我們在小橋上無聊地眺望著水面。戰爭期間的種種回憶裡，這種短暫而無意義的時間，反而給我留下了鮮明的印象。百無聊賴、漫不經心的短暫時光，就像偶爾能從雲縫裡看到的藍天那樣，無處不在。這樣的時間，簡直就像強烈的快樂記憶那樣鮮活，真是不可思議。

「真好啊。」我又微笑著說了一句毫無意義的話。

「嗯。」鶴川也看著我微笑了。兩人切身地感受到這兩三個小時就是我們自己的時間。

寬闊的沙子路旁，有一條蕩漾著豐美水草的清冽水溝。不久，那著名的山門就擋在了我們的面前。

寺內空無一人。新綠之間許多塔頭[6]的瓦頂，好似倒扣著的銀鏽色的巨大書本，高聳俊秀。戰爭，在這一瞬間，到底是什麼呢？在某一場所、某一時間，戰爭好像只是發生在人類意識之中的奇怪的精神事件。

傳說中石川五右衛門[7]把腿靠在樓上欄杆、欣賞滿目繁花的地方，應該就是這個山門了吧。雖然已是櫻花落盡、長出新葉的季節，我們還是帶著孩子氣，想用和五右衛門相同的姿勢看風景。付了極少的門票錢，我們登上了陡峭的木樓梯，木色已經完全變黑。

爬到樓梯盡頭的停腳處時，鶴川的頭碰到了天花板。剛一笑他，我也突然撞上了。我們兩人又拐了個彎，登上了一段樓梯，來到了樓上。

鑽出地窖般的狹窄樓梯，一下子將全身暴露在廣大的景色之中，這種緊張感讓人無比暢快。我們眺望葉櫻和松樹，眺望對面隔著一片人家遠遠盤踞著的平安神宮的森林，眺望京都市區盡頭朦朧的嵐山，以及北方、貴船、箕之裡、金毗羅等連綿的群山。盡情欣賞過這些景色後，我們按寺院裡弟子的規矩，脫了鞋恭恭敬敬地進入了佛堂。黑暗的佛堂裡鋪著二十四疊榻榻米，釋迦牟尼像在中間，十六羅漢的金色瞳仁在黑暗中閃著光。這裡叫作五鳳樓。

南禪寺雖然同屬臨濟宗，但是和相國寺派的金閣寺不同，是南禪寺派的總本山。也就是說我們身處同宗異派的寺院裡。但是我們也和普通中學生一樣，一手拿著導覽圖，環視著據說出自狩野探幽守信[8]和土佐法眼德悅[9]之筆的色彩鮮明的壁頂畫。

6 禪宗高僧的墓塔。
7 安土桃山時期的大盜。
8 即狩野探幽（一六〇二－一六七四），日本江戶時代初期畫家。名守信，號探幽齋。幕府的御用畫師。作品有畫於二條城、名古屋城等處的幛子屏風畫多種。
9 土佐法眼德悅，生卒年不詳，據說擅長墨畫觀音像。

壁頂的一邊畫著飛翔的仙人，以及奏樂的琵琶和笛子，另一邊則是捧著白牡丹的迦陵頻伽展翅欲飛。那是棲息在天竺雪山上能發出美妙樂音的神鳥，上半身是豐滿的女子形象，下半身是鳥。中央壁頂上是金閣屋頂上鳳凰的同類，卻和那威嚴的金色大鳥完全不同，像一道華麗的彩虹。

釋迦像前，我們合掌跪拜，然後離開了佛堂。但是不忍從樓上離去，於是靠在剛才爬上來的樓梯旁邊的南向欄杆上，俯瞰下方。

我感到好像哪裡有一小團色彩美麗的漩渦，看起來像是剛才看過的壁頂畫的色彩繽紛的殘像。豐富的色彩凝聚於一身，就像壁頂上那迦陵頻伽似的一隻鳥，隱藏在一片嫩葉和蒼松的枝條之間，華麗翅膀的一端若隱若現。

但事實並非如此。我們的眼底下，隔著道路是天授庵。庭院裡種植著靜謐低矮的樹木，石徑由四方的石塊角對角拼接而成，彎彎曲曲地貫穿其中，通向拉門大開的寬敞的榻榻米客廳。客廳裡面，壁龕和裝飾架都一覽無餘。那裡好像經常舉辦供奉神佛的獻茶或對外的茶會活動，鋪著深紅色的純毛地毯。一個年輕的女子坐在那裡。映入我眼簾的東西就是這些。

戰爭期間，根本看不到穿著如此華麗的長振袖和服的女人。打扮得這麼漂亮出門，肯定半路上就會被責怪而不得不返回吧。她的振袖和服就是如此華美。雖然看不清細部的花紋，但水藍色的底子上繡著繁花，深紅的帶子上金絲在閃光，誇張地說，那一片都在熠熠生輝。年輕女子端然而坐，白色的側臉像浮雕一樣，令人懷疑她是否是個活人。我極度口吃地說：「她，真的是活人嗎？」

「我剛才也這麼想，就像人偶一樣啊。」鶴川將胸脯緊緊地貼著欄杆，眼睛盯著女子答道。

這時，從裡面出現了一個身著軍服的年輕陸軍士官。他彬彬有禮地在女子一兩尺前，面對著她正坐下來。半晌，兩人一直默默對坐著。

女子站了起來，靜悄悄地消失在走廊的黑暗中。不多一會兒，她手捧一個茶杯，衣袂飄飄地走了回來，向男子獻茶。按照禮儀給男子進了淡茶之後，又坐回了原處。男子不知道在說些什麼，根本不喝茶。那時間異樣地長，異樣地緊張。女子深深地低著頭……

那之後，發生了令人難以置信的事情。女子保持著端坐的姿勢，猛地鬆開了領口。我幾乎聽到了從那堅硬的帶子裡面向外拉綢衣的聲音。潔白的胸脯露了出來。我屏住了呼吸。女子用自己的手，把一個白皙豐滿的乳房整個掏了出來。

士官捧著深暗色的茶杯膝行向前。女子用兩手揉捏著乳房。

我不確定是否都看見了，但是一切就像發生在眼前，歷歷在目。白色溫熱的乳汁，飛濺著注入深色茶碗裡泛著泡沫的嫩綠色茶水中；她收回乳房，乳頭上還殘留著奶滴；靜寂的茶面上由於混合了白色的乳汁而渾濁起泡。

男子端起茶杯，將這杯不可思議的茶一口氣喝乾了。女子潔白的胸脯也藏了起來。

我們兩人，脊背硬挺挺地看得入迷了。回頭仔細一想，應該是懷了那士官孩子的女子，和就要出戰的士官之間的分別儀式吧。但是那個時候的感動，拒絕任何解釋。因為看得太入神，以至於好長時間之後，我才發覺那對男女不知何時已經從客廳消失，只剩下了寬闊的深紅地毯。

我看到了那浮雕般的白色側臉和無與倫比的白色胸脯。女子離去之後，那天剩下的時間，還有第二天、第三天，我都執拗地在想，那個女子，千真萬確，就是復活過來的有為子本人啊！

第三章
罪業

父親的一周年忌到來了。母親起了一個奇怪的主意。因我在勞動動員中無法回鄉，母親就決定帶著父親的牌位來京都，請田山道詮和尚給老友忌日念上幾分鐘的經。原本就是沒錢請人念經，只是希望和尚顧念舊情，就給和尚寫了封信。和尚答應了，並且把信的內容也轉達給了我。

對於這個消息我完全沒感到欣喜。直到現在我故意不寫母親，是有理由的。因為我心裡並不想提及母親。

關於某個事件，我不曾苛責過母親一句，從來沒有說出口。母親恐怕也沒有發覺我知道那件事。但是從那以後，我內心就沒有原諒母親。

那是我被寄養在叔叔家，去東舞鶴中學讀書後的第一年暑假回家探親的時候。那時，母親有一個叫作倉井的親戚，因為在大阪做生意失敗，回到成生來了。他是入贅女婿，住在娘家的老婆不讓他進門。於是在事態平息之前，他不得已寄住在我父親的寺院裡。

寺院裡蚊帳很少。母親、我和身患肺結核的父親共用一頂蚊帳，居然沒被傳染。之後又加入了倉井。我還記得夏天深夜蟬在院子裡的樹枝上飛來飛去，發出吱吱的嘈雜叫聲。應該是那聲音把我吵醒了。潮音轟鳴，海風吹著蚊帳嫩綠色的下襬。蚊帳的晃動非同尋常。

蚊帳不停地鼓滿風、過濾風，身不由己地晃動著。被吹起的蚊帳的形狀並不是風原來的形狀，那時風已顯頹勢，失去了稜角。蚊帳下襬發出了像小竹葉劃過榻榻米那樣的聲音。可是，在蚊帳裡傳開來的並非風發出的動靜。那是比風更細微的響動，像漣漪一樣擴散到整個蚊帳。它讓蚊帳粗糙的布料痙攣不已，從內側看到的蚊帳的巨大表面，好像是溢滿了不安的湖面。湖上有遠遠駛來的船推動的前浪，還有已經駛過的船漸遠的餘波……

我心驚膽戰地將眼睛轉向那波浪的源頭。於是，我黑暗中瞪得大大的眼珠，像是被錐子扎了一般刺痛了。

四個人擁擠不堪的蚊帳裡，睡在父親身旁的我，翻身時不知不覺把父親擠到角落裡去了。於是，在我和我看到的東西之間，隔著滿是皺紋的白色床單。我背後，父親曲著身子睡著，我能感到後衣領上他的呼吸。

我發覺父親醒著，是因為我感覺到背後他拚命壓抑咳嗽所帶來的呼吸不規律的抽動。就在那時，十三歲的我睜大的眼睛，突然被一個巨大溫暖的東西蓋住，變成了瞎子。

我馬上明白了，是父親的兩個手掌，從背後伸過來蒙上了我的眼睛。

至今那雙手掌的記憶還那麼鮮活。無法比擬的巨大手掌，從背後圍過來，把我看到的地獄一下子擋住的手掌、另一個世界的手掌。是出於愛，還是慈悲，還是屈辱，我無從得知。這雙手掌把我接觸到的恐怖世界及時斬斷，深深埋葬在了黑暗之中。

我在那手掌中輕輕地點了點頭。父親馬上從我小臉的頷首裡察覺到了諒解和會意，把手掌移開了……之後，我就按照那手掌的命令，即便手掌移開之後，我都一直緊閉著雙眼，直到不眠之夜迎來黎明，耀眼的天光透過眼皮為止。

——請回想起來，幾年後父親出殯的時候，我急於看他死去的臉而沒有流一滴眼淚。請回想起來，隨著父親的死，他手掌的羈絆被解除，我只是想透過看他的臉來確認自己的生。我對那雙手掌——世間稱作愛的東西，也沒有忘記如此認真地復仇，但是對於母親，雖然沒有饒恕那段記憶，然而最終沒有考慮復仇。

……母親在父親忌日的前一天，得到允許來金閣寺住一夜。住持給我寫信，讓我忌日當天也請假回來。當時我每天都要去勞動動員。忌日前一天想到即將回鹿苑寺，我的心情十分沉重。

有著一顆透明單純的心的鶴川，為我能和久未謀面的母親見面感到高興，寺院裡的僧眾也很好奇。但我憎恨貧窮卑賤的母親。我苦於不知如何向熱情的鶴川說明緣由，為何自己不願見母親。而他等工廠一收工，就匆匆地抓住我的手腕說道：「快，趕緊跑回去吧。」

如果說我完全不願見母親，這有點誇張。我並非不想念母親，只不過我討厭露骨地表達我對親人的愛，想試著為那厭惡找各種理由而已。這就是我的壞性格。一個率真的感情，透過各種理由把它正當化時還好，但有時，自己頭腦中編造出來的無數理由，就會把自己也未曾料想到的感情強加給自己。這種感情本來並不是我的。

但我的厭惡裡唯獨存在一種正確的東西。那是因為，我本身就是個招人嫌的傢伙。

「跑什麼呀，太累了。拖著腿走回去就好了。」

「這樣就會讓你母親同情你，你好撒嬌是吧。」

鶴川總是這樣，是對我充滿誤解的解說者。可是，他一點也不讓我覺得討厭，而且成了對我有用的人。他是我善意滿滿的翻譯者，是把我的語言翻譯成現世語言的、無可替代的朋友。

是的，有時候我甚至會覺得，鶴川就是那個從鉛裡提煉黃金的煉金術師。如果說我是照片的底片，他就是正片。一旦被他的心過濾，我渾濁黑暗的感情就會消失殆盡，變成透明而放著光彩的感情。我不知多少次目瞪口呆地看著這神奇的變化！當我結結巴巴、躊躇猶豫之時，鶴川的手就把我的感情反轉過來傳達給外界了。從這些驚愕當中我學到的是——如果只停留在感情的層面，這世上最惡和最善的感情並無徑庭，其效果也是相同的，殺意和慈悲心從表面上看也無異——但即便是大費周章地說明了這些，鶴川也不會相信的吧。可是對我來說，這是可怕的發現。因為即便倚仗著鶴川，我不再懼怕偽善，偽善於我也只不過是變成了相對的罪惡而已。

雖然京都沒有遭到轟炸，但是有一次我被工廠派去出差，在拿著飛機零件的訂貨單前去大阪總廠的路上，遇到了空襲，看到一個工人被炸得腸子都露了出來，被人用擔架抬走了。

為什麼露出來的腸子那麼淒慘呢？為什麼人一看到身體的內部就毛骨悚然，必須要捂上眼睛呢？為什麼流血能給人以猛烈的衝擊呢？為什麼人的內臟那麼醜陋呢？它們和柔嫩潤澤的肌膚之美，難道不是同一件事嗎？如果說我是從鶴川那裡學到了把自己的醜化為烏有的想法，他該會有什麼樣的表情呢？對於內面和外面，假如把人當作玫瑰花那樣不分內外地觀察，這種想法為什麼會顯得違背人性呢？如果人類能和玫瑰花瓣一樣，肉體的內面和精神的內面都能柔韌地反轉、翻捲開來，盡情地暴露在陽光和五月的微風中的話……

——母親已經到了，在老師的房間裡聊天。我和鶴川，在初夏日暮的簷廊下跪坐著，說了一句「我回來了」。

老師只讓我進了房間在母親面前站好，說著「這孩子很努力」之類的話。我幾乎沒有看母親一眼，一直低著頭。只看見洗得發白的藏青色棉織工褲的膝頭上，放著一雙髒汙的手。

老師對我們母子說，可以去房間休息了。我們數度鞠躬，走出了房間。小書院裡一間南向、面對中庭的五疊榻榻米的倉庫，就是我的房間。在那裡，只剩我們兩人時，母親哭了出來。

這事我早有預料，所以冷然不為所動。

「我已經是被託付給鹿苑寺的人了，在我學成前，請不要再來找我了。」

「我知道，我知道。」

用殘酷的言語迎接了母親，我感到很快意。但是母親和從前一樣，沒有感覺，從不反抗，這也令我很不耐煩。可是如果母親跨越了界限進入我的領域——光是想想都覺得可怕。

母親曬黑的臉上，有一雙狡黠而深陷的小眼睛。只有嘴唇像其他生物一樣紅潤，裡面是鄉下人結實堅硬的大板牙。這個年齡的城市女子，就是濃妝也不稀奇。母親卻盡量讓自己看起來醜陋不堪。然而我敏感地發現，她的臉上像是哪裡還殘留著沉積的情欲，令我感到憎惡。

從老師那裡退下，盡情地哭了一場之後，母親拿出配給的人造短纖維毛巾，敞開曬黑的胸脯擦拭著。發著動物性光澤的毛巾，在浸溼了汗水之後，越發閃亮起來。

她從背包裡拿出米，說是給老師的。我一直沉默不語。母親又取出用灰色的舊絲綿層層包裹的父親的牌位，放在了我的書架上。

「真是難得的好事啊。明天讓和尚給念念經，你父親也會高興的吧。」

「父親忌日過了以後，您也要回成生吧？」

母親的回答令我意外。她已經將寺院轉讓給別人，把僅有的一點田地也處理了，還清了父親治病的借款，說好今後一個人去投靠京都近郊加佐郡的舅舅家。她這次就是來告訴我這件事的。

我沒有可回去的寺院了！那個荒涼海角的村子裡，再也沒有什麼迎接我的了。

不知母親是如何理解此時我臉上浮現出的解脫感的。她貼近我的耳邊悄悄地說：「聽好了啊，你的寺院已經沒有了。今後你只有成為金閣寺住持這一條路了！你必須討得和尚的歡心，讓他把你當成接班人才行。好嗎？這是媽媽活下去的唯一盼頭了。」

我驚慌失措，回頭看了母親的臉。可是我很害怕，不敢直視。

倉庫已經昏暗。母親的嘴貼近我耳邊，這位「慈母」的汗味就飄散在我四周。我記得那時候母親是笑著的。遙遠的哺乳的記憶、淺黑色乳房的回憶，這些留在心裡的印象，讓我感覺特別不快。卑賤野心的火苗，似乎被什麼肉體性的強制力點燃，就是它讓我恐懼不已。母親後腦勺鬈縮的頭髮觸到我的臉頰時，我看到薄暮的中庭長滿苔蘚的洗手缽上面，一隻蜻蜓在停歇著翅膀休息。傍晚的天空落在了小小的圓形水面上。萬籟俱寂，鹿苑寺當時就像一座空寺。

我終於能夠直視母親了。母親滿臉笑容，光滑的嘴唇邊上金牙閃著光。我口吃得厲害，結結巴巴說不成句。

「說、說、說不定，我、我早晚會被軍隊捉去，死在戰場上呢。」

「傻孩子。要是像你這種結巴都要去當兵，那日本真的要完蛋了。」

我挺直了脊背，越發憎恨母親了。可是，結結巴巴說出來的話只能是遁詞。

「金、金閣可能會因為空襲而被燒毀呢。」

「已經到這個地步了，京都不會遭空襲的，美國人會放過我們的。」

……我無言以對。寺院薄暮的中庭變成了海底的顏色。石頭保持著激烈格鬥的形狀沉在海底。

母親完全不把我的沉默當回事，站起來毫無顧忌地望著圍繞五疊榻榻米倉庫的遮雨板，說道：「還不到晚餐的時候嗎？」

——之後回想起來，這次和母親的見面，給我的心裡帶來了不小的影響。如果說就是這個時候，我發覺母親和我根本不是同個世界的人，那麼也同樣是這個時候，母親的想法第一次這麼強烈地作用於我。

母親生來就是和美麗的金閣無緣的人，但是，她懷有我所不具備的對現實的感覺。

儘管與我的期待相反，但京都沒有空襲之虞，也許是事實。如果金閣在將來沒有空襲危險，那麼我就會失去生存的意義，我一直蟄居的世界就會瓦解。

另一方面，母親出人意料的野心，雖然令我憎恨，卻把我俘虜了。儘管父親從未吐露過，但他也許是出於同樣的野心，才把我送到這個寺院裡來的。田山道詮師父是單身。既然師父自己是受前代法師的囑託而繼承鹿苑寺，那麼只要我肯努力，也許就可以成為師父的繼承人。那樣的話，金閣就會屬於我了！

我的思想混亂了。第二野心一旦成為沉重的負擔，就會回到第一夢想——金閣遭到空襲，而一旦這個夢想被母親明確的現實判斷打破，又會回到第二野心。我前前後後地胡思亂想，結果脖子根上竟長出了一個紅腫的大腫塊。

我剛開始沒在意。沒想到腫塊竟扎下了根，以灼熱沉重的力量，從脖子後面壓迫著我，讓我無法安睡。在朦朧之間，我夢見脖子上長了一個純金的光背[1]，橢圓形的光背圍繞著我的後腦勺，並且越發光彩奪目。醒來後才發現那只不過是這可惡腫塊的疼痛而已。

我終於發燒病倒了。住持把我送到了外科醫生那裡。身穿國民服、打著綁腿的外科醫生，給這個腫塊起了個簡單名字，叫「瘡癤」。他捨不得用酒精，就用火燒消毒後的

1　指佛、菩薩像背後之光相，象徵佛、菩薩之智慧。

手術刀來處置了。

我呻吟起來。我感到灼熱沉重的世界，在我後腦勺裂開、萎縮、衰敗……

＊＊＊

戰爭結束了。在工廠裡聆聽停戰詔書的廣播時，我腦子裡想的，不是別的，正是金閣。

所以，一回到寺裡，我就急匆匆地趕到了金閣面前。參觀道路上的石子被盛夏的陽光曬得發燙，我那雙品質低劣的運動鞋膠底，沾上了一粒粒的小石子。

聽完了停戰詔書，如果是在東京，大家應該就要去皇宮前了吧。然而在京都，居然也有很多人跑到空蕩蕩的京都御所去哭。京都有著許多這種時刻供大家去哭的神社佛閣。這一天無論哪裡都是生意興隆，唯獨金閣門可羅雀。

就這樣，灼熱的石子上面只留下了我一個人的影子。應該說，金閣在對面，而我在這邊。從我看到這天的金閣起，我感到「我們」之間的關係已經發生了變化。

金閣從戰敗的衝擊、民族的悲哀等事物中超脫出來，冠絕塵俗，或者說偽裝成超脫。直到昨天，金閣還並非如此。終於免於戰火，從今往後也無需擔心——一定是這些確信使得金閣重新恢復了這樣的表情吧‥自古以來我就立於此處，未來永遠也都會立於此處。

內部陳舊的金箔依然如故，外牆被胡亂塗上的夏日陽光這層漆防護著，金閣彷彿是一個高雅無用的日用品，寂然無聲。這是放置在森林的繁茂綠色前的、空無一物的巨大裝飾架。適合這個裝飾架尺寸的擺飾，只能是碩大無朋的香爐，或者廣漠無垠的虛無。金閣已經使這些消亡殆盡，一下子洗去實質，不可思議地在那裡構築起一個空虛的外形。更加奇異的是，就是在金閣時常顯現出的美當中，也沒有比今天看起來更美的了。

從我的內心風景，不，從現實世界超脫出來，無論何種滄海桑田都巋然不動的金閣，從沒有顯示過如此堅固的美！它的美拒絕所有的意義，從沒有如此熠熠生輝。

毫不誇張地說，看著它，我的腿在顫抖，額頭上滲出了冷汗。曾幾何時，看了金閣回家的我，感覺它的細節和整體像音樂的呼應一般發出聲響，而現在，我所聽到的，是完全的靜止、完全的無音。在那裡，沒有任何的流動，也沒有任何的變化。金閣，就像音樂可怕的休止一樣、像轟鳴的沉默一樣，在那裡存在著、屹立著。

「金閣和我的關係斷絕了，」我想，「那麼我和金閣住在同一個世界裡的夢想也破滅了。並且，比原本更加絕望的事態發生了——美就在那裡，我卻在這裡。只要這世界還繼續下去，就不會改變的事態……」

戰敗對我來說，不外乎就是這種絕望的體驗。即使是現在，我眼前還能看見八月十五日那天火焰般的夏日陽光。大家說所有的價值都崩塌了，可是在我的內心，一切正相反，「永遠」醒來了、復活了，開始主張它的權利了。那就是講述著金閣未來歷經永劫都將在那裡存在的「永遠」。

「永遠」從天而降，貼在我們的臉頰、手和肚子，把我們埋葬起來。這令人詛咒的東西……是的，停戰那天，從周圍群山的蟬聲裡，我也聽出了詛咒一樣的「永遠」。它把我完全封進了金色的牆土之中。

那天晚上睡前的讀經之前，為了祈禱陛下安泰、給戰死者慰靈，特別誦了很長的經。戰爭以來，各宗都只穿簡單的環形袈裟[2]，今夜老師特別穿上了收藏已久的深紅色五條袈裟[3]。

老師連皺紋裡面都洗得乾乾淨淨，圓潤的臉上，今天的氣色也很好，一副極為滿足的樣子。夏夜悶熱，衣褶沙沙的摩擦聲顯得分外清涼。

誦經之後，寺院的弟子都被叫到老師的房間，開始聽他講課。

老師選的公案是《無門關》第十四則的「南泉斬貓」。

「南泉斬貓」也見於《碧巖錄》第六十三則「南泉斬貓兒」和第六十四則「趙州頭戴草鞋」，自古以來就是一樁以難解聞名的公案。

唐代時池州南泉山上有一位叫作普願禪師的名僧。他也因山名被稱作南泉和尚。

有一天，所有和尚都去除草，在空寂的山寺裡發現了一隻小貓。大家都覺得稀奇就跑去追，不想抓到了以後，東西兩堂開始爭奪起來。兩邊都想把這隻小貓當成自己的寵物。

看到了這一切，南泉和尚突然抓住貓脖子，將割草的鐮刀架在上面說道：「道得即救取貓兒，道不得即斬卻也。」眾僧都未答。南泉和尚當即斬了小貓扔掉了。

到了傍晚，他的高足趙州回來了。南泉和尚講述了事情的來龍去脈，徵詢趙州的意見。

趙州立刻將穿在腳上的草鞋脫下戴在頭上，走出門去。

南泉和尚歎息道：「啊，如果你今天在這裡的話，這貓兒就得救了。」

——大致情節就是這樣，特別是趙州頭戴草鞋的一段自古難解。

但按老師的講解，這並不是什麼特別的難題。

南泉和尚斬貓，實際上是斬了自我的迷妄、斷了一切妄念妄想的根源。透過這無情的實踐，斬斷了貓首，就斬斷了一切矛盾、對立和自他的爭執。如果把這個叫作「殺人之刀」的話，趙州的那個就是「活人之劍」。將沾滿泥土、被人蔑視的草鞋，用無限的寬容把它放在頭頂上，從而實踐了菩薩道。

2 僧人的簡便式袈裟。寬幅六公分左右的綾布做成環形，繞過脖子掛在胸前。

3 僧人袈裟的一種。由五條布縫合在一起做成的袈裟。

老師這麼解釋著，絲毫沒有涉及日本的戰敗，就結束了講課。我們像是被狐狸誆騙了一樣。為什麼要在日本戰敗的今天選擇這個公案呢？完全摸不著頭腦。

在回自己房間的走廊上，我問了鶴川這個問題。鶴川也搖了搖頭。

「不知道啊。不經過僧堂生活，是不會明白的。不過即便如此，我覺得今夜的講課有意思的地方，就是明明是戰敗日，卻不講這個而去講什麼斬貓的故事呢。」

雖說我絕不認為戰敗是不幸，但老師那滿足幸福的臉卻讓我有些介懷。

一般來說，在一個寺院裡，對住持的尊敬可以維持寺院的秩序。但過去一年，雖然受到老師很多照拂，我對他卻敬愛不起來。這樣也好。可是，自從被母親點燃了我的野心以來，十七歲的我，卻時常帶著批判的眼光去看待老師了。

老師是公平無私的。然而，那種公平無私，我很容易想像得到，就算是我當了老師也能做到吧。老師的性格裡，也缺乏禪僧獨特的幽默感。一般來說，幽默是他那種微胖身材的標配啊。

聽說老師玩遍了女人。想像一下老師玩弄女人的情景，既可笑，又不安。被他那粉色的麻糬一樣的肉體抱著，女人該是一種什麼樣的心情啊。她會覺得這粉色柔軟的肉體一直延伸到世界盡頭，自己彷彿被這肉體的墓地所埋葬了吧。

禪僧也有肉體，我覺得太不可思議了。老師玩遍女人就是為了捨棄肉體、輕蔑肉體吧。可是，那被輕視的肉體卻吸收了營養，光滑潤澤，包含著老師的精神，這點讓我不可思議。溫順而謙虛的肉體，就像被馴化的家畜一樣。對於和尚的精神來說，簡直就像侍妾那樣的肉體……

我得說明一下，戰敗對我來說意味著什麼。

那不是解放，絕對不是解放，而是一種不變的東西、永遠的東西，是融入了日常的佛教時間的復活。

從戰敗的第二天開始，寺裡的日課就恢復了原狀，繼續下去：起床、早課、早餐、勞動、午餐、晚餐、沐浴、就寢……因為老師嚴禁我們買黑市的米，所以我們的大米只能靠施主的布施。或是執事為了長身體的我們，假稱布施米而偷偷買來的黑市米，沉澱在薄粥的碗裡。他也時常出去買甘薯。吃粥不只有早晨，就連中午和晚上也都是稀粥或者薯類，我們總是在挨餓。

鶴川時常拜託東京的父母寄來一些甜食。到了夜深之時，他就來到我枕邊和我一起分享。深夜的天空不時會劃過閃電。

我問他，為什麼不回到富裕的老家、回到慈愛的父母身邊呢？

「可是，這也是修行啊。反正我是要回去繼承父親的寺院的。」

他好像一點都不以諸事為苦，就像筷子盒裡整齊地嵌進去的筷子。我進一步追著他說，也許我們今後會進入一個無法想像的新時代。那時，我想起了大家都在說的一件事。

戰爭結束後的第三天，我們去學校的時候，工廠的督導、一個軍官，將裝滿一卡車的物資運回了自己家。那個軍官還公然說，今後他就要當黑市老闆了。

那個大膽、殘酷、長著一雙銳眼的軍官，真是在向著惡突飛猛進了。他那半長靴子跑向的道路前方，和戰爭中的死亡一模一樣，有朝霞一樣的無序。胸前飄著白絹的圍巾，深弓著腰背著偷來的物資，臉上迎著黎明的風，他就這樣出發了吧。他會以飛快的速度被磨滅殆盡吧。但是在更遠的地方，鐘樓閃著無序的光，輕快地鳴響鐘聲……

我與這所有的一切都隔絕了。我沒有錢、沒有自由，也沒有解放。但是，當我說出「新時代」的時候，十七歲的我，的確已經有了一個雖然尚未有清晰樣貌，但已經下定的決意了。

「如果說世人用生活和行動來體味惡，那我就盡可能地深深沉入我內部的惡裡面去吧。」

但是，我首先想到的惡，只不過是什麼時候巧妙地討好老師，把金閣據為己有而已；又或者是空想著毒殺老師，之後就占據金閣之類幼稚的夢而已。在我確認了鶴川沒有同樣的野心之後，這個計畫甚至成了我良心的慰藉。

「你對未來沒有什麼不安或希望嗎？」

「沒有啊，什麼也沒有。就算有，又能怎樣呢？」

這麼回答的鶴川的語調裡，沒有一絲陰暗或自暴自棄。那時的閃電，照亮了他臉上唯一纖細的部分——細長舒緩的眉毛。似乎是鶴川聽任理髮師的意見，讓他剃掉了眉毛的上下部分。所以原本細長的眉毛愈發呈現出人工的精緻，眉梢的一部分，還隱約可見青色的剃痕。

我瞥了一眼那青色，頓時感到不安。這個少年與我不同，他生命純潔的末端燃燒著。在燃燒結束之前，未來隱藏不見。未來的燈芯浸在透明的冷油裡。誰還有必要預見自己的純潔無瑕呢？如果未來只剩下純潔無瑕的話。

……那晚，鶴川回到他房間之後，殘暑的悶熱令我失眠了。而想要抵制自慰習慣的心情，也使我無法入睡。

我偶爾還會遺精。夢境裡也沒有什麼確實的色欲的影像。比如一隻黑狗奔過黑暗的城鎮，張著火紅的嘴在喘息，狗脖子上掛著的鈴鐺不停地響著讓我興奮，當鈴鐺響到極限時，我就射精了。

自慰時，我陷入地獄般的幻想。有為子的乳房出現了，有為子的大腿出現了。然後，我變成了一隻無比小的醜陋蟲子。

——我一蹴而起，沿著小書院的後面悄悄地溜了出來。

鹿苑寺的後面，從夕佳亭再往東，有座山叫不動山。山被紅松覆蓋，松樹之間混雜著茂盛的小竹，還有溲疏、杜鵑等灌木。那座山我十分熟悉，即便夜裡攀爬都不會絆著。

登上山頂極目遠眺，不僅上京、中京盡收眼底，甚至能望見遙遠的比叡山和大文字山。

我爬上了山。不顧驚飛的鳥聲，躲閃著樹墩，專心向上爬。心無旁騖的攀登，馬上讓我感到了療癒。到了山頂，涼爽的夜風習習，席捲了我汗流浹背的身體。

眼前的眺望讓我不敢相信自己的眼睛。解除了長期燈火管制的京都，目光所及，盡是燈火。戰爭結束後，一次都沒有在夜裡登上這裡，所以這光景對我來說，簡直就是奇蹟。

燈光呈現出一個立體的形狀。在地平面上四處散落的燈，失去了遠近感，就像純粹由燈火形成的一個透明的大建築，長出複雜的角，張開翼樓，屹立在黑夜正中。這才是都城啊。只有京都御所的森林沒有燈火，像一個巨大的黑洞。

天空那方，閃電不時從比叡山的一側劃過黑暗的夜空。

「這就是俗世。」我想，「戰爭結束了，在這些燈火下面，世人被邪惡的想法驅使著，眾多男女在燈下互相凝視對方的臉，嗅著馬上撲鼻而來的、死亡一般的行為的氣味。一想到這無數的燈都是邪惡的燈，我的心就得到了安慰。請讓我心中的邪惡繁殖，無窮無盡地繁殖，綻放光彩，和眼前這些無數的燈一一對應起來吧！請讓包容邪惡的我心中的黑暗，變得和這包容無數燈火的夜的黑暗一模一樣吧！」

來參觀金閣的遊客漸漸多了起來。為了因應通貨膨脹，老師向市裡申請，提高了參觀費。

之前的遊客，都是身著軍服、作業服和工作服的不起眼的散客。不久，占領軍到了，俗世的淫亂風俗在金閣四周集結起來。同時，獻茶的習慣也恢復了，女人穿上了曾藏在四處的華美衣裝，登上了金閣。暴露在他們眼裡的我們和我們身著僧衣的身姿，如今和她們形成了鮮明的對照，我們簡直就像乘著酒興扮演和尚一般，又像為了前來參觀某地珍稀風俗的遊客而特意固守過去陋習的當地居民一樣……特別是美軍，毫不客氣地拉扯我們的僧衣，取笑我們，或者拿出點錢，讓我們把僧衣借給他們拍照。不止如此，我和鶴川還時不時被借去充當半吊子的英語導覽員，以代替不會英語的老導覽員。

＊＊＊

戰後最初的冬天來了。從一個週五的晚上開始下雪，週六也在不停地下。就是去上學的時候，我也盼望著中午回來，一睹雪中金閣的美景。

下午還在下雪。我腳蹬橡膠長靴，肩上掛著書包，沿著參觀路線來到鏡湖池畔。雪簌簌地下著。就像小時候經常做的那樣，我仰面朝天地張大了嘴。於是雪花發出了碰到極薄的錫箔一樣的聲音，觸碰到我的牙齒，我感到我溫熱的口腔裡，每個角落都飄進了雪花，融進了我嘴裡紅色的肉的表面。那時我在想像著究竟頂上的鳳凰的嘴，那隻金色怪鳥光滑火熱的嘴。

雪讓我們恢復了少年的心情。何況過了年我也才十八歲。我身體內部感到了少年般的躍動，這難道不是真實的嗎？

被雪籠罩的金閣之美無與倫比。這四面通透的建築任憑風雪飛入，細長的柱子在雪中屹立著，展現著清爽的素顏。

為什麼雪不會口吃呢？我想。有時，它被八角金盤的葉子擋住時，也會像口吃一樣落下，掉在地面上。可是，當我沐浴在從無遮無擋的天空暢快落下的雪中時，就會忘卻心的扭曲，我的精神就像沐浴在音樂中一樣，恢復了誠實的律動。

立體的金閣，在雪的映襯下，變成了與世無爭的平面的金閣、畫中的金閣。兩岸紅葉山的枯枝，幾乎支撐不住雪的重量，那裡的樹林比平時看起來更加稀疏。遠近松樹上的積雪很壯麗。結冰的池面上又積了一層雪。也有的地方很奇怪，並沒有積雪。那些白色的巨大的斑斑點點，宛如裝飾畫裡大膽描摹的雲彩。彷彿九山八海石與淡路島都和池上的冰雪相連，那裡繁茂的小松，就像是從冰雪原野的正中偶然生長出來的。

不住人的金閣，除了究竟頂和潮音洞兩個屋頂，再加上漱清亭的小屋頂呈現清晰的白色之外，其餘黑暗而複雜的木架組合，在雪中越發顯現出生動的黑色。我們有時會懷疑南畫[4]的山中樓閣中有沒有人，突然把臉貼近畫面窺探。金閣古老的木色黑得發亮，也讓我產生了一種想要窺探裡面究竟有沒有人住的心情。可是，即使靠近過去，我的臉也只能碰到冰冷的雪之絹繪，無法再接近了。

通往究竟頂的門今天也向下雪的天空開放著。仰望著那裡，我的心仔細凝視著雪花的命運：飄落下來的雪花，在究竟頂空無一物的狹小空間裡飛旋飄舞，不久就停在壁面生鏽的舊金箔上，停止了呼吸，結成了一顆顆小小的金色露珠。

……第二天，週日的早晨，老導覽員來找我了。

原來是寺院開門前，有個外國士兵來參觀了。老導覽員用手勢讓他等著，跑來叫「能說英語」的我。不可思議的是，我的英語居然比鶴川都好，而且一說英語，我也不結巴了。

大門前停了一輛吉普。爛醉如泥的美國兵用手撐著大門的門柱，俯視著我輕蔑地笑著。

雪霽的前庭耀眼奪目。青年背對著那炫目的光，滿是橫肉、泛著油光的臉上呼出的白色氣息混合著威士忌的酒氣，撲面而來。面對著這種身量比我大太多的人，想像著他心中湧動的感情，我感到了不安。

4 日本畫派。因受中國「南北宗論」影響而稱「文人畫」為「南畫」，形成宗派。

我決定不做任何抵抗，只是說雖然還沒有正式開園，但我會給你特別導覽，請他繳納參觀費和導覽費。這個醉酒的巨漢居然老實地付了款，然後向著吉普車裡說了句「出來」之類的話。

雪的反射太過耀眼，看不清吉普昏暗的車內。車篷的採光窗裡面，似乎有個什麼白色的東西在動，像是兔子一樣的東西。

吉普的踏板上伸出了一雙穿著細長高跟鞋的腳。如此寒冷還不穿襪子，我吃了一驚。女人身披大紅的外套，腳趾甲和手指甲都染上了同樣的鮮紅色，一看就知道是為外國人服務的娼妓。外套的下襬綻開時，露出了有點髒的毛巾材質的睡衣。女人也喝得爛醉，眼睛發直。男人倒是一身軍服穿戴整齊，女人看似剛鑽出被窩，在睡衣上披了件外套，戴了條圍巾就出來了。

在雪的反光中，女人的臉顯得很蒼白。沒有血色的臉上，只有鮮豔的口紅毫無生氣地浮現出來。一下車，女人就打了個噴嚏，細長的鼻梁上聚起了許多小皺紋，酒醉疲倦的眼睛看了下遠方，又渾濁地黯淡了下來。她把「傑克」發成「夾克」，呼喊著男人的名字。

「夾克，太冷了，太冷了！」（英語）

女人的聲音哀切地在雪上流淌。男人沒有回答。

我是第一次感到這種女人的美，並不是因為她像有為子。沒有絲毫相同，就像是刻意畫得不要像有為子，如此反覆推敲琢磨著描繪出來的肖像一般。怎麼說呢？她彷彿是抗拒著關於有為子的記憶而形成的影像，帶著一種反叛性的新鮮美。我之所以會感到她美，是因為在對人生最初感到的美之後的肉欲的反抗之中，我有一種類似諂媚的感情。只有一點和有為子相同。對於沒穿僧衣、身著骯髒工作服和橡膠長靴的我，女人完全不屑一顧。

那天清早，僧人全體出動，好不容易清理乾淨了參觀道路上的雪。如果是團體遊客可能有些麻煩，但人數不多的話，可以排成一列通過。我在美國兵和女人前面走著。

美國兵來到池邊，一看到美景就張開手臂，不知道高嚷著什麼，發出了歡呼聲，還粗暴地搖晃著女人的身體。女人皺起眉頭，只說了一聲：

「噢——夾克，太冷了，太冷了！」（英語）

美國兵指著被雪壓彎的青木葉間掩映著的鮮豔的紅色果實，問我這是什麼。我只能回答是「青木」。和那巨大的身體不相稱，他看起來倒像個抒情詩人，但是他那澄澈的藍眼睛讓我感到了殘酷。外國童謠「鵝媽媽」裡，把黑眼睛唱成邪惡殘酷的人。世人都把殘酷的想像寄託在外國人身上，這是普遍的現象嗎？

我按慣例帶他參觀了金閣。士兵醉得厲害，搖搖晃晃，把鞋子脫下來隨意甩了出去。我用凍僵的手，從口袋裡掏出了這種場合下應該照著讀的英文說明書。可是美國兵從旁邊伸手搶走，用滑稽的語調開始朗讀，不需要我說明了。

我背靠著法水院的欄杆，眺望著閃閃發光的池面。金閣從來沒有如此明亮地反映在水面上，令人不安。

在我不注意的時候，正往漱清亭方向去的那對男女爭吵了起來，漸漸地越吵越凶，我一句也沒聽清楚。女人也毫不示弱地對罵，但聽不清她說的是英語還是日語。兩人吵著吵著，忘記了我的存在，又回到法水院這邊來。

女人照著伸頭大罵的美國兵的臉，乾脆地給了一巴掌，然後轉身就逃，穿著高跟鞋，向參觀路線的入口跑了過去。

我糊裡糊塗，下了金閣就沿著池畔跑起來。然而等我追上那女人，她已經被長腿的美國兵追上，抓住了鮮紅外套的胸襟。

青年就那樣瞥了我一眼，然後輕輕地鬆開了抓著女人鮮紅胸口的手。那手上的力量不是一般的大。女人直挺挺地倒下去，仰面朝天地躺在了雪地上。鮮紅色外套的下襬綻開，白皙的大腿在雪上袒露開來。

女人沒有要起身，一直從下面睨視高高在上的男人。我不得已跪下，想把女人扶起來。

「哎———」美國兵叫起來。我回頭望去。他兩腿大大地叉開，站在了我的面前，用手指給了我信號，然後一改之前的粗暴，以極其溫柔圓潤的聲音，用英語說話了。

「踩啊，你踩一下試試。」

我一頭霧水。可是他的藍眼睛從高處發令了。在他的寬肩膀後面，頭戴白雪的金閣光彩奪目，像洗過一樣的冬日碧空溫潤可愛。他藍色的眼睛一點也不殘酷。為何，我感到這是一個罕見的抒情性的瞬間呢？

他伸出粗大的手，抓著我的領子讓我站起來。但是，命令的聲音依舊那麼溫暖柔和。

「踩啊，踩下去！」

我難以抵抗，抬起了穿著橡膠長靴的腳。美國兵拍了拍我的肩膀。我的腳落下，踩到了春泥一樣柔軟的東西。那是女人的腹部。女人閉上眼呻吟著。

「再踩啊，用力踩。」

我又踩了。第一次踩的異樣感，第二次就變成了迸發的喜悅。邊踩邊想，這裡就是女人的腹部，這裡就是胸部。他人的肉體會像球一樣如此誠實地回彈，實在是出乎我的意料。

「好了。」

美國兵明確地說道。然後他很有禮貌地抱起女人的身體，拂去泥和雪，沒有回頭看我，就扶著女人先行離開了。女人直到最後也沒有看我。

來到了吉普旁，美國兵先讓女人上了車，然後用酒醒後嚴肅的神情，對我說了聲感謝。他要給我錢，但是我拒絕了。他從汽車座位上拿出兩條美國菸，塞到我的手裡。

我站在大門前的雪的反光中，臉上火辣辣的。吉普揚起了雪霧，小心謹慎地搖晃著，跑遠了。吉普消失不見了。我的肉體仍亢奮不已。

……終於，我的亢奮停止了，心中浮起了偽善的歡喜。酷愛香菸的老師收到我的禮物，該有多麼高興啊，在他毫不知情的情況下。

一切都沒有坦白的必要。我只不過是被命令的，被強迫的。如果反抗的話，我自己就會倒楣吧。

我去往大書院的老師房間。手巧的執事正在給老師剃頭。我在灑滿晨光的走廊下等著老師。

庭院裡陸舟松上的積雪潔白耀眼，簡直就像折疊起來的嶄新白帆一樣。

剃頭時，老師閉著眼睛，雙手捧著紙張，接著掉下來的頭髮。剃著剃著，那頭顱越發清晰地呈現出動物般真實的輪廓。一剃完，執事就用溫熱的手巾把老師的頭裹了起來，過了一會兒又揭開。從手巾下方，露出了剛出生似的熱氣騰騰的頭，又像剛剛煮出來的東西。

我好不容易才說明了來意，將兩條切斯特菲爾德香菸遞上去，磕了頭。

「喔——辛苦了。」

老師臉上掠過了一絲微笑，說道。只有這一句。兩大條香菸，被老師的手非常公式化地扔到了堆滿各種資料和信件的書桌上，隨意地疊在了上面。

執事開始給老師揉肩，老師又閉上了眼睛。

我不得不退下了。不滿的情緒讓我渾身發熱。自己所做的不可理解的惡行，為此得到的獎賞——香菸，毫不知情收下的老師……這一連串的關係，應該更加戲劇性、更加激烈才對。作為老師居然沒有發覺這些，又成為了我輕視老師的一大理由。

可是，正當我要退下時，老師叫住了我。他正好要向我施加恩惠。

「我呢，想把你，」老師說道，「一畢業就送到大谷大學去。你去世的父親肯定擔心著你。你一定要好好讀書，拿出好成績去上大學。」

——這個消息很快就經由執事的嘴傳遍了整個寺院。老師主動提出來要我上大學，一定是被他格外器重的證據。過去的徒弟為了能上大學，堅持一百個夜晚都去住持的房間給他揉肩，才總算實現了願望——這樣的傳說成百上千。家裡出錢供他去上大谷大學的鶴川，拍著我的肩膀替我高興。而沒有從老師那裡得到任何承諾的另一個徒弟，從那以後就再也不理我了。

第四章
柏木

不久就迎來了昭和二十二年的春天，我進入大谷大學預科了。在外人看起來，我是在老師不變的慈愛和同門的豔羨的包圍之中得意洋洋地入了學，但實際上並非如此。關於這次上大學，有著不堪回首的個中緣由。

老師在那個雪晴的早晨承諾讓我上大學的一週後，我一從學校回來，那個老師沒有給他升學機會的徒弟，用異常開心的表情看著我。這之前，他是根本不理睬我的。

僧人的態度也好、執事的態度也好，都非同往常。表面上他們都裝得和平常一樣，可是，我看得出來。

當天晚上，我去了鶴川的房間，向他傾訴寺院其他人的態度奇怪之事。鶴川剛開始也和我一起做出不明就裡的樣子，但不善於偽裝感情的他，不久就顯出一副不安的表情，緊緊地盯著我。

「我從他，」他說出了另外一個徒弟的名字，「我從他那裡聽到別人說的。之所以這麼說，是因為他也去了學校，之前也不知道的……總之，你不在寺裡的時候，發生了一件奇怪的事。」

我心裡一震，連忙追問。鶴川讓我發誓嚴守祕密，一邊小心翼翼地看著我的臉色，一邊說了起來。

那天下午，寺裡來了一個身穿鮮紅外套的專為外國人服務的妓女，要求和住持見面。執事代他出去見了女人。女人罵了執事，說是無論如何也要見住持。不巧的是正好老師經過走廊，看到了女人就來到門口。女人說，一週前一個雪晴的早晨，她和一個外國兵一起來金閣遊玩時，被外國兵推倒在地，寺裡的小僧為了討好外國兵，踩了她的肚子。那天晚上她就流產了。她想向寺裡要些賠償。如果不給的話，就要將鹿苑寺的暴行公之於眾。

老師沉默著，給了女人錢讓她回去了。他知道那天的導覽員除了我之外別無他人，但因為沒有目擊者，所以老師叮囑絕對不要讓我知道此事。這一切，老師都置之不問。

但是，寺裡的人從執事那裡聽說了這件事，都毫不懷疑我的暴行。鶴川幾乎是含著眼淚，拉起了我的手，用他那透明的眼光盯著我，用少年特有的青澀聲音擊打著我。

「你真的幹了那種事嗎？」

……我直面了自己黑暗的感情。鶴川如此直擊靈魂的追問，使我不得不面對。

為什麼鶴川要問我這個呢？是出於友情嗎？他知不知道，他藉由這個質問，放棄了自己真正的職責？他知不知道，他藉由這個質問，傷及了我的深處，背叛了我？

我不止一次說過，鶴川是我的正片……鶴川如果盡職盡責的話，就不會追究我，也不會質問我，而是應該默默地把我黑暗的感情原封不動地翻譯成明亮的感情。那時，謊言就會變成真實，真實就會變成謊言。如果鶴川用他那與生俱來的方法，將所有的陰影都變成陽光，將所有的夜晚都變成白天，將所有的月光都變成日光，將所有夜晚苔蘚的陰溼都變成白晝閃亮的嫩葉的顫動──如果我能看到他的這種翻譯，也許會結巴著，把一切都向他懺悔吧。然而，偏偏就是這個時候，他沒有這麼做。於是，我黑暗的感情獲得了力量……

我曖昧地笑了。在沒有火的寺院的深夜，膝蓋寒冷，幾根古老的粗柱高高地聳立著，包圍著竊竊私語的我們倆。

我戰慄也許是因為寒冷。但是，第一次公然向這位朋友說謊的快樂，也足以讓我只穿著睡衣的膝頭顫抖了。

「我什麼事也沒做啊。」

「是嗎？那麼，就是那個女子跑來撒謊了。畜生，執事居然深信不疑。」

他的正義感漸漸高漲，已經到了明天一定要去老師那裡為我辯明清白的地步。那時我心裡突然浮現出了老師那像剛煮好的蘿蔔一樣新剃的光頭，還有那粉色的無欲無求的臉頰。對這個心象，不知為何我突然感到了一種強烈的厭惡。在鶴川的正義感還沒有顯露出來的時候，必須用我的手將它埋葬。

「話雖這麼說，但老師相信是我做的嗎？」

「這個嘛……」鶴川一下子被問住了。

「不管別人在背地裡胡說什麼，老師只是默默地看著，可以說他很放心。我是這麼想的。」

然後，我讓鶴川明白了他的解釋反而只能增加大家對我的猜疑。我說，正是老師知道我的無辜，才對一切不管不問的。說著說著，我心中的喜悅開始萌發，這喜悅漸漸根深柢固了。「沒有目擊者，沒有證人」的喜悅……

其實，我也並不相信只有老師認為我無辜。不如說正相反，老師對一切都不管不問，反而印證了我的推測。

或許，接受了那兩條切斯特菲爾德的時候，老師就已經看穿了這一切。之所以不問，也許是為了能一直在遠處等待我自發的懺悔。不僅如此，他還把升大學的誘餌作為我懺悔的交換，如果我不懺悔的話，作為懲罰就會取消我升學的資格。如果我懺悔了，並且由他確認我是真的改過自新了，就會特別恩准我上大學。而更大的圈套就是，老師命令執事不要向我透露任何消息。如果我真是無辜的話，就會毫無所感、一無所知地一天天這樣過下去。但是，如果我並非清白，並且多少有點智慧，那麼我也完全能夠模仿無辜，度過純潔沉默的日子，也就是絕對不需要懺悔的日子。對，模仿就行，這就是最好的辦法，是我自證清白的唯一出路。老師暗示著我，讓我落入了那個圈套……想到這裡，我怒火上湧。

我也並非沒有辯解的餘地。如果我不踩踏女子，也許那外國兵就會掏出手槍來威脅我。我無法反抗占領軍。我所做的一切都是被迫的。

但是，我橡膠長靴的靴底所感受到的女人的腹部，那像討好一樣的彈力、那呻吟、那被擠壓的肉開花的感覺、某種錯亂的感覺，以及那時從女人身體貫穿了我身體正中的、隱隱的閃電一般的感覺……這些東西，不能說是我被迫體味到的。我現在也不曾忘記那甜美的瞬間。

老師一定知道我感覺的核心，那甜美的核心！

之後那一年，我成了籠中的小鳥。籠子一直在我眼前閃現。我雖然下決心絕對不懺悔，但我的每天少了無愧的安心感。

真是不可思議。當時沒有一點罪惡感的行為、那個踩踏女人的行為，在我記憶當中，變得越發光輝起來。並不只是因為我知道了女人流產這個結果。那個行為就像沙裡的金子一樣在我的記憶裡沉澱，一直綻放著奪目的光彩、惡的光彩。是的，即便我犯的是很小的惡，但作惡這個明瞭的意識，不知何時我已經具備了。它就像勛章一樣，掛在了我的胸膛內側。

……那麼，實際問題就是，我在考大谷大學之前，每天都要小心揣摩老師的心思，別無他法。老師一次也沒有說過要推翻讓我上大學的口頭約定，但是也沒有催促我做升學考試的準備。不管怎樣，我是多麼熱切地盼望著老師的一句話啊！老師故意刁難，保持沉默，讓我忍受著長時間的拷問。我也一樣，不知道是出於恐懼，還是出於反抗，沒能就升學的問題再次詢問老師。我曾經對他保持普通的敬意、有時也會用批判的眼光審視的老師，徐徐地變得如怪物一般巨大，已經不像是有著人類之心的存在了。我曾數次試圖轉移視線，可是他依然存在，宛如一座奇怪的城堡盤踞在那裡。

晚秋的一天，外地一個老施主的葬禮要請我們過去。他家在坐火車也要兩個小時的地方。前一天晚上老師就告訴我們第二天早晨要五點半出發，執事也一起去。我們為了配合老師出門的時間，必須凌晨四點就起床清潔打掃和準備早飯。

在執事伺候老師的時候，我們一起床就誦了早課的經。

從陰暗寒冷的寺廚，傳來了水桶打水的咯咯吱吱的聲音，不絕於耳。寺裡的人都趕著洗臉。後庭的雞鳴清爽俐落地劃破了晚秋黎明的黑暗，聽起來光明閃亮。我們攏著法衣的袖子，急急忙忙地趕去客殿的佛壇前。

沒有人睡的寬闊的榻榻米席子，在黎明前的寒氣中，有種拒人千里之外的寒冷觸感。燭臺的火焰在跳動。我們拜了三拜。站著叩首，然後隨鉦聲坐下再叩首，如此反覆三次。

早課誦經時，我總是感到合誦的男聲裡面有著蓬勃的生命力。一天的誦經中也屬早課的聲音最有力，那聲音的強大，就像是將整個夜晚的妄念全都吹散，從聲帶裡迸發出黑色的水花一樣。我不知道我怎麼樣。雖然不知道，但一想到我的聲音也同樣可以將男人的汙穢四處散布，莫名地就給了我勇氣。

我們還沒吃完早餐，老師出發的時刻就到了。按規矩，寺院的人都要在大門前整齊列隊，恭送老師出門。

天還沒有亮。夜空中灑滿了星星。通向山門的石板路，在星光下白晃晃地延伸出去，巨大的櫟樹、梅和松的影子，四處蔓延，互相交融，占據了大地。我穿著有破洞的毛衣，黎明的寒氣從我的手肘處滲入了身體。

一切都在無言中進行。我們默默地低下頭。老師幾乎不回應。只聽見老師和執事的木屐聲，在石板路上嘎嘎地響著，離我們遠去。一直要目送到看不見背影為止，這是禪宗的禮儀。

他們走出了很遠，我們看見的已經不是背影的全部，只有僧衣的白色下襬和白色布襪。有時會覺得已經看不見了，但那是被樹影給遮住了。稍後，樹影對面又一次出現了白色的下襬和襪子，足音的回聲反而更加響亮了。

我們一動不動地目送著。從出了總山門，一直到兩人的身影完全消失，這時間對於目送的我們來說，實在是太漫長了。

那時我心裡湧起了一種異樣的衝動。正如當我要說出重要話語時口吃會阻礙我一樣，這個衝動只是在我的喉頭燃燒著。我渴望解放。母親曾暗示過的繼承住持之位的希望自不必說，就是我上大學的希望，此時也渺茫至極。我想從無言地支配著我、壓迫著我的東西那裡逃出來。

我不能說此刻我沒有勇氣。告白者的勇氣誰不知道！二十年來沉默不語地活下來的我，當然知道告白的價值。你想說我是小題大做？我覺得，我是對抗著老師的無言，堅持沒有告白，嘗試了「作惡是否可能」這件事。而如果我到最後也不懺悔，就是再小的惡行，作惡也已然成為了可能。

然而，當我看到老師白色的下襬和布襪在樹叢裡若隱若現，漸漸消失在黎明的黑暗中，我喉頭燃燒著的力量，就幾乎成了難以控制的力量。我想把一切向老師坦白。我想追上老師，緊緊抓住他的袖子，大聲地把那雪後發生的一切一一道來。絕不是對老師的尊敬之意讓我這麼想的。老師的力量，對我來說，類似一種強大的物理性的力量。

……但是，如果坦白的話，我人生最初的小惡也就會瓦解的——這個想法，讓我打消了坦白的念頭，像是有什麼東西緊緊地拽著我的背。老師的背影穿過了總山門，消失在了尚未明亮的天空底下。

大家一下子獲得了解放，鬧哄哄地跑進了大門裡。我站在那裡茫然若失。鶴川拍了拍我的肩膀。我的肩膀甦醒過來了。這瘦弱寒酸的肩膀，又找回了自尊。

＊＊＊

……儘管經歷了這些周折，但如前所述，我最終還是進入了大谷大學，不需要懺悔。那一日後過了幾天，老師把我和鶴川叫去，言簡意賅地交代了幾件事：該開始準備考試了，免去我們每日雜役以便備考等。

就這樣，我進了大學，但並不是一切都因此而解決了。老師還是這種態度，什麼也沒說，關於寺院繼任者一事，也完全摸不透他的心思。

大谷大學，這是我生來第一次接觸思想、第一次親近我自由選擇的思想的地方，是我人生的轉折之處。

這所大學，起源於近三百年前。寬文五年，筑紫觀世音寺的大學宿舍被遷移至京都的枳殼寺內，成為了這所大學的前身。之後一直都是大谷派本願寺子弟的修道寺，到了本願寺第十五世常如宗主時，大阪門徒高木宗賢捐出傳道所得財產，卜定了位於京都北部烏丸頭的此地，創辦了這所大學。作為大學，一萬兩千七百坪的占地並不算大。但是，不止大谷派，各宗派的青年都在這裡修習印度哲學的基礎知識。

古老的磚瓦門，隔著電車道和大學的操場，與西面天空中連綿不斷的比叡山遙遙相對。一進大門，鋪滿小石子的車道通向主樓前的花壇。主樓是古舊暗沉的二層紅磚建築。正門的屋頂上，高聳著青銅的樓櫓。說它是鐘樓卻沒有銅鐘，說它是時鐘臺呢，又沒有時鐘。那樓櫓在纖細的避雷針下，用它空洞的方形窗口，裁剪下了一塊藍天。

正門的旁邊，有一棵古老的菩提樹。那莊嚴的葉叢，在太陽的照射下發出古銅色的光彩。校舍從主樓向周邊不斷增建，毫無秩序地連綿開去，多數為古老的木造平房。校內不准穿鞋，所以房屋和房屋之間都是用老朽的木板延綿連成的走廊連接著。校方就像突然想起來似的，只修補木板破損的地方。所以，在房屋之間穿行時，彷彿是踩在從最新的木色到最古老木色的、各種濃淡相間的馬賽克上。

就像任何一所學校的新生一樣，我每天帶著新鮮的心情來上學，一邊又感覺漫無目標、無所事事。認識的人只有鶴川一個，總是想著只和他說話。可是老這樣的話，好不容易來到的新世界，就會變得毫無意義。鶴川好像也有同感，在開學幾天後，休息時我們兩人特意分開，各自努力去發掘新朋友了。可是，口吃的我沒有這樣做的勇氣，隨著鶴川的朋友增多，我越發變得孤獨了。

大學預科一年級有修身、國語、漢文[1]、華語、英語、歷史、佛典、邏輯、數學和體操十門課。邏輯課從一開始就令我頭疼。一天，下課後午休時，我想去找一個一直以來心有所寄的同學問兩三個問題。

這個同學總是一個人在後院的花壇邊吃便當。那個習慣好像是一種儀式，並且他那似乎厭惡食物的吃相也拒人千里之外，所以誰都不願意接近他。他也不和同學說話，看起來彷彿拒絕交友一般。

我知道他名叫柏木。柏木最顯眼的特點，是他兩條非常嚴重的內翻足。他走路實在費勁，就像一直在泥濘中行走一樣，一隻腳好不容易剛從泥濘中拔出來，另一隻腳又陷進泥濘中去了。而且隨著腳的動作，他全身都在跳躍，走路就像一種大費周章的舞蹈，完全失去了日常性。

從入學之初我就注意柏木，並不是沒有緣故的。他的殘疾令我安心。他的內翻足，從一開始就意味著和我被命運安排的條件完全相同。

柏木在長著三葉草的後院空地上打開了便當盒。空手道和乒乓球社團設在窗戶玻璃幾乎都掉落的廢置房間，這些房間都對著後院。後院種著五、六棵瘦松，還有空空如也的小溫床架。溫床架上的藍色油漆已經剝落，木刺粗糙，就像乾枯的假花那樣蜷縮著。旁邊有個兩三層的盆栽架，有堆積成山的瓦礫，還有栽著風信子和櫻草的花圃。

三葉草的草地坐著很舒服。陽光被它柔軟的葉子吸收，細碎的影子漾滿草地，看起來就像輕輕漂浮在地面上一樣。坐著的柏木和走路時不同，與一般的學生無異。不僅如此，他蒼白的臉上，還有一種危險的美。肉體上的缺陷者有著與美女一樣的無敵美貌。

缺陷者也好，美女也好，都疲於被看，厭倦了自己是被看的存在，被追得無路可走時，只能用存在本身回看他人，觀者才是勝者。吃著便當的柏木低著頭，但是我感到他的目光已經看盡了自己周圍的世界。

他在陽光裡悠然自得。那種印象打動了我。他坐在春光和花叢中，並沒有我所感到的羞恥心和罪惡感，從他的姿勢就可以看出。他與其說是有所主張的影子，不如說他就是存在著的影子本身。陽光無法滲入他那堅硬的皮膚。

他一心一意地、皺著眉頭吃著難以下嚥的便當。那便當品質低劣，但也完全不比我早餐時自備的便當差。昭和二十二年，還是一個不透過黑市就無法滿足營養攝取的時代。

我拿著筆記本和便當，站到了他的身邊。他的便當被我的影子擋住了光，柏木抬起了頭，瞄了我一眼又低下頭，繼續著像是蠶吃桑葉那般單調的咀嚼。

「不、不、不好意思，剛、剛才上課我、我有點不懂，我、我想請、請教一下。」

我結結巴巴地用標準語說道。我一直想著進了大學就要講標準語。

「你在說什麼呀？一個勁地結巴，聽不明白。」柏木突然說道。

---

1 漢文是指用漢字所寫的文章（包含中國古代漢字典籍和日本模仿所作漢字文章），是日本古代到近代的官方通用文體。

我的臉一下子紅了。他舔著筷子尖，一口氣說了起來。

「我很清楚你為什麼要和我搭訕。你是叫『溝口』吧。我們殘障人士一起做朋友倒也不錯，但和我相比，你的結巴就那麼重要嗎？你把自己看得太重了。因此，就像對自己一樣，把自己的結巴也過於看重了吧。」

之後當我知道他和我一樣，也是臨濟宗弟子時，我才明白我們最初的問答中，他多少帶有些以禪僧自詡的意思。但即便如此，也不能否定我當時所感受到的強烈印象。

「結巴啊，結巴啊。」柏木對著不能連續說上兩句話的我，興致勃勃地說道。

「你啊，總算碰上了一個能夠安心結巴的人了，是吧？人都是這樣找同伴的呀。這些先不說了，你還是處男嗎？」

我連笑都沒笑就點頭了。柏木的提問方式像醫生，令我有一種為了身體不能撒謊的感覺。

「是吧。你是處男啊，但一點都不美。沒有女人緣，也沒有買春的勇氣。如此而已。但如果你是抱著和處男交往的想法打算和我交朋友，那就大錯特錯了。要不要讓我來跟你講講我是如何擺脫童貞的？」

……

……

柏木根本不等我回答就講了起來。

我是三宮市近郊禪寺的兒子，生來就是內翻足……我就這麼開始向你告白，你也許會認為我是一個無論對方是誰，都會向他講述自己不幸遭遇的可憐病人吧。但我並不是隨便就向人說這些話的。說來不好意思，我其實也是一開始就選擇了你作為告白的對象。之所以這麼做，是因為我覺得我的經歷對你而言大概是最有價值的，按照我的經歷去做，對你而言大概是最好的路吧。宗教家就是這樣嗅出信徒，禁酒者也是這樣找出同伴的，這一點你應該很清楚吧。

是的。我恥於我存在的條件。我覺得與這種條件和解、與它和諧共存是失敗的。說起怨恨來無窮無盡。雙親應該在我還是幼兒的時候給我做矯正手術，現在已經晚了。但是我對父母也只是毫不關心而已，懶得去怨恨他們了。

我曾相信自己絕對不會被女人愛上的。也許正如你所知，相比別人的想像，這是一種和平安樂的確信。不與自己存在的條件和解的決心，與這種確信，並不一定是矛盾的。為什麼這麼說呢？因為如果我相信我能以這種狀態被女人所愛，就等於我是與自己存在的條件和解了。我知道，正確判斷現實的勇氣，以及和這個判斷抗爭的勇氣，是很容易互相親近的。因此，即使待著不動，我也能有一種正在戰鬥的感覺。

這樣的我，自然不打算像朋友那樣找個賣春女就交出童貞。為何這麼說呢？因為賣春女並不是出於愛情才接客的。老頭也好、乞丐也好、獨眼龍也好、美男子也好，甚至隱瞞病情的麻瘋病人也好，她們都會接待的。普通人的話，會安心於這種平等感而去找個賣春女度過初夜吧。但是我並不喜歡這種平等。我無法忍受四肢健全的男人和我這樣的男人受到一視同仁的待遇，這對於我來說，是一種可怕的自我冒瀆。我的內翻足這個條件被視而不見甚至徹底無視，就等於我的存在完全消失——你現在所懷有的恐懼感，也曾經一度把我緊緊攫住。為了使我的條件得到全面的承認，我應該需要數倍於普通人的豪奢籌畫。我想，人生必須得這樣才行。

可怕的不滿將我們和世界置於對立狀態，只要世界或者我任意一方有所改變，這種不滿就會被治癒。但是我討厭盼望變化的夢想，成了一個無可救藥的討厭夢想的人。然而，「世界變化，我就不復存在；我變化，世界也不復存在」，這種在邏輯上追根到底的確信，卻成為了類似於一種和解，或者是一種融合的東西。這是因為殘障的自己不被人愛的想法，可以與世界共存的緣故。最後，殘障之人陷入的圈套，不是對立狀態的消解，而是對立狀態得到全面的承認。如此，殘障就是不治之症……

此時，正值青春（我是非常真誠地使用這個詞）的我身上，發生了一件難以置信的事。寺院施主家的女兒，一個以美貌聞名、畢業於神戶女子學校的富家女，突然向我表白了。我一時間不敢相信自己的耳朵。

我因為不幸，所以長於洞察人的心理。因此，我並沒有將她愛的動機簡單地歸結為同情而拒不接受。我十分明白，她不可能僅僅出於同情心而愛上我。據我推測，她愛上我的原因是她那非同尋常的自尊心。因為她十分明白自己作為美女的價值，所以不能接受那些充滿自信的求愛，不能將自己的自尊心和求愛者的自戀放在天平上衡量。越是所謂的「良緣」，越讓她感到厭惡。最終，她完全擯棄了愛情上的平衡（在這點上她是誠實的），把目光轉向了我。

我的答案早就決定了。也許你會笑我，我當時是對著女人答道：「我不愛你」。除此之外，難道還有別的回答嗎？這個回答是真誠的，沒有一絲的炫耀。對於女人的表白，帶著奇貨可居的心態回答：「我也是愛你的」——如果我這麼做的話，簡直太滑稽不過，看起來幾乎是個悲劇吧。一個長相滑稽的男人，十分清楚如何巧妙地避免使自己看起來很悲劇。因為我知道，如果被視為悲劇，別人就再也不能放心地和自己接觸了。顧及他人的靈魂，不使自己看起來悲慘，是無比重要的。所以，我乾脆地拒絕了她：「我不愛你。」

女人沒有退縮。她說我的回答是謊言。之後，女人為了不傷害我的自尊心，小心翼翼地想要說服我的做法真是精彩。於她而言，絕不能想像任何一個人身為男人而不愛她。如果有，那他一定是在撒謊。她就這樣巧妙地對我進行了精密的分析，最終認定了其實我從以前就一直愛她。她很聰明。如果她真的愛我，就應該是愛我渾然天成的整體。如果說愛我並不美的臉就會惹怒我，讚美我的內翻足我會更生氣，說不是愛我的外表而是愛我內涵的話，我的怒氣就會火上澆油——所有這一切她都計算在內，只是不斷地說「愛」而已。然後，經由對我的分析，從我的內心找出了與之對應的感情。

我不能理解這種不合理。實際上我的欲望愈來愈強烈，但我不認為欲望能使我和她結合。如果她愛的不是別人而是這個我的話，那必須是愛我和別人不同的地方。那除了內翻足別無他物。所以，結論就是，她雖然沒有說出口，但應該是愛著我的內翻足。這種愛，在我的思考中是不可能的。如果我的個別性體現在內翻足之外，愛也許是可能的。可是，如果我承認在內翻足之外有著個別性和我的存在理由的話，那麼相應地，就要承認他人的存在理由作為補充。再進一步就是承認被世界包圍其中的自己，愛是不可能的。認為她愛著我就是錯覺，並且我也不可能愛著她。於是，我不斷地重複「我不愛你」。

不可思議的是，我越說「我不愛你」，她就在愛我的錯覺裡越陷越深。就這樣，終於有一天晚上，她將身體大膽地呈現在了我的面前。她的身體美得炫目，但是我卻不能進入。

這種大失敗，將一切都乾脆俐落地解決了。她好像終於證明了我「不愛她」。她離開了我。

我感到很恥辱。不過和我的內翻足相比，什麼恥辱都不值得一提。讓我狼狽的是別的事情。不舉的理由我是知道的。在那個時候，一想到要用自己的內翻足觸碰到她那美麗的雙腿，我就變得不舉了。這個發現，從內部打碎了由我絕對不會被愛的確信所帶來的平安。

為何這麼說呢？那是因為，當時我生出了一種輕佻的喜悅，想藉由欲望和實現欲望來實際證明愛的不可能，但是肉體卻背叛了我，把我要用精神來做的事情，用肉體表演出來了。我陷入了矛盾。用惡俗的表達來說就是，我帶著不被愛的確信夢想著愛，在最後的階段卻安於將欲望當成愛的替代品了。於是，我終於明白了，欲望本身要求我忘卻自己存在的條件、要求我放棄愛的唯一難關，即對不會被愛的確信。我一直深信欲望是一種更加明晰的東西，所以完全沒想到它還要求我做一點自我幻想。

從這時開始，對於我來說，比起精神，肉體突然變成了更讓我關心的東西。但是，自己不能化身為純粹的欲望，只是夢想著而已。彷彿變成了風，變成了對面看不見的存在，從這邊卻能夠看透一切，輕易地接近對象，無微不至地愛撫對象，最後悄悄潛入它的內部……你想到肉體的覺醒時，可能會想像一種兼具品質、雖不透明，但確實存在的「物」的覺醒吧。我卻並非如此。我作為一個肉體、一個欲望的完成，就是意味著我變成了透明而看不見的東西，也就是風。

但是突然間，內翻足前來阻止我了。只有這個絕不是透明的。這與其說是腳，不如說是一個頑固的精神。這是比肉體更加確實的「物」，實實在在地存在著。

大家也許會想，如果不照鏡子就無法看見自己。但是殘障這個東西，就是一直掛在鼻尖上的鏡子。在這個鏡子裡，無時無刻不映照出我的全身。忘卻是不可能的。所以在我看來，世間所謂的不安之類的東西都如兒戲一般。不安，是不存在的。我這樣存在著，就像太陽、地球、美麗的鳥兒和醜陋的鱷魚一樣，確確實實地存在著。世界就像墓碑一樣巋然不動。

完全沒有不安，也完全沒有立足點，於是我獨創的生存方式就開始了。自己是為何而活呢？很多人會因為這事感到不安，甚至自殺。這對於我卻毫無影響。因為內翻足就是我活著的條件、理由、目的、理想……是生存本身。只要是存在著，這一點對我就已足夠。原本，存在的不安，不就是源於「自己沒有充分地存在」這種奢侈的不滿嗎？

我注意到了自己村裡一個獨居的老寡婦。有說她六十歲的，也有說六十多的。她亡父的忌日，我代替父親前去誦經，沒有一個親戚到場，佛前只有我和這個老太婆。誦完經後她招待我在另外的房間喝茶。因為是夏天，我請求她讓我沖個澡。老太婆給我赤裸的背上澆水。她很心痛似的盯著我的腳看得入神，此時，我心裡浮上了一個企圖。

回到剛才的房間，一邊擦身子，我煞有介事地說了起來。我出生的時候，佛祖來到母親的夢裡告訴她，這個孩子成人的時候，從心底裡膜拜他雙腳的女人就會往生極樂。佛心甚篤的老寡婦，用指甲撥著念珠，直直地盯著我的眼睛。我隨意胡謅了幾句經文，掛著念珠的手在胸口合十，就像屍體一樣，赤裸著身子仰面朝天地躺下了。我閉上了眼睛，嘴裡還在誦經。

你可以想像我是如何拚命憋住笑的。我內心笑開了懷。我絲毫沒有在幻想自己。我知道老太婆一邊誦著經，一邊拚命地拜著我的腳。我只要想一下被膜拜的我的雙腳，就感覺像要因為那種滑稽而窒息。「內翻足、內翻足」，滿腦子裡只有這個。那奇怪的形狀。那被置於其中的極其醜惡的狀況。那無法無天的鬧劇。事實上，頻頻叩頭的老太婆的亂髮觸到了我的腳底，那腳心癢癢的感覺越發讓我憋不住笑了。

我覺得自從之前觸碰到那雙美腿變得不舉以後，我就對欲望產生了誤解。為何這麼說呢？是因為在這個醜惡的禮拜當中，我發現自己勃起了。在對自己沒有絲毫幻想的情況之下！在這最不能原諒的狀況之下！

我直起身子，一下子把老太婆撲倒了，甚至沒有時間對老太婆絲毫沒有驚訝感到不可思議。年老的寡婦保持被撲倒的姿勢，一直在閉著眼睛念經。

奇妙的是，這時老太婆念誦的《大悲心陀羅尼經》的一節，我卻記得清清楚楚。

伊醯伊醯。室那室那。阿羅嘇。佛囉舍利。罰沙罰嘇。佛囉舍耶。

你也知道的吧，根據解釋，這句經就是這個意思：「奉召請，奉召請，消滅貪嗔癡三毒的清淨無垢之神體。」

在我眼前，有一張閉著眼迎接我的六十歲女人的臉，沒有化妝，被曬得黝黑。我的興奮卻絲毫沒有減弱。這是這場鬧劇的最高潮，我不知不覺中被**誘導**了⋯⋯

然而，我不想用「不知不覺」這種文學式的說法。我什麼都看見了。地獄的特色，就是能清晰地看見每個角落，並且是在黑暗之中！

年老寡婦布滿皺紋的臉，既不美麗，也不神聖。但正是那種醜陋和老態，似乎給我沒有任何幻想的內心狀態以不斷的確證。無論多美的臉，不帶絲毫幻想地去看時，誰能說不會變成這個老太婆的臉呢？我的內翻足和這張臉……是的，總而言之，看見實相這件事支撐著我肉體的興奮。我第一次帶著親和的感情，相信了我自己的欲望。然後我知道了，問題不在於如何縮短我和對象之間的距離，而是在於如何保持距離，使對象成為對象。

好好看吧。那時的我，從「停止的同時就已到達」的殘疾的邏輯、從絕對不會被不安襲擊的邏輯出發，發明了我性愛的邏輯。我發明了一種與世人叫作沉溺的東西相似的虛構。類似隱形衣或風的欲望帶來的結合，對我來說，只不過是夢幻而已。我在看見的同時，也一定會被看得清清楚楚。我的內翻足和我的女人，那時都被拋出了世界之外。內翻足也好、女人也好，都與我保持著相同的距離。實相就在那裡，欲望不過是假象。於是，看著實相的我，一邊向著假象無盡地墜落，一邊對著看見的實相射精。我的內翻足和我的女人，完全不會接觸，也絕不會結合，它們都被扔到了世界之外……只有欲望在無限地亢進。因為，那美麗的雙腿和我的內翻足，已經永遠不需要再觸碰到一起了。

我的想法很難懂嗎？需要說明嗎？但是從那以後，我就變得心安理得地相信「愛不存在」了，這個你也明白的吧。沒有不安，也沒有愛。世界永遠地停止，同時也是到達。

有必要給這個世界特地標注上「我們的世界」嗎？我就這樣，能夠用一句話給世間所謂「愛」的迷茫下定義——這就是假象企圖與實相結合的迷茫。我終於明白了，我對於絕對不會被愛的確信，就是人類存在的根本樣態。這就是我失去童貞的始末。

……

……

柏木說完了。

一直聽著的我終於鬆了口氣。我被強烈的感動所震撼，無法從觸碰到未曾考慮過的思考方法的痛苦之中醒過來。柏木講完後過了一會兒，那片燦爛的春光才在我周圍甦醒，明亮的三葉草草坪才開始重新煥發出生機。從後面的籃球場上，傳來了陣陣叫喊聲。但是，所有的這一切，雖然還是在同樣的春日正午，卻完全改換了意義重新顯現了出來。

不能一直沉默。我想總得把話接下去吧，就結巴著傻乎乎地說了句：「所、所以，你、你從那以來就很孤獨吧。」

柏木又故意壞心眼地做出一副沒聽清楚的樣子，讓我重複了一遍。但是，那回答裡卻帶著點親切。

「你說孤獨？為什麼一定要孤獨呢？關於那之後的我，日後來往中你慢慢就會明白了。」

下午上課的鈴聲響了。我要站起來。柏木還坐在地上，硬拽著我的袖子不讓我走。

我的制服只不過是將禪門學院時代的舊衣服縫補了一下，換上了鈕扣而已，布料很舊，已有破損，並且穿在身上緊緊的，讓我原本就瘦弱的身子看起來更小了。

「這節課是漢文吧。不是沒意思嗎？到那邊去散個步吧。」

柏木這麼說著，拍打著身體放鬆了下筋骨，又重新組合似的費了好大力氣站了起來。這讓我想起了電影裡看到的駱駝站起來的樣子。

我從未逃過課，但是我想更瞭解柏木，不想放棄這個機會。我們向著正門出發了。走出正門時，柏木極其獨特的走路方式，突然引起了我的注意，讓我有了一種近似羞恥的感情。我也這樣抱有了世間一般人的感情，和柏木一起走路會感到不好意思，這真是很奇怪。

柏木讓我清楚地瞭解到自己的羞恥所在，同時也催促我面對人生……我所有不敢面對的感情、所有邪惡的心理，都被他的語言所陶冶，變成了一種新鮮的東西。也許是因為如此吧，我們踩著石子路走出紅磚的正門時，迎面而來的比叡山在春日中看起來朗潤新鮮，像是今天才第一次看到一樣。

比叡山就像在我周圍一直沉睡的許多事物一樣，帶著全新的意義甦醒過來。比叡山的山頂雖顯突兀，但它的山麓寬闊延綿，就像一個主題的餘韻，無盡地鳴響低迴。低矮房頂鱗次櫛比延伸的遠方，比叡山山體褶皺的陰影顯得格外真切鮮明，因為褶皺部分山體春色的濃淡色澤都被染成了灰暗厚重的深藍色。

大谷大學門前人影稀疏，汽車也很少。連結京都站前和烏丸車庫的市營電車軌道上，也很少有電車駛過。馬路對面是大學操場的古老門柱，與這邊的正門相對聳立，左邊是一排嫩葉初綻的銀杏樹。

「我們去操場散個步吧。」柏木提議道，趕在我前面橫穿過了電車道路。他猛烈地動員全身，像水車一樣狂奔著穿過了幾乎沒有汽車駛過的車道。

操場非常寬闊。不知道是蹺課還是停課的學生，三五成群地在遠處做著棒球投接球的練習，近處則有五、六人在進行馬拉松的訓練。戰爭結束才剛剛兩年，年輕人就再次企圖消耗精力了。我想起了寺院裡寒酸的伙食。

我們坐在開始腐爛的平衡木上，漫不經心地眺望著橢圓操場上一會兒靠近一會兒遠離的馬拉松選手。蹺課的時間有一種宛如新做好的襯衫那樣的觸感，我從周圍的陽光和微風中感受到了。一群競技者喘著大氣漸漸逼近，然後將隨著疲勞加深、變得凌亂的足音留在升騰彌漫的塵埃裡，遠離了。

「真是一群笨蛋啊。」柏木用聽起來完全沒有不甘心的口氣斷然地說，「那樣子到底算什麼啊。那群傢伙是健康的嗎？如果是，那樣炫耀自己的健康到底有什麼意義呢？

「運動到處都在公開展示吧。這真是末世的徵兆啊。應該公開的東西不公開。說起應該公開的東西……就是死刑啊。為什麼死刑不公開呢？」他像夢囈一樣滔滔不絕，「你不覺得戰爭中的良好秩序，是因為公開了別人悲慘的死才得以保持的嗎？死刑之所以不再公開執行，據說就是怕人心變得殘忍呢。真是可笑啊。處理空襲屍體的那些人，個個都是一副很溫柔快活的樣子呢。

「明明是看見人在痛苦、血腥和生死之際掙扎的呻吟，才能讓人變得謙虛、細膩、開朗、和善。我們變得暴虐和殘忍，絕不會是在那樣的時候。我們突然變得殘暴，你不覺得就是一瞬間嗎？比如在這個春光和煦的下午，躺在精心修剪的草地上，呆呆地望著從樹葉間隙漏下來的跳躍的陽光，這樣的瞬間。

「世界上所有的噩夢、歷史上所有的噩夢都是這樣發生的。但是光天白日之下，遍身血汙痛苦掙扎的人的慘狀，會給噩夢以清晰的輪廓，將噩夢變得具體。噩夢不再是我們的苦惱，而只不過變成了他人慘烈的肉體上的痛苦。而他人的痛苦，我們是無法感知的。這是什麼救贖啊！」

但是，現在的我，比起他血腥的獨斷（當然這也有它的魅力），更想聽他失去童貞之後的經歷。我一直期待他的「人生」，原因如前所述。我插了一句，暗示了這樣的問題。

「女人嗎？哼。我現在憑直覺就能知道哪種女人喜歡內翻足的男人。有這樣一類的女人。喜歡內翻足的男人，或許就是這種女人一輩子都隱藏著的，一直帶到墳墓去的唯一的惡趣味、唯一的夢想吧。

「對了，一眼就能識別出喜歡內翻足的女人的方法就是，她很有可能是絕色美人，鼻頭冷峻挺拔，但是嘴角卻有些放蕩……」

這時，一個女子從對面走了過來。

第五章 同遊

那個女子並不是穿過操場而來。操場的外側有一條與住宅街相接的小路，比操場的地面低大約兩尺。她是從那裡走過來的。

女子走出的地方，是一座西班牙風格宏偉建築的耳門。這座宅邸有兩個煙囪、斜紋格的玻璃窗，以及玻璃屋頂的寬闊溫室，給人一種脆弱易壞的印象。高高的鐵絲網肯定是出於主人的抗議而裝設的，隔著小路聳立在操場的一側。

柏木和我坐在鐵絲網旁的平衡木上。看到女人的臉，我不禁驚呆了。那張氣質高貴的臉，與柏木告訴我的「喜歡內翻足」的女人相，簡直是一模一樣。但是，後來我覺得自己的驚奇有點傻，也許那張臉是柏木很久以前就看見過，一直夢寐以求的吧。

我們特意等著那個女人。春天陽光普照，對面是深青的比叡山峰，有一個朝著這邊款款而來的女人。剛才我被柏木灌了一堆奇怪的話——什麼他的內翻足和他的女人就像兩顆星一樣互不接觸，點綴在這實相的世界裡，他自己則無限地埋藏於假象世界裡以實現欲望之類，就是現在，我還沉浸在這些話所帶來的感動裡沒有醒來。此時一道雲彩遮蔽了陽光，我和柏木被稀薄的陰翳包圍著。我們的世界似乎馬上就要呈現假象的樣態。一切都變成捉摸不定的灰色，我們的存在都變得模糊不清了。對面比叡山紫青的山頂、悠悠走來的高雅女子，只有這兩樣東西在實相的世界裡閃閃發光，讓人確切地感覺到它們的存在。

女人的確走近了，時間的推移就像不斷增加的痛苦，女人雖然走近了，但與此同時，一張完全陌生的他人的臉，漸漸鮮明地顯現出來。

柏木站了起來，在我的耳邊，重重地壓低聲音說道：「走。聽我的。」我不得不走了起來。和那女人平行，朝著同一個方向，我們沿著比女人走的路高出兩尺的石牆邊走著。

「從那裡跳下去！」

我的背被柏木尖利的手指推了一下。我跨過十分低矮的石牆，向著道路跳了下去。兩尺的高度根本不算什麼。但是之後跳下的內翻足的柏木，發出了可怕的聲響，在我身旁摔落了下來。當然，他是沒站住，倒在了地上。

身著黑色制服的背在我眼下抽搐著，那俯身的姿勢看起來並不像人，在我看來，那一瞬間倒像是一個巨大而毫無意義的黑色汙點、一個雨後路上的渾濁的水窪。

柏木滾落在那女人走來的道路前面，於是女人站在那裡不知所措了。我好不容易跪下來準備扶起柏木的時候，瞥見了女人冷峻的高鼻梁、幾分放蕩的嘴角、水靈靈的眼睛。

這所有的一切，一瞬間，讓我看到了月光下有為子的面影。但是幻影倏忽間消失，還沒到二十歲的年輕女子，用輕蔑的眼神看著我，想要走過去。

柏木比我更加敏感地捕捉到了她的企圖。他叫了起來。那可怕的叫聲，迴盪在寂靜無人的正午的住宅區。

「薄情人！你準備扔下我不管嗎？是因為你，我才落到這步田地的！」

回過頭的女人渾身戰慄，用乾燥纖細的指尖摩挲著自己毫無血色的臉頰。終於，她問我了。

「我要怎麼辦才好？」

已經抬起頭的柏木，正盯著女人，一字一頓、清清楚楚地說道：「難道說你家裡沒有藥嗎？」

沉默了一會兒，女人轉身向著來時的方向返回了。我把柏木扶了起來。扶之前他好像非常沉重，痛苦的呼吸迫在近前，可是一旦把他扛在肩膀上走起來，那身體出人意料輕快地動了起來……

——我一路跑到烏丸車庫前的車站，飛奔上了電車。電車朝著金閣寺駛出時，我總算鬆了口氣，手掌心裡全是汗。

我扛著柏木，讓那女人走在前面，鑽過了那座西班牙風格洋房的耳門。被恐怖擊倒的我，一進耳門就把柏木放在那裡，頭也不回地逃走了，連順道去學校的心情也沒有了。飛奔過靜謐的人行道，飛奔過藥店、點心鋪、電器店等店鋪門前。那時，我眼角閃爍著紫色和紅色的光影，大概是因為正跑過黑牆上懸著繪有圓形梅花家紋的燈籠，門上掛著相同花紋紫色幔帳的天理教弘德分教會的門前吧。

到底朝哪個方向逃奔，我自己也不知道。當電車徐徐地臨近紫野時，我才知道了我焦灼的心是朝向金閣的。

儘管不是節假日，但因為是觀光季節，那天金閣寺裡還是人潮洶湧。導覽的老人驚訝地看著我撥開人群奔向金閣的身影。

就這樣，我終於來到了被漫天的塵埃和醜陋的人群包圍著的春天的金閣前。在導覽員高聲解說的迴響之中，金閣還是半隱著它的美，裝作不自知似的站在那裡。只有池中的投影是澄明的。但是換個角度看，好像是〈聖眾來迎圖〉中被眾菩薩簇擁著迎接的彌陀一樣，塵埃的雲霧像是籠罩眾菩薩的金色祥雲，金閣在塵埃中影影綽綽，就像古老褪色的顏料和磨滅的圖像。這些雜遝和喧囂，滲入了纖細佇立的柱子之中，又沿著小小的究竟頂和聳立著的頂上鳳凰，被與之連接的白濛濛的天空吸了進去，這不足為奇。建築只需在那裡存在，就一直統治著、規定著。西擁漱清亭、二層上有驟然變細的究竟頂的金閣，這不均整的纖細的建築，發揮了將濁水變成清水的過濾器的作用。世人私語的嘈雜，金閣並沒有拒絕，而是讓這些嘈雜滲入四面通透的溫柔立柱之間，不久就過濾成了一片靜寂、一片澄明。不知不覺中，金閣在地面上造就了和紋絲不動的水中投影一樣的東西。

我的心情平靜下來，恐怖退去了。美對我來說，必須是這種東西。它替我擋住人生，保護我不受人生的傷害。

「如果我的人生像柏木那樣的話，請一定要保護我。因為我真的無法忍受。」我幾乎是在祈禱了。

柏木暗示並在我面前即興表演的人生當中，生存和破滅只能有同樣的意義。那種人生既缺乏自然感，也沒有金閣那樣的構造之美，只能是一種痛苦痙攣。然而我被它深深吸引，把它認定為自己的方向，也是事實。不過首先必須讓布滿荊棘的生之碎片把雙手劃得鮮血直流，這太可怕了。柏木一視同仁地蔑視本能和理智，他的存在本身，就像一個奇形怪狀的球到處滾動，試圖突破現實的壁壘。那甚至不是一種行為。總之，他所暗示的人生，就是一齣危險的鬧劇：是為了打破以未知的偽裝來欺騙我們的現實，把這世界清掃到再也不含絲毫未知而演出的鬧劇。

之所以這麼說，是因為我之後在他的住處看到了這樣一幅宣傳畫。

那是旅行協會印製的一幅描繪日本阿爾卑斯山脈的美麗石版畫。浮現在藍天的白色山頂上，橫排印刷著一行字——「召喚你，到未知的世界去！」柏木用刺眼的紅筆在那行字和山頂上打了個斜著的叉號，又在旁邊用令人聯想起他那內翻足走路姿態的跳躍字跡潦草地寫上了：「未知的人生無法忍受！」

第二天，我記掛著柏木的身體，去了學校。當時丟下他不管逃回來這事，回味起來覺得是忠於友情的行為，也就沒有感到什麼責任。可是今天卻有一絲不安——如果今天教室裡看不見他的話……就在馬上要開始上課的時候，我看見柏木和往常一樣，不自然地聳著肩膀進了教室。

課間休息時我連忙抓住了柏木的胳臂。這樣豪爽的行動，在我身上是很少見了。他歪著嘴角笑著，陪我走到走廊上。

「你的傷沒事吧？」

「什麼傷？」柏木憐憫似的笑著看我，「我什麼時候受傷了？欸？你說什麼呢？你是夢見我受傷了吧？」

我一時語塞了。柏木讓我狠狠地著了一頓急之後才揭開了謎底。

「那是在演戲啊。我多少次苦練摔跤，為了真的像骨折了一樣精準又誇張地摔倒在那條路上，我花了多少心血啊。不過女人做出一副視而不見的樣子想要走過，倒是有點出乎我的意料。但是你看著好了，女人已經對我有點動心了。不對，說錯了。是對我的內翻足動心了。那女人親手給我的腿塗滿碘酒了呢。」

他把褲管翻上來，給我看了他染成淡黃色的小腿。

那時我好像見證了他的騙術。特意那麼誇張地摔倒在路上當然是為了引起女人的注意，但是他難道不是藉著傷來掩蓋他的內翻足嗎？然而這個疑問完全沒有構成對他的蔑視，反而讓我和他更加親近了。並且，我有一種極其天真的年輕人的感受，就是他的哲學越是充滿了騙術，似乎越能證明他對人生的誠實。

鶴川對於我和柏木的來往並不贊成。他再三發出充滿友情的忠告，但我只覺得很煩。不僅如此，我還反駁道：你鶴川理應能得到好的朋友，可是對我而言，與柏木正好是臭味相投。當時鶴川眼裡浮現出了無以言表的悲傷之色。而很久之後，我是帶著多麼強烈的悔恨回想起這件事啊！

＊＊＊

時間到了五月。柏木討厭節假日的人群，計畫著平日蹺課去嵐山玩。他說若是晴天就不去，若是陰天就去，果真符合他的個性。他由那位西班牙風格洋房家的小姐陪伴。為了我，他還安排了他寄宿家庭的房東女兒一起來。

我們約好在被大家稱作嵐電的京福電鐵北野站會合。幸運的是，當天是五月很少見的陰鬱天氣。

鶴川因為家族內部鬧糾紛，請了一週左右的假回東京了。雖然他從來不會告密，但這也避免了我早晨和他一起上學途中就必須逃跑的尷尬。

對了，那次嵐山之遊的回憶是苦澀的。出遊的一行明明都是年輕人，但年輕所特有的陰暗、焦躁、不安和虛無感卻籠罩了遊玩的一整天。柏木肯定是事先預見了這一切，才選擇了那樣一個陰鬱的日子。

那天剛開始是西南風，本以為風勢會變大，沒想到卻一下子停了，換成不安的微風在嘈雜低語。天空陰暗，但也不至於完全不知道太陽所在之處。一部分雲彩，就像從穿了多層衣服的領口窺見的白色胸脯那樣發著白光。從那模糊朦朧的白色深處，可以推知太陽的位置，但是那白色又倏忽而逝，融入了陰沉天空的一片深灰色之中。

柏木兌現了給我的承諾。他果真被兩位年輕女子簇擁著出現在了剪票口。

其中一位的確就是那個美女。冷峻高聳的鼻梁，放蕩的嘴角，穿著進口衣料的洋裝，肩膀上掛著一個水壺。在她前面是有點嬰兒肥的房東女兒，無論是衣裝還是容貌都相形見絀，只有小巧的下巴和嘟起的嘴唇還有點女孩的純真。

在去往嵐山的電車裡，就已經沒有了本應愉快的遊樂氣氛。沒聽清楚說話的內容，只看到柏木和小姐一直在吵架，小姐還時而為了強忍淚水緊咬嘴唇。房東女兒對這一切毫不關心，低聲哼唱著流行歌。突然，這小姐轉向我說了起來。

「我家附近有一個很漂亮的插花老師。上次，她給我們講了一個悲傷的愛情故事。戰爭中這個老師有個身為陸軍軍官的戀人，馬上就要奔赴戰場，他們只能在南禪寺見了短短的一面。雖然雙方父母都不同意，但兩人在那次離別之前已經有了孩子，可憐的是孩子死產了。軍官悲歎不已，說『作為離別的紀念，哪怕讓我嘗一口作為母親的你的乳汁也好』，因為沒有時間，所以老師當場把乳汁擠在薄茶裡給他喝了。那之後也就過了一個月吧，那位戀人就戰死了。從那以後，老師就堅守貞操，過著獨居的生活了。還那麼年輕漂亮呢。」

我簡直不敢相信自己的耳朵。戰爭末期和鶴川兩人在南禪寺看到的那難以置信的一幕，又復甦了。我故意沒有告訴房東女兒我的經歷。因為我覺得一旦開口，就是背叛那時的神祕感動，我只要守口如瓶，剛才的故事非但不是揭開謎底，反而又加固了那個神祕的構造，令它變得更加神祕莫測。

電車那時正行駛在鳴瀧一帶的大竹林旁邊。正值五月凋落的季節，竹子已經泛黃了。掠過梢頭的微風沙沙作響，將枯葉吹進密集的竹林中。竹子根部卻好像與己無關似的，粗大的根節雜亂地交叉著、靜默著，一直延伸到竹林最深處。只有在疾馳的電車近旁的竹子，激烈地彎曲著、搖動著。其中，有一根青翠欲滴的嫩竹映入了我的眼簾。那竹子瘋狂搖曳的樣子，在我眼裡留下一種妖豔奇異的運動的印象，然後遠離、消失了……

到了嵐山，我們一行人來到渡月橋邊，拜謁了之前不知不覺忽視而過的小督局[1]之墓。

因忌憚平清盛，小督局隱居在嵯峨野。奉命尋找她的源仲國在中秋月明之夜，循著微弱的琴音找到了小督局的藏身之地。那首曲子就是〈想夫戀〉。謠曲〈小督〉裡有這樣一段唱詞：「月出遂參拜法輪，遠處似有琴音傳來。山嵐乎？松風乎？是耶非耶？抑或找尋之人琴音乎？樂曲為何？傾聽之下，是為『想夫戀』，不由驚喜。」小督局之後還是在嵯峨野的庵中憑弔著高倉天皇，度過了後半生。

墓塚坐落在小徑深處，不過是一座夾在巨大楓樹和朽爛的古梅之間的小小石塔。我和柏木做出虔敬的樣子念了一段短經。柏木那種一本正經而冒瀆般的念經方式也傳染給了我，我也學著當地學生用鼻子哼歌的樣子，裝模作樣地誦起了經，這種小小的冒瀆大大地解放了我的感覺，讓我變得充滿活力了。

「所謂優雅的墓真是寒酸啊。」柏木說道，「政治權力和財力會留下壯觀的墓、宏偉的墓。因為那些傢伙生前一點想像力也沒有，所以他們的墓自然也就由那些毫無想像

1 中納言藤原成範之女（一說藤原通憲之女），為高倉天皇所寵愛。但高倉天皇皇后建禮門院是平清盛次女；因忌憚平清盛，隱居於嵯峨野。

力的庸才來建造。但是，優雅只依靠自己和他人的想像力而活，墓也必須憑藉想像力的作用才能留存下來。我覺得這種墓真是悲慘呢。因為死後也要不斷乞求別人的想像力呀。」

「優雅只存在於想像力之中嗎？」我也起勁地接了一句，「你所說的實相、優雅的實相，指的是什麼？」

「這個嘛，」柏木用手掌拍打著長滿青苔的石塔頂說，「石頭，或者骨頭，人死後留下的無機的部分吧。」

「真是非常佛教的說法呢。」

「這和佛教有什麼關係！優雅、文化，人類所認為的美的東西，所有這一切的實相都是沒有生命的無機物。就是龍安寺[2]，也只不過是石頭而已。哲學，也是石頭；藝術，也是石頭。說起人類的有機的關心，不是很可悲嗎？只是政治罷了。人類真是相當自我冒瀆的生物啊。」

「性欲算哪一邊呢？」

「性欲？嗯，應該是中間吧。是人和石頭之間，繞來繞去的捉迷藏遊戲吧。」

我馬上想反駁他對於美的看法，但是厭倦了辯論的兩個女人已經沿著小徑往回走，我們只好追了上去。從小徑朝保津川望去，好像是渡月橋北邊堤壩的部分。河對面的嵐山鬱鬱蔥蔥，而那一段河流充滿生機，一條白色蜿蜒而下，水花飛濺，水聲轟鳴。

河流上漂著不少小船。但是，當我們沿著河邊的路來到盡頭的龜山公園，一進門就看見地上滿是紙屑，並沒有什麼遊客。

在門口，我們再次回頭遙望了保津川和嵐山的青翠景色，對岸有一個小瀑布。

「美麗的景色是地獄啊。」柏木又說道。

我總覺得柏木這種說法是憑空臆測，可是我也試著模仿他，用地獄的眼光來看景色了。這種努力並非徒勞。眼前青蔥寂靜、平淡無奇的風景裡，也一直搖曳著地獄。好像無論晝夜、何時何地，只要想讓地獄出現，它都會出現。好像只要我們隨意呼喚一聲，它就馬上可以出現在那裡似的。

據傳，嵐山的櫻花是十三世紀從吉野山移栽過來的。現在櫻花都已凋謝，全部長出了新葉。過了花季，在這片土地上，花只不過是死去美人的名字。

龜山公園最多的是松樹，所以這裡的顏色從來不會因季節而改變。在地勢激烈起伏的廣闊公園裡，松樹亭亭而立，沒有松針的樹枝高高地伸向天空，無數光禿禿的枝條不規則地交叉著，妨礙了公園風景的遠近感。

沿著剛登高就又要下坡的寬闊的迂迴道路逛了一圈公園，到處都是樹墩、灌木和小

---

2 以枯山水聞名的京都臨濟宗妙心派寺院。

松。在半露著白色肌理埋在土裡的巨岩附近，紅紫的杜鵑花擠擠挨挨地盛開著。那顏色在陰沉的天空下，看起來像是帶著惡意。

年輕的男女在窪地裡盪著鞦韆，我們從他們身旁爬上山坡，在小丘頂上的一個唐傘風格的亭子裡稍事休息。從那裡往東望，幾乎可以看到公園的全貌，朝西邊俯瞰，保津川的河水掩映在樹叢之中。鞦韆咯吱咯吱的聲音就像磨牙聲，不斷地朝著亭子傳來。

小姐把包袱打開了。柏木說不需要便當，看來是沒說謊。那裡面有四人份的三明治，很難買到的進口點心，還有專供占領軍的、只能在黑市上買到的三得利威士忌。當時的京都，據說是京阪神地帶黑市買賣的中心地。

我幾乎不會喝酒，不過還是和柏木一起，合掌之後接受了遞過來的杯子。兩位女子喝了水壺裡的紅茶。

對於柏木和小姐之間那麼親密的關係，我到現在還是半信半疑。這個看起來心高氣傲的女子怎麼能和柏木這種內翻足的貧窮書生在一起呢？真是匪夷所思。就像要回答我這個疑問似的，兩三杯酒下肚後，柏木打開了話匣子。

「剛才在電車裡我們吵架了是吧？那是因為她家裡天天逼著她和一個討厭的人結婚，她抵抗不住，馬上要屈從了。於是我就說一定要破壞這樁婚事，連安慰帶嚇唬的，折騰了半天。」

這種事本來不應該在當事人面前說的。柏木就像這位小姐不在身旁一樣，毫不在乎地說了出來。聽了這些，小姐臉上的表情也沒有發生任何變化。她柔美的脖頸上戴著陶片串成的藍色項鍊，在陰沉天空的背景下，捲曲的秀髮如雲，模糊了原本無比鮮明的臉龐。目似秋水，因此只有那雙美目給人一種鮮活的赤裸印象。有些輕佻的嘴角和平常一樣，張著薄薄的嘴唇。那兩片薄唇的細小縫隙之間，露出整齊尖細的白牙，晶亮而乾燥，就像小動物的牙齒。

「好痛！好痛！」柏木突然彎下身子，按著小腿呻吟起來。我慌忙俯下身子準備照顧他，他一下子把我推開，給我使了個不可思議的冷笑般的眼色。我縮回了手。

「痛啊！痛啊！」柏木又逼真地呻吟開了。我不由得看了一眼我旁邊的小姐。那張臉明顯發生了變化，眼神慌張，嘴角顫抖，只有冷峻高聳的鼻子不為所動，形成了奇異的對照，打破了臉部的和諧與均衡。

「忍一下，忍一下，馬上就給你治！馬上！」我第一次聽到她如此旁若無人的高亢聲音。小姐抬起天鵝頸環顧了一下四周，忽然跪在亭子的石頭上，抱起了柏木的小腿，把臉頰貼上去摩挲，最後就和那小腿親吻起來。

我再次被那時的恐怖擊倒了。看了一眼房東女兒，她正看著別的地方哼著歌曲。

……這時太陽好像從雲縫裡露了一下臉，也許是我的錯覺，但是我感到靜謐公園的全景構圖裡產生了一絲不和諧。籠罩著我們的澄靜的畫面，那松林、流水的閃光、遠處的群山、白色的岩石、星星點點綻放著的杜鵑花……被這些景色所充滿的畫面的每個角落，全都出現了細細的龜裂。

實際上，要發生的奇蹟好像已經發生了。柏木漸漸停止了呻吟，抬起頭來。抬頭的瞬間，又給了我一個冷笑似的眼色。

「好了！真是不可思議啊。痛起來的時候，只要你這麼給我按摩，就能止痛呢。」

然後，他用雙手把女人的頭髮抓住提了起來。被抓住頭髮的女人，用忠犬的表情仰望著柏木，微微一笑。或許是陰沉的白色光線的緣故，那一瞬間，我看到這美麗小姐的面容，變成了之前柏木給我說過的那六十多歲老太婆的面容。

——但是實現了奇蹟的柏木又充滿活力了，簡直是近於瘋狂的活力。他大聲笑著，馬上把女人抱到膝上親吻起來。他的笑聲迴盪在窪地松林的枝頭。

「你怎麼不去和她聊聊呢？」柏木對沉默的我說道，「難得為了你帶來了一個女孩呢。還是你怕說話結巴被她笑？結巴呀，結巴呀！她說不定也會喜歡上你的結巴呢。」

「你是結巴嗎？」房東女兒好像剛剛發現了似的說，「那『三個殘廢』[3]已經湊齊兩個了呀。」

這話深深地刺痛了我，讓我坐立不安。對女孩的憎惡，伴隨著一種暈眩，就那樣不可思議地變成了突然的欲望。

「我們兩對分別去哪裡藏起來，兩小時後再回到這個亭子裡來吧。」

柏木俯視著下面總也盪不夠鞦韆的男女，這麼說道。

與柏木和小姐分手後，我和房東女兒一起，從亭子的小山丘向北下山，然後又爬上了向東迂迴的緩坡。

「那個人把小姐奉為『聖女』。還是老一套啊。」女孩說了。

我結結巴巴地反問她：「你、你、怎麼、知道的？」

「那個嘛，就是我，也曾和柏木先生有過一段關係呢。」

「現在完全沒關係了吧。不過你還真能毫不在乎啊。」

「當然不在乎啦。那種殘廢，有什麼辦法啊。」

這句話反而給了我勇氣，讓我流暢地反問出了下面的話。

「你不是也曾喜歡過那殘廢的內翻足嗎？」

「別提了，那青蛙一樣的腿。我倒是覺得那個人的眼睛滿漂亮的呢。」

於是我又喪失了自信。這是因為，不管柏木怎麼想，女人愛著柏木自己都沒有意識到的優點。而我對於自己的全部都瞭若指掌的傲慢，使我唯獨拒絕接受這種優點的存在。

3　古典狂言（滑稽劇）曲目。描寫三個人化裝為瞎子、啞巴和癱子被人雇用，趁主人不在家時打開酒藏縱情狂飲，被發覺後亂作一團，狼狽不堪。

——我和房東女兒登上山坡來到一片靜謐的小原野。從松樹和杉樹之間，隱約望見了大文字山、如意嶽等遠山。從這個丘陵延伸到下面城鎮之間的斜坡覆蓋著竹林，竹林旁邊，一棵晚櫻還掛著花朵。那真是遲開的花，結結巴巴地綻放，才會開得這麼晚吧。

我的胸口堵得厲害，胃也脹痛，倒不是因為酒。一到重要關頭，欲望就增加了重量，擁有了脫離我肉體的抽象的構造，重重地壓在我的肩膀上。那簡直就像烏黑沉重的鐵製機床。

我已經多次說過，我非常看重柏木指引我人生的善意或是惡意。我已經很明確地看到，中學時代就在前輩的短劍劍鞘上劃下刻痕的我，已然失去了走向人生光明正面的資格。而柏木就是第一個教給我從背面通向人生黑暗近道的朋友。那道路看起來像是朝著毀滅前進的，但實際上意外地富於計謀，把卑劣變成勇氣、把我們叫作惡行的東西還原成純粹的能量，可以說就是一種神奇的煉金術。事實即是如此，這就是人生。它能夠前進、獲得、推移和喪失。即便不能稱作典型的生，它也具備了生的所有機能。如果在我們看不見的地方，所有的生都被賦予了「無目的」這個前提，那麼它就越發成為與其他正常的生等價的生了。

我想，就是柏木，也不能說沒有酩酊大醉吧。我早就知道，無論多麼陰鬱的認知裡，都潛藏著認知本身的醉意。而讓人大醉的東西，總之就是酒。

……我們在褪了色並被蟲蠶食的杜鵑花叢裡坐了下來。我不明白房東女兒為何會願意這樣陪著我。我故意用了骯髒的表達來描述自己，可是搞不懂為什麼那女孩會有急於把自己「弄髒」的衝動。世上應該有充滿羞恥和溫柔的無抵抗，可是這女孩卻一味地讓我的手放在她胖胖的小手上，就像蒼蠅群集在午睡的身體上那樣。

然而，長長的接吻和女孩柔軟下巴的感觸，喚醒了我的欲望。雖然是一直以來夢想的東西，現實感卻淺淡稀薄，欲望一直在別的軌道上飛奔著。白濛濛的天空，竹林的喧囂，沿著杜鵑花葉子拚命爬行的七星瓢蟲……這些東西，依然沒有秩序而零散地存在著。

不如說，我有要逃避把眼前的女孩作為欲望對象的想法。應該把這件事作為人生來思考，這是為了前進和獲得的一道關口。如果錯過了這個機會，人生就永遠不會造訪我了吧。這麼想著，我焦急萬分的心中，充滿了被口吃所阻礙而無法說出口的千百個屈辱的回憶。我應該決然地開口，結巴著說些什麼，把生據為己有。柏木那無情的催促，那「結巴呀，結巴呀」的毫不客氣的叫喊，在我的耳畔甦醒了，鼓舞著我……終於，我把手滑向了女人的衣服下襬。

這時金閣出現了。

充滿威嚴、憂鬱而纖細的建築，處處殘留著剝落金箔的、奢侈豪門的遺骸般的建築，似近又遠，既親近又疏遠，總是和我保持著不可思議的距離，澄澈地浮現在那裡。

它高高聳立在我和我所志向的人生之間，起初像微縮畫那樣小，眼看著變得越來越大，就像在那精巧的模型裡可以看見的幾乎包容整個世界的巨大金閣那樣，它充滿了我周圍世界的每個角落，嚴絲合縫地填滿了這個世界。就像巨大的音樂一樣充滿了世界，僅用那個音樂，就充實了整個世界的意義。

有時那麼排斥我、屹立在我之外的金閣，現在完完全全地把我包裹起來，在它的內部給我留了一個位置。

房東女兒離我遠去了，越來越小，像塵埃一般飛走了。既然女孩被金閣拒絕，那我的人生也被拒絕了。我被美包圍得嚴嚴實實，怎麼能向人生伸出手呢？就算從美的立場來說，它也有要求我放棄的權利吧。一隻手去觸摸永遠，另一隻手去觸摸人生，這是不可能的。如果說對人生採取行動的意義是向某個瞬間宣誓效忠，讓那個瞬間永遠停留，金閣恐怕是知道的。它在一瞬間取消了對我的排斥，並且親自化為了這個瞬間來告訴我，我對人生的渴望是虛幻的。在人生當中，化身為永遠的瞬間讓我們沉醉，但比起現在金閣化身為瞬間的永遠之姿，那根本是微不足道的——金閣早就洞悉了這一切。正是這時，美永恆的存在，真正阻擋了我們的人生，毒害著我們的生。生給我們展現的瞬間的美，在這種毒害面前不堪一擊。它會在忽然間崩潰、滅亡，將生命本身，顯露在滅亡的褪色白光裡。

……我完全被虛幻的金閣所擁抱的時間並不長。等我回過神來，金閣已經消失了。

它只不過是現在還存在於遙遠東北方向的衣笠山麓的一座建築，從這裡不可能看到。金閣像剛才那樣接納我、擁抱我的虛幻時刻已經過去了。我橫躺在龜山公園的山丘頂上，周圍除了花草和慵懶飛翔的昆蟲，只有一個放縱地趴在那裡的女孩。

女孩對我的畏縮投了一個白眼起身了。她轉過腰向後坐著，從手袋裡拿出鏡子照了起來。雖然一言不發，但那種蔑視就像刺人衣服的秋天的牛膝果那樣，密密麻麻地刺痛了我的肌膚。

天空低垂，輕盈的雨滴開始拍打草地和杜鵑花的葉子。我們慌忙站起來，急急地沿著剛才的路返回亭子了。

* * *

遊玩非常狼狽地告終了。但那天之所以給我留下特別陰暗的印象，並不僅因為如此。那天晚上就寢前，老師收到了從東京發來的電報，馬上就通知了寺院裡的人。

是鶴川死了。電文只是簡單地寫了意外死亡，我之後才知道了事情的詳細經過。前天晚上，並不善飲的鶴川去了淺草的伯父家，被招待喝了酒。回來的路上，在車站附近的巷子裡，被一輛突然出現的卡車撞飛，頭骨骨折，當場就死了。不知所措的家族好不容易想到應該給鹿苑寺打電報時，已經是第二天中午了。

曾經在父親死時沒有流的淚，現在全給了鶴川。這是因為，鶴川的死比起父親的死，與我更加息息相關。自從認識了柏木，我就多少和鶴川有些疏遠了，但失去了他我才意識到，把我和光明的世界連結起來的一縷絲，隨著他的死而斷絕了。我為失去的白天、失去的光明、失去的夏天而哭泣。

很想飛奔去東京弔唁，奈何沒有旅費。從老師那裡領到的零用錢，每月只有五百圓。母親本來就窮，一年頂多給我寄一兩次錢，每次約莫兩三百圓。她收拾家產寄身於加佐郡的舅舅家，也是因為丈夫死後只靠每月各施主不足五百圓的施捨米以及政府極少的補助金難以生活的緣故。

我沒見到鶴川的遺體，也沒參加他的葬禮，不知道如何才能在心裡確認他的死。那曾經沐浴著樹葉縫隙漏下來的陽光、露在白襯衫之外起伏的腹部，現在還令我心潮澎湃。誰能想像，那樣只為了光明而生，只能和光明相配的肉體和精神，而今要長眠在土裡呢？他身上沒有絲毫夭折的徵兆，天生就被免除了不安和憂愁，完全沒有與死相類的要素。也許他突然的死亡就是因為這個。就像純種生物的生命無比脆弱一樣，也許鶴川是用純粹的生的成分做成，所以對於死亡毫無辦法。那麼，與此相對，我是會得到應受詛咒的長壽吧。

他曾居住的透明構造的世界，對我來說一直是個深深的謎團，而他的死使這謎團變得更加可怕。這透明的世界，就宛如透明得像不存在的玻璃一樣，被一輛橫衝過來的卡車撞得粉碎。鶴川不是病死，正好與這比喻相合。意外死這種純粹的死，與其生的無比純粹的構造甚是相符。短短一瞬間的衝突，使得他的生與他的死相融合了。迅速的化學作用……一定是只有透過這種過激的方法，才能使那個沒有影子的不可思議的年輕人，和自己的影子、自己的死結合起來。

可以斷言，即使鶴川的世界充溢著光明的感情和善意，他也並非因為誤解和樂觀的判斷而住在那裡的。他那顆不屬於這個世界的光明的心，被一種力量、一種堅韌的柔軟所證明，那也是他的運動法則。他把我黑暗的感情一一翻譯成光明的感情，他的這種做法，有著某種無比正確的東西。那光明和我的黑暗一一對應，形成了周密詳細的對比，我有時甚至不由得懷疑鶴川是不是真的體驗過我的心路歷程。其實並非如此！他的世界的光明，是純粹也是偏頗。也許它自身就形成了精緻的體系，那種精密和惡的精密幾乎一致了。如果不是這個年輕人不屈不撓的肉體的力量，在不斷地支撐著它運動的話，它那光亮透明的世界倏忽間就會瓦解殆盡了吧。他朝著目標突進，於是那輛卡車碾過了他的肉體。

鶴川給人好感的根源不外乎他那明朗的容貌和修長的軀體。當這些都消失的現在，它們又引誘我對人類可視部分的神祕加以思考。我覺得我們目之所及之處存在著的所有物體，能夠行使那樣光明的力量，真是不可思議。精神為了能擁有這種樸素的存在感，不知應該向肉體學習多少東西呢。據說禪是以「無相」為體，知道自己的心既無形也無相，這就是「見性」。能夠如實看透無相的見性的能力，恐怕必須對形態的魅力極度敏銳。不能以無私的敏銳來感受形與相的人，怎麼能夠那樣清清楚楚地看見和感受無形和無相呢？如此，像鶴川那樣只要存在就會放射光芒的人、看得見和觸摸得到的人，即為了生而生的人，在所有一切都喪失了的現在，那曾經明晰的形態成了不明晰的無形的最明確的比喻，那曾經的存在感成了無形的虛無的最實在的模型，他本人也只不過成了這種比喻而已。比如，他和五月繁花的相似和相配，正是透過他在五月突然的死，變成了和放進他靈柩的繁花的相似和相配。

總之，我的生中缺乏鶴川的生那樣實在的象徵性。也正因如此，我需要他。而最令人嫉妒的是，他絲毫沒有帶著像我那樣的獨特性，或者說肩負著獨特的使命意識度過一生。正是這種獨特性奪去了生的象徵性，即人生可以比喻成別的什麼東西的象徵性。於是，獨特性奪去了生的寬廣度和連帶感，成為催生了如影隨形的孤獨的源頭。這真是不可思議的事情。我甚至和虛無都沒有任何關聯。

＊ ＊ ＊

我的孤獨又開始了。那之後再也沒見柏木房東的女兒，也逐漸和柏木疏遠了。柏木生存方式的魅力還是緊緊地吸引著我，但是我覺得哪怕是一點反抗，即便不是出於本意的疏遠，也是對鶴川的祭奠。我給母親寫信斷然地說，在我出人頭地之前就不要來看我了。雖然之前口頭上也對母親說過，但這次覺得必須用書面再次強調，否則我就不能安心。回信是斷斷續續的文章，寫了她幫舅舅務農，以及單純說教式的話語等等，最後寫道「想看一眼你當上了鹿苑寺的住持再死」。這行字我討厭極了，從那天起後好幾天，這行字都讓我感到不安。

整個暑假，我都沒有去母親的寄身之處看望她。因為吃得太差，有些苦夏。九月十日後的某一天，天氣預報說可能有大型颱風。金閣需要有人值守，於是我申請當值了。從那時開始我對金閣的感情產生了微妙的變化。雖然說不上是憎恨，但我有一種預感，就是我內心徐徐生出的東西，一定會和金閣絕不相容。從遊龜山公園那時起，這種感情就變得很明顯了，但我害怕給它起名字。不過，我還是很高興值夜班的任務分配給了我，難掩興奮之情。

寺裡把究竟頂的鑰匙交給了我。三樓尤其貴重，楣間有後小松帝御筆親題的匾額，高雅地懸掛在離地面四十二尺的地方。

廣播裡一刻不停地播報颱風的來襲情況，我對此毫不在意。午後的陣雨停了，夜空中一輪皎潔的滿月升了起來。寺院裡的人都來到院子裡看天空，紛紛說這是暴風雨來臨前的寂靜。

整個寺院萬籟俱寂。我獨自一人待在金閣裡，待在月光照不到的角落，感到一種被金閣厚重豪華的黑暗包圍著的恍惚。這種現實的感覺漸漸地浸透了我，又原封不動地變成了幻覺。當我回過神時，才知道自己如今確實已經置身於在龜山公園時把我隔離於人生之外的那個幻影之中了。

我只是孤身一人，絕對的金閣包裹著我。是說我擁有金閣呢，還是說我被金閣所擁有呢？或者哪裡又生出了罕見的均衡，能使我就是金閣、金閣就是我的狀態得以實現呢？

夜裡十一點半，颱風開始發威了。我拿著手電筒登上臺階，將鑰匙插進了究竟頂的鎖眼裡。

我靠在究竟頂的欄杆上。風是東南風，但是天空還沒有什麼變化。月亮在鏡湖池的水藻之間生輝，蟲聲和蛙聲占據了四周。

最初，當強風直擊我臉頰的時候，一種近似情欲的戰慄穿過了我的肌膚。風就那樣如地獄之風一般無限地變大，像是要將我連同金閣一起毀滅的徵兆。我的心在金閣裡面，同時也在風的上面。規定了我的世界構造的金閣，沒有在風中搖擺的幔帳，只是泰然自若地沐浴在月光裡。而風，我凶惡的意志，肯定會晃動金閣，使之覺醒，在其倒塌的瞬間奪去它倨傲的存在意義吧。

是的。那時我會被美包圍，確實身處美的內部了。但值得懷疑的是，如果沒有無限增強的暴風的意志支撐著，我能夠那樣萬全地被美包圍嗎？就像柏木激勵我「結巴啊，結巴啊」那樣，我試圖叫出鞭打暴風、催趕駿馬的話語。

「用力刮呀！用力刮！再快點！再有力點！」

森林開始發出吼聲。池邊樹木的枝葉互相碰撞。夜空失去了平靜的深藍色，變成了濃重渾濁的青灰色。蟲聲還沒有消失，可是讓森林泛起波濤，讓樹梢豎起葉尖的風，遠遠地發出神祕的笛聲，臨近了。

我看見無數的雲飛過月亮表面，從南向北，從群山對面，像大軍團一樣不斷地湧過來。有厚的雲，有薄的雲，有廣闊的雲，有小的斷雲。這一切都從南邊湧起，掠過月亮表面，覆蓋了金閣的簷頂，彷彿著急去辦什麼大事一般奔向北方而去。我好像聽到我頭頂上金鳳凰的叫聲。

風戛然而止，又突然變大。森林敏感地側耳傾聽，時而安靜時而喧噪。池上的月光，也隨著風忽明忽暗，有時把四處散亂的光收縮成一道，迅速地一掃整個池面。

群山對面層雲疊嶂，宛如一隻大手籠罩著整片天空，湧動著、擠壓著、轟鳴著逼近，震撼至極。偶爾從雲層的縫隙裡可以看到澄淨的天空，馬上又被雲遮住了。但是當薄紗般的雲掠過時，可以透過它窺見月亮的朦朧光輪。

整個夜晚，天空都是這樣激動不息。但是，風並沒有變得更加猛烈。我蜷在欄杆下睡著了。晴朗的清晨，寺院打雜的老人把我叫醒，告訴我，我們很幸運，颱風離開京都遠去了。

第六章
重逢

我給鶴川服了近一年的喪。一旦開始孤獨，我很容易就適應了。我重新認識到，和誰都不說話的生活，對我而言，是最不需要努力的。對於生的焦躁也離我遠去了。逝去的每一天都是愉快的。

學校的圖書館成了我唯一的安樂窩，在那裡我不讀禪書，而是隨心所欲地閱讀翻譯小說和哲學書籍。在這裡我就不舉出那些作家和哲學家的名字了。我承認多少受到了他們的影響，之後這些也成了我行為的因素，但是我相信行為本身是我自己的獨創，最重要的是，我不喜歡將某種行為歸結成是某種既成哲學的影響。

我以前也說過，從少年時代開始，不被人理解就成為我唯一的驕傲，我缺乏為了讓別人理解而表達的衝動。我也想不用任何斟酌地讓自己保持明晰，但這是否來自想讓別人理解自己的衝動，還是存疑。因為這種衝動會跟從人類的本性，自動成為連結他人的橋梁。金閣的美給我帶來的沉醉把我的一部分變得不透明，這種沉醉把我從其他所有沉醉那裡奪走，為了對抗它，我必須另外用我的意志來保持我明晰的部分。別人怎樣我不知道，但對我來說，明晰才是我自己，反過來就是說，我並不是那種擁有明晰的自己的人。

……那是進入大學預科的第二年，昭和二十三年春假的時候。那個晚上老師也不在，沒有朋友的我，只能把這難得的自由時間用在散步上。出了寺院，穿過總山門。總山門外面圍繞著一條溝，溝邊立著一塊木牌。

這是長年看慣的木牌。可是我無聊至極，回過頭讀了月光照耀下老舊木牌上的字。

注　意

一、未經允許不能變更現狀。

二、禁止其他影響保存的行為。

請注意以上事項。若有違犯者，依國法處罰。

昭和三年三月三十一日　內務省

木牌上的話明顯是關於金閣的禁令，但是不知道那抽象的語句在暗示著什麼。我只知道永恆不變、金剛不壞之身的金閣，應該矗立在和這木牌迥然不同的地方。這個木牌好像預示著某種不可解，或者不可能的行為。立法者肯定也很頭疼要如何概括這種行為吧。為了懲罰只有狂人才能做出的事情，事前應該怎樣威脅狂人呢？或許需要寫上只有狂人才能看懂的文字吧……

正當我這麼胡思亂想之時，門前廣闊的馬路上出現了朝這邊來的人影。白天的遊客人群已經消失殆盡，只有月光下的松樹和來往於遠處電車大道的汽車前燈閃光，占據了這一片的夜晚。

我突然認出人影就是柏木，因為那獨特的走路方式。於是，我將這漫長的一年來我所選擇的疏遠暫時放下，心裡只是充滿了對於曾經被他療癒的感激之情。是的，從初次見面開始，他就用那難看的內翻足、毫不客氣的傷人話和徹底的告白，療癒了我殘缺的心理。我那時應該第一次感受到了自己和人平等對話的喜悅，體會到了將身體潛沉到光頭、結巴等堅固的意識底下、近似作惡的快感。與此相反，和鶴川來往時，以上任何一種意識往往都是被抹消的。

我對柏木笑臉相迎。他穿著制服，手裡拿著一個細長的包袱。

「要出門嗎？」他問道。

「也不是……」

「能見到你太好了。是這樣的，」柏木在石階上坐下，解開了包袱，那是兩支發出暗淡光澤的尺八，「前陣子，老家的伯父去世了，作為留念我拿來了這支尺八。不過，過去我跟伯父學尺八的時候就得到過一支。作為遺物的這支看起來好像滿名貴的，但我覺得還是用慣了的好，有兩支也是浪費，想著送給你一支，就拿來了。」

對於從來沒有收到過別人禮物的我來說，不管怎樣，有禮物當然開心。我拿過來看了一下，只見尺八前面有四個孔，後面有一個孔。

柏木接著說：「我學的是琴古流派。難得月色這麼美，如果能讓我上金閣吹一曲就好了。這麼想著我就來了，正好順便教教你……」

「現在可以。老師不在，負責掃除的爺爺偷懶，還沒打掃完呢。打掃完以後，他就要鎖上金閣了。」

如果說柏木的那種出現方式是唐突的，因為月色很美所以想到金閣上去吹尺八的提議也是唐突的，所有這些都與我所瞭解的柏木背道而馳。即便如此，對於我單調的生活來說，突如其來的吃驚也有相應的歡喜。我手裡緊握著柏木送我的尺八，帶他去了金閣。

那天晚上，我和柏木都說了些什麼，我也記不清了。大概沒說什麼實質性的話。首先，柏木平常總是掛在嘴邊的怪異哲學和有毒反證，那晚卻絲毫沒有要說出口的意思。

也許，他就是為了故意向我展示我從未想像過的他的另一面才來的吧。這個只對美的冒瀆感興趣的毒舌家，給我展示了他極其細膩的另一面。關於美，他擁有遠比我精密的理論。這種理論不是透過語言，而是透過動作和眼睛、吹響的尺八音調，以及伸向月光的額頭來講述的。

我們靠著第二層潮音洞的欄杆站著。弧度舒緩的深深庇簷下是陰影中的緣廊，被下方典雅的八根天竺式樣的插肘木支撐著，朝著灑滿月光的池面伸了出去。

柏木先吹了一首叫作〈御所車〉的小曲，那精湛的技藝令我驚訝。我也學著把嘴唇放在吹孔上，但是發不出聲音。他先教我左手在上握住尺八管，然後是如何把下顎抵在尺八的顎口上、如何張開嘴唇對準吹孔、如何將寬薄片一般的空氣送進去等等，手把手地教我。我試了好幾次，還是吹不出聲。臉頰和眼睛都用上了力氣。明明沒有風，池中的月亮看起來卻好像已經化成了碎片。

筋疲力盡的我，某一瞬間甚至懷疑柏木是故意為了嘲笑我的結巴才逼我吃這樣的苦吧。但是漸漸地，我感覺現在嘗試吹出聲音來的肉體上的努力，正是在淨化平時因害怕結巴而試圖順暢地吐出最初字句的精神上的努力。還沒有吹出的聲音，已經確實存在於這個被月亮照耀著的靜寂世界的某處了。我只要透過各種努力最終到達那個聲音，讓那個聲音覺醒過來就好了。

如何才能使那聲音成為柏木吹奏的靈妙無比的聲音呢？別無他法，唯有熟練。美即是熟練。就像柏木儘管長了一雙醜陋的內翻足，但也能夠達到那樣澄淨美好的音色那樣，我也能夠透過不懈地練習達到那個境界。這個想法給了我勇氣。但是我又有了新的認識。柏木的〈御所車〉之所以那樣美妙動聽，這春宵一刻值千金的月夜背景當然功不可沒，更重要的不就是因為他醜陋的內翻足嗎？

隨著對柏木瞭解的加深，我知道了他討厭永恆存在的美。他的喜好僅限於轉瞬即逝的音樂、數日即枯萎的插花等，而憎惡建築和文學。他來金閣，也一定只是為了尋求月光照耀下的金閣。即便如此，音樂之美是多麼不可思議的東西啊！吹奏者成就的短暫的美，將一定的時間變成純粹的持續而永不反覆，宛如蜉蝣那樣短命的生物，是生命本身完全的抽象和創造。沒有比音樂更像生命的東西了。雖然都是美，沒有比金閣更加遠離生命、侮辱生命的美了。於是，當柏木吹完〈御所車〉的瞬間，音樂、這虛構的生命死去了，而他醜陋的肉體和陰鬱的認知，絲毫沒有被傷害和改變，依然保留在那裡。

柏木向美索求的東西，的確不是慰藉！在不言不語的沉默裡，我明白了這一點。他用自己的嘴唇向尺八孔洞吹進氣息的一瞬間，在半空中成就了美，而後，自己的內翻足和陰鬱的認知，隨之比以前更加清晰和新鮮地保留下來——他原來是愛著這個。美的無用、美穿過我們身體而消失，它絕對不會改變什麼……柏木愛著的只有這個。如果美對我而言也是那樣的話，我的人生該有多麼的輕鬆啊。

……在柏木的指導下，我無數次不厭其煩地嘗試，滿臉脹紅，氣喘吁吁。這時我突然變成了鳥，就好像從我的咽喉裡發出了鳥啼那樣，尺八終於迸出了粗啞的一聲。

「對了。」柏木笑著叫起來。

絕不是什麼美好的音色，但是相同的聲音不斷地吹了出來。這時，我從這些無法想像是我發出的神祕聲音中，幻想著頭上金銅鳳凰的啼鳴。

* * *

從那之後，我按照柏木給我的自學書，每夜苦練尺八。隨著吹會了〈白布染上紅太陽〉等曲子，我和他又恢復了親密的關係。

五月，為了報答他贈我尺八之情，我想給他還禮，但是沒有錢。我大著膽子告訴了他，他回答說不需要花錢的禮物，然後詭異地歪著嘴角，說出了下面的話。

「是啊，難得你一片好意，我還真有個想要的東西。最近我想插花，不過花太貴了。正好現在金閣的菖蒲和杜若在盛開吧。我想要四、五枝杜若花，不論是含苞待放的，還是剛開的，或是已經開的都行，再加上六、七枝木賊，你能幫我採來嗎？今晚也可以的，摘好了你能送到我的住處來嗎？」

我不假思索地輕鬆答應了，然後才發覺他這是讓我去偷。不過礙於面子，我也不得不當一回採花大盜了。

當天的晚餐是麵食。烏黑厚重的麵包上加了燉蔬菜而已。幸好是週六，從下午就開始放假，該出門的都出門了。今夜是「內開枕」，可以早睡，也可以外出到十一點之前回來，並且第二天早晨叫作「睡忘」（睡得忘了時間），可以盡情睡懶覺了。老師也已經出門了。

太陽過了六點半就開始昏暗了，還起風了。我等待著夜晚的第一次鐘聲。到了八點，中門左側黃鐘調[1]的鐘敲響了「初夜十八聲」，音色高亢明淨，餘音繚繞。

金閣漱清亭旁，蓮塘的水注入鏡湖池，形成了一個小小的瀑布口，半圓的柵欄圍著這個瀑口。那裡杜若叢生，這幾天花開得美極了。

我一過去，杜若花叢在夜風裡喧鬧起來。高高頂著的紫色花瓣，在靜靜的水聲中顫動著。那裡漆黑一片，花朵的紫色、葉子的深綠都成了黑色。我準備採兩三枝。但是花和葉子隨風飄動逃開了我的手，一片葉子還把我的手劃破了。

抱著木賊和杜若花來到柏木住處的時候，他躺在那裡讀書。我很害怕見到房東女兒，但她好像不在。

小小的偷盜行為讓我充滿了活力。每次和柏木在一起的時候，我總是會收穫一些小小的背德、冒瀆和作惡，那必定會給我帶來快活，但是我不知道，隨著這些惡行的分量不斷增大，快活的分量是否也會無限地增大呢？

柏木非常開心地接受了我的禮物。然後他去房東太太那裡借了插花用的水盤和把枝

1 雅樂六調子之一，以黃鐘為宮的旋律。

莖浸在水裡修剪用的水桶。這家的房子是平房，他的房間是四疊半的廂房。

我拿起他豎立在佛龕裡的尺八，將嘴唇對著孔洞吹了一首小練習曲，吹得非常熟練，把回房間來的柏木驚呆了。但是今夜的他，不是那晚來金閣的他了。

「你吹起尺八來，可一點也不結巴呀。我是想聽結結巴巴的曲子，才教你尺八的。」

這一句話，把我們拉回了初次見面時的同一位置。是他把自己的位置復歸了原位。於是，我也就能夠輕鬆地打聽那位西班牙洋房家的小姐了。

「啊，那個女人啊，早就結婚了喲。」他簡單地回了一句，「我投其所好地教了她掩飾不是處女的方法，她新郎是個老實人，好像還挺順利的。」

他一邊說著，一邊把浸在水中的杜若花一枝一枝拿出來仔細觀察，將剪刀插進水裡，在水中剪了花莖。被他拿在手裡的杜若花的影子，在榻榻米上劇烈地晃動著。突然，他又開口了。

「你知道《臨濟錄．示眾章》裡有名的句子吧？『逢佛殺佛，逢祖殺祖……』」

我接了下去：「……逢羅漢殺羅漢，逢父母殺父母，逢親眷殺親眷，始得解脫。」

「是的，就是那句。那個女人就是羅漢。」

「那你得到解脫了嗎？」

「嗯。」柏木將修剪好的杜若花擺放整齊，邊看邊說，「不過殺的方法還不夠。」

清波蕩漾的水盤內部塗著銀色。柏木仔細地把彎曲的劍山掰直。

我閒著沒事幹，接著說下去：「你知道『南泉斬貓』的公案嗎？老師在戰爭結束那天，把大家都集中在一起講了那個故事……」

「『南泉斬貓』嗎？」柏木一邊對著水盤比較木賊的長度，一邊回答道：「那樁公案啊，能在人的一生裡變換成各種不同的形狀，出現很多次呢。那可是很可怕的公案喲。每次在人生的轉彎處，這同一樁公案都會變換形態和意義呢。南泉和尚斬的那隻貓是個妖怪呢。那隻貓很漂亮哦，告訴你，牠可是無可比擬地美呢。眼睛是金色，毛髮溫潤，這個世界上所有的安逸和美麗，像發條一樣蜷縮在牠那小巧柔軟的身體裡面。貓是美的凝結——這一點幾乎所有的注釋者都忘了說，除了我。不過，這隻貓突然從草叢裡跳出來，簡直就像故意的，閃著那溫柔狡猾的眼睛，被抓住了。這就成了兩派爭鬥的原因。為什麼呢？因為美可以委身給任何人，但又不屬於任何人。所謂美這種東西，怎麼說才好呢？對，就是像蛀牙一樣的東西啊。它會碰到舌頭，牽連舌頭，使人疼痛，主張自我的存在。最終不能忍受疼痛，請牙醫拔掉。把沾滿血的、小小的、茶色的、髒汙的牙放在手掌中，大家就會這樣說吧：『就是這個啊？就是這樣的東西啊？讓我痛苦，讓我不停地苦惱於它的存在，這樣頑固地在我身體裡扎根的東西，現在不過是一個死掉的物質。但是那個和這個真的是同一個東西嗎？如果這個本來就是存在於我外部的東西，那它是出於什麼因緣與我身體內部結合，成了我痛苦的根源呢？這個東西存在的根據是什麼呢？它的根據在我的內部嗎？還是在它自身？即便如此，從我身上拔下來，現在放在我手掌中的這個東西，絕對是另外的東西，斷乎不是那個東西。』

「好吧。所謂美，就是這樣的東西啊。所以斬貓這件事，看起來就像拔掉蛀牙、剔抉美一樣，不過不知道那到底是不是最終的解決之道。因為如果美的根不斷絕，即便是貓死了，也許貓的美還沒有死。因此，為了暗諷這種解決方式的簡單粗暴，趙州才把草鞋放在了頭頂上。就是說他知道除了忍受牙痛，沒有別的解決方法。」

這解釋的確是柏木一派的。大概是藉著我的話題，看透我的內心，諷刺我優柔寡斷吧。我第一次覺得柏木可怕。沉默更加可怕，我又問了：「那你覺得誰對呢？南泉和尚，還是趙州？」

「是呀，誰呢？當下，我覺得我是南泉，你是趙州。不過也許哪一天你會變成南泉，我變成趙州。這樁公案真是像『貓的眼睛』那樣千變萬化呢。」

一邊說著話，柏木的手一邊靈巧地動著，把生鏽的小劍山擺在水盤裡，將挺拔的木賊插在上面，配上三瓣葉整齊襯托的杜若花，漸漸地做出一個觀水型插花的形狀。洗淨過的白色和褐色的清淨細砂也被擺放在水盤旁邊，以備最終潤色使用。

他的手藝真是巧奪天工。小小的決斷一個個地被執行，對比和均衡的效果逐漸集中，自然的植物在一定的旋律下，眼見著被鮮活地移入了人工的秩序之中。天然的花和葉，馬上就變成了應有的模樣，那木賊和杜若，已經不再是一株株無名的同種植物，而是變成了叫作木賊的本質和杜若的本質的東西，被極其簡潔直接地呈現了出來。

但是他手的動作中又帶有殘酷。對於植物，他似乎帶著不快的陰暗特權，殺伐裁剪。也不知道是否因為如此，每當剪刀聲響起、莖葉被剪斷時，我就好像看到了血滴。

觀水型插花做好了。水盤的右端，木賊的直線和杜若葉子的簡潔曲線交相纏繞，一朵盛開著，其他兩朵是即將綻放的花苞。把它放在狹小的壁龕裡，幾乎占滿了整個空間，水盤中，水的投影安靜下來，隱藏著劍山的白砂粒，顯示出明亮澄淨的水邊風情。

「真棒。在哪裡學的？」

我問道。

「附近的插花女老師。她馬上就要到這裡來了吧。一邊和她交往，一邊跟她學插花，等到我一個人也能這樣插花，我也厭倦了。還很年輕漂亮的老師呢。戰爭中，和一個軍人在一起了，但孩子死產了，軍人也戰死了，之後就一直和男人玩樂了。她是有點錢的，插花好像就是教著玩玩。這樣吧，今夜你帶她出去玩玩好了。到哪裡她都會去的。」

……這時襲來的感動錯亂了。從南禪寺山門上看到那個人的時候，我的身旁是鶴川。三年後的今天，那個人卻以柏木的眼睛為媒介，就要在我眼前出現。那個人的悲劇曾經被明亮而神祕的眼睛看見過，如今又被沒有信仰的黑暗的眼睛所窺視。而且事實就是，那時像白色晝月的遙遠的乳房，已經被柏木的手觸摸；那時華美的振袖和服所包裹的雙膝，已經被柏木的內翻足觸碰了。千真萬確，那個人已經被柏木，抑或被柏木的認知所玷汙了。

這種想法令我大為苦惱，簡直無法繼續在那裡待下去了。但是好奇心讓我留了下來。曾經甚至以為是有為子轉世的那個人，而今成了被殘障學生拋棄的女人，我盼望著她出現。不知何時我站在了柏木一邊，沉浸在要親手玷汙自己回憶的錯覺產生的喜悅中。

……女人終於來了，我心裡卻沒有掀起絲毫的波瀾。當時的情景還歷歷在目，那稍稍沙啞的聲音，那得體的舉止和高雅的談吐。然而，她眼裡閃爍著粗野的神色，一邊顧忌著我一邊對著柏木抱怨……那時我才明白柏木今晚叫我過去的原因，他是想把我當成擋箭牌。

女人和我心中的幻影已經沒有任何關係。她完全是我初次見到的另外的個體。高雅得體的談吐逐漸變得粗野，女人根本不在乎我也在場。

女人好像終於不能忍受自己的悲慘，暫時停止了拚命讓柏木回心轉意的努力。這時她突然故作鎮靜，環視了狹窄的房間。進了房間三十分鐘，女人好像才發現壁龕中滿滿的插花。

「好漂亮的觀水型插花啊。插得真棒。」

一直等著這句話的柏木終於抓住了時機，精準地反擊了。

「插得好吧。正如你所看到的，我已經不再需要你教了。已經用不著你了，真的。」

女人聽到柏木這直截了當的薄情話後變了臉色，我看到後趕緊把目光移開了。女人微微一笑，然後彬彬有禮地徑直膝行到壁龕。我聽到了那女人的聲音。

「什麼呀，這花！這都是什麼東西！」

於是水花飛濺，木賊倒下，綻放花朵的杜若被撕裂，我偷來的花草一地狼藉。我不由得站起身來，不知所措地背靠著玻璃窗。我看到柏木抓住女人細長的手腕，然後揪住女人的頭髮，朝她臉上打了個耳光。柏木這一連串粗暴的舉動，和剛才用剪刀修剪莖葉時安靜的殘忍毫無二致，彷彿正是它的延長。

女人雙手捂臉跑出了房間。

柏木呢，則抬起頭看著茫然失措的我，詭異地浮現出孩子般的微笑，說道：「快啊，趕緊去追啊。去安慰她啊。快，快點！」

是被柏木言語的威力壓倒了呢，還是從心底同情女人呢，我自己也搞不清楚，總之我馬上拔腿去追女人了。在離柏木寄宿屋大約兩三戶人家的地方，我追上了她。

那是烏丸車庫背後板倉町的一角。進入車庫的電車的迴響，在陰沉夜色中轟鳴，電線上的火花勾勒出紫色的輪廓。女人從板倉町向東穿行，沿著小路爬上坡。女人一邊哭一邊走，我默默地跟在她斜後方。不久她發現了我，就朝我靠了過來，然後用因哭泣而變得沙啞的聲音，卻還保持著無限優雅的措辭，不停地向我訴說柏木的惡行。

我們都不知走了多少路！

她在我耳邊縷縷不絕地述說著柏木的惡行，那邪惡卑劣的細節，所有的一切都化成了「人生」一個詞，在我耳邊迴盪著。他的殘忍、計畫周密的手法、背叛、冷酷、從女人那裡騙錢的各種手段，這些都是在解說他難以言表的魅力罷了。我只需要相信他對於自身內翻足的誠實就好了。

自從鶴川突然去世以來，一直沒有接觸生的我，終於觸碰到了一種別樣的，且不那麼薄命的陰暗之生，觸碰到了只要存在就會一直傷害他人的生之脈動，並從中受到了鼓舞。柏木那句簡潔的「殺的方法還不夠」又響起了，震撼著我的耳朵。此時，我心裡想起的，是戰爭結束時在不動山頂向著京都城內燈火的海洋所許的願，那句「請讓我心中的黑暗，變得和這包容無數燈火的夜的黑暗一模一樣吧」。

女人並沒有朝自己家走。為了方便說話，我們只挑行人稀少的小路，漫無目的地徘徊。終於我們來到了女人獨居的房屋前，可是它到底位於什麼地方，我一概不知。

已經十點半了，我準備和她道別回寺，但女人硬拉著我進了屋。

女人在我前面打開了燈，突然這麼說了：「你有沒有曾經詛咒一個人，希望他死了就好？」

「有。」我馬上答道。真是不可思議，在那之前我一直都淡忘了這事，我無疑是希望我恥辱的見證人——那個房東女兒——早點死去。

「真可怕。我也是呢。」

女人癱了下來，橫坐在榻榻米上。房間的電燈大概是一百瓦，這是在限制用電時期很少見的明亮。和柏木寄宿的房間相比，這裡的亮度是三倍，明亮地映照出女人的身體。白色博多織的名古屋帶白得亮眼，友禪織和服上藤棚霞[2]的紫色鮮明地浮現出來。

從南禪寺山門到天授庵的客室，是只有鳥才能飛抵的距離，過了數年，我慢慢接近，現在終於到達了。從那時開始，時間一點一滴流逝，我的確在向天授庵的神祕一幕所意味的東西靠近。必須是那樣，我想。就像遙遠星光照到地球上時，地上的樣貌已經變化了，女人的變質也是無可奈何的事情。如果說從南禪寺天門上看到那一幕時，就注定了我和女人今天的相見，那這些變化可以透過少許的修正使之復原，再次實現那時的我和那時的女人的相見了。

於是我開口了，呼吸急促，結巴著說話了。那時的青葉甦醒了，五鳳樓壁頂畫中的天人和鳳凰甦醒了。女人的臉頰脹滿了生機勃勃的血色，那雙眼睛裡，閃爍不定的光代替了之前粗野的光。

「是這樣啊，哎呀，是這樣啊，這是什麼樣的奇緣啊？所謂的奇緣，就是這樣的事

2 藤花盛開時，花冠垂在棚架上，遠遠望去如紫色的薄霧繚繞。這裡是指和服顏色是藤花盛開時薄霧般的淡紫色。

情吧。」

此時，女人眼裡充滿了興奮喜悅的淚光。她忘記了剛才的屈辱，轉身投入了回憶之中，回憶的興奮接著變成了別的興奮，幾乎是瘋狂了。藤棚紫的下襬散亂了。

「已經沒有奶了啊。唉，那可憐的小嬰兒啊，雖然已經沒有奶了，我也要像那時候一樣給你看。是不是從那時候開始，你就喜歡我了啊。現在，我，就把你當成那個人了啊。把你當成那個人，所以我就不害羞了。真的，就像那時候一樣給你看呀。」

用下定決心的口吻說完後，女人所做的事，像是狂喜至極，又像是絕望至極。恐怕意識上只有狂喜，但促使她激烈行為的真正力量，是柏木給她的絕望，或者說是絕望的頑固的後勁。

就這樣，我目睹了她在我眼前寬衣。和服的腰帶和許多小細帶發出絲綢的摩擦聲解開了。女人的衣領崩開了。從隱約露出白色胸脯的地方，女人把左邊乳房抓了出來給我看。

如果說我沒有感到某種眩暈，那是在說謊吧。我一直盯著，仔細地盯著。但是我止步於當一位見證人。從那個山門的樓上遙望的神祕白點，並非眼前這團有一定分量的肉。那個印象發酵的時間太久，而眼前的乳房，就是肉本身，只是一團物質而已了。並且它也不是要訴求什麼、要誘惑誰的肉了。它是存在本身冷冰冰的證據，是從生的全體割裂出來，僅僅在那裡呈現出來的東西。

我還想撒謊。是的，我的確被眩暈襲擊了。但是我的眼睛看得太仔細，看到了乳房由女人的乳房，逐漸向著無意義的碎片變化的過程。這個過程，我一一看見了。

……不可思議的是這之後的事情。為何這麼說呢？是因為在這場痛苦經歷的最後，我終於發現了它的美麗。乳房被賦予了美的荒涼和冷淡的性質，雖然就在我眼前，但漸漸地封閉在它自身的原理裡面了，就像玫瑰封閉在玫瑰的原理裡面一樣。

對我而言，美總是姍姍來遲。比別人晚來，比別人同時發現美和肉欲時，晚得更多。眼看著，乳房恢復了和全體的關聯……超越了肉體……成為冷淡而不朽的物質，最終和永遠連在了一起。

請理解我要說的話。這時金閣又出現了，不如說，乳房變成了金閣。

我想起了初秋值夜時的颱風之夜。即便被月光照耀著，夜晚的金閣內部、那格子門的內側、木板窗的內側、金箔剝落的壁頂下，仍沉澱著厚重奢華的黑暗。那是當然的，因為金閣本身就是被用心構建起來的虛無。如眼前的乳房一樣，表面上散發著明亮的肉體的光芒，內部卻充滿了同樣的黑暗。它的實質，也是同樣的厚重豪奢的黑暗。

我絕不是陶醉在認知裡，不如說認知一直在被蹂躪、被侮辱。生和欲望更無需贅言！但是深深的恍惚感控制了我，一時間我像麻痹了一樣，呆坐在赤裸的乳房面前。

……

就這樣，女人把乳房放進衣服裡，我又一次遭遇到了輕蔑冷眼。我請求回去。把我送到玄關的女人，在我身後很大聲地關上了格子門。

——回到寺院之前，我一直處於恍惚的狀態。在我心裡，乳房和金閣走馬燈似的來回變換。一種無力的幸福感充斥著我。

可是當我看到松濤低嘯的黑松林那邊的鹿苑寺大山門時，我的心漸漸冷卻下去，無力感占了上風，陶醉感變成了厭惡，一種莫名其妙的憎恨湧上了心頭。

「我又一次和人生隔絕了！」我喃喃自語，「又一次。金閣為何要保護我？又沒有請它幫忙，為什麼又要把我和人生分隔？沒錯，金閣或許是把我從地獄救了出來。但是這樣一來，金閣就把我變成了比墜入地獄者更壞的，『比誰都通曉地獄消息的人』了啊。」

山門在黑暗中靜默著。晨鐘時才會熄滅的耳門的燈發著幽暗的光。我推了下耳門，裡面傳來吊著鉛錘的生鏽老舊鐵鎖的聲音，門開了。

看門人已經睡了。耳門內側貼著寺裡的規定：晚上十點之後，最後回寺的人必須鎖門。我看到還有兩個沒被翻過去的名牌。一個是老師的，一個是年邁管理員的。

走著走著，我看見右邊工地上橫放著幾根五公尺多的木材，就是在夜色中也顯現出了明亮的木色。近前一看，鋸屑落得到處都是，就像細碎的黃花滿地，黑暗中飄散著濃郁的木頭香氣。我正要從工地盡頭的轆轤井邊去寺廚，又站住了。

睡覺前，必須再去趟金閣。我走過萬籟俱寂的鹿苑寺大殿，經過唐門前，走向了金閣。

隱約看到金閣了。它被樹叢的喧囂包圍著，在深夜裡紋絲不動，但絕對不眠不休地屹立在那裡，就像夜晚的守衛一樣……是的，我從未見過金閣像沉睡的寺院那樣酣眠。這座無人居住的建築，忘記了睡眠。棲居的黑暗，完全被免除了人類的法則。

帶著近乎詛咒的語調，我對著金閣，平生第一次粗野地叫喊：

「總有一天，我一定會制服你。一定會把你變成我的，再也不讓你妨礙我！」

聲音空虛地迴盪在深夜的鏡湖池上。

第七章 出走

總而言之，我的體驗中有一種巧合在發生作用。就像擺滿鏡子的長廊，一個影像被無限地反射下去，新遇見的事物裡面清晰地映照出過去所見的事物。我被這種相似所引導著，不知不覺走向長廊的盡頭、那未知的深處。我們並非是在突然間才碰到命運。日後會被判處死刑的男人，應該是在平時路上遇見的電線杆和鐵路道口，都不斷地描繪出絞刑架的幻影，並和那幻影親近的吧。

因此，我的體驗裡也沒有重疊，沒有重重疊疊地形成地層、堆積成山，達到那樣的厚度。除了金閣，對所有事物都沒有親近感的我，對於自己的體驗，也不抱有特別的親近感。只是我明白，從這些體驗當中正浮現出一幅畫面——沒有被黑暗的時間之海吞沒的部分、沒有陷入無意義的無盡反覆的部分，那些細小部分的連鎖正在漸漸形成某種令人忌諱的不吉利的畫面。

那些一片一片的細小部分都是什麼呢？我有時會想，那些發著光的斷續的碎片，比起路邊閃光的啤酒瓶的碎片，更沒有意義、更缺乏規則性。

即使這麼說，我也無法把這些碎片當成過去的美麗完整的形態崩落後的碎片。因為在我看來，它們是在無意義之中、在無規則性之中，被悲慘地打碎、丟棄，各自夢想著未來。以碎片的身分，無所畏懼地、令人害怕地、沉靜地……夢想著未來！那是絕非意味著痊癒或恢復、無法企及的、前所未聞的未來！

這種不甚明瞭的省察，帶給我一種抒情般的亢奮，儘管我也知道，這和我完全不相配。這種時候，如果碰巧是月夜，我就會帶著尺八到金閣的水邊吹奏。如今，柏木吹過的〈御所車〉的曲子，我也能夠不看譜就吹出來了。

音樂像夢，同時又像和夢相反的、非常確實的清醒狀態。我不由思索，音樂到底是哪一方呢？總之，音樂具有可以將這相反的兩者逆轉的力量。有時候我能輕鬆地化身為自己吹奏的〈御所車〉的曲調。我的精神瞭解化身音樂的樂趣。和柏木不同，音樂對我而言，的的確確是一種慰藉。

……吹完尺八，我常常在想，金閣為何不怪罪我，也不阻礙我，而是默許了我這種化身呢？另一方面，當我要化身為人生的幸福和快樂時，金閣哪怕有一次放過我嗎？馬上遮斷我的化身，把我拉回我自己，這難道不是金閣一貫的做法嗎？為什麼只有在音樂上，金閣能夠放縱我的沉醉和忘我呢？

……這麼想著，只因為是金閣允許這件事，音樂的魅力就變得稀薄了。為什麼這麼說呢？因為既然金閣默許了，音樂就只能看似是生，實際上卻是冒牌的不存在的生，即便我想化身為它，那化身也只能是虛幻的東西罷了。

請不要認為我在女人和人生那裡栽了第二次跟頭後就一蹶不振、畏縮不前了。直到昭和二十三年末，頗有幾次那樣的機會，也有柏木牽線搭橋，我都毫不退縮地去面對了。但是，結果都一樣。

女人和我之間、人生和我之間，總是橫亙著金閣。於是，每當我試圖抓住東西，觸手之處都瞬間灰飛煙滅，人生展望都變成了荒漠。

有一次我在寺廚後面的地裡做事。空閒時，看見蜜蜂嗡嗡地繞著一朵黃色的小夏菊在飛。蜜蜂在陽光燦爛的空氣裡撲閃著金色的翅膀飛來飛去，從眾多夏菊中選擇了一朵，在它面前徘徊流連。

我以蜜蜂的眼睛去看。菊花綻放著金黃端正的無瑕花瓣，簡直如一座小金閣那樣美麗，像金閣那樣完整。但它絕不會變成金閣，而是保持著一朵夏菊的形態。是的，它是確實存在的菊、一朵花，絕不暗示著任何形而上的東西，只是停留在形態上。正因為保持了存在的分寸，才會綻放出滿溢的魅惑，吸引了蜜蜂的欲望。在無形的、飛翔的、流動的、有力的欲望面前，菊花安靜地隱身於作為欲望對象的形態之中，這是怎樣的神祕啊！形態逐漸稀薄，吹彈可破，戰慄著，顫抖著。的確如此，菊花端正的形態，正是依照著蜜蜂的欲望而創造出來的，那美麗本身，就是向著預感而綻放的。現在正是形態的意義在生命之中閃耀的瞬間。只有形態才是無形而流動的生之模具。同時，無形的生之飛翔，也是這個世界所有形態的模具……蜜蜂就這樣鑽進了花心深處，沾滿了花粉，沉浸在酩酊之中。迎接了蜜蜂的夏菊，自身就變成了一隻身著黃色鎧甲的蜜蜂，彷彿馬上要離開花莖飛向空中，劇烈地搖動著身子。

我幾乎因為這陽光和陽光下的這一幕而頭暈目眩了。一瞬間，當我的眼睛從蜜蜂的眼睛還原為自己的眼睛時，我覺得目睹這一切的我的眼睛，正處於金閣眼睛的位置上。是這樣的：就像我掙脫了蜜蜂的眼睛回到自己的眼睛那樣，生迫近我的那一剎那，我的眼睛又掙脫了我自己，把金閣的眼睛據為己有。那時，我與生之間，金閣又出現了。

……我變回了自己的眼睛。蜜蜂和夏菊在茫茫的物質世界中，只不過是「被配置在那裡」的東西。蜜蜂的飛翔和花朵的晃動，與微風吹拂並無兩樣。在這靜止的冰凍世界裡，一切都是同等的，曾經那樣綻放魅惑的形態已經死絕了。菊並非因為它的形態，而是因為我們漠然中稱之為「菊」這一約定俗成的名稱而美麗。我不是蜜蜂，所以不會被菊花引誘；我不是菊花，所以不會被蜜蜂傾慕。所有的形態和生的流動之間的親和消失了。世界被拋進了相對性之中，只有時間在流動。

當永恆而絕對的金閣出現，我的眼睛變成金閣的眼睛時，無需贅言，世界將變成如此模樣，而在這個面目全非的世界裡，只有金閣保持著形態，占有著美，將其餘東西統統歸於塵埃。自從那個娼婦踏進金閣的庭園，到鶴川猝死以來，我的心中反覆翻騰著這樣的問題：「即便如此，惡是可能的嗎？」

＊＊＊

昭和二十四年的正月。

多虧是週六的「除策」（「除去警策」之意，也就是放假），我得以在三番館這種便宜影院看了電影，回來的路上，一個人在久違的新京極漫步。我在擁擠的人群中碰見了一張熟悉的臉，但還沒來得及想起是誰，那張臉就被人潮推到我的背後了。

那人戴一頂軟帽和圍巾，身穿上好的外套，挽著一個身穿鏽紅色大衣、一眼就能看出是藝妓的女子。男人的臉粉色富態，有著在普通中年紳士中絕對看不到的嬰兒般的清潔感，鼻梁長長的……這不正是我的老師嗎？只是這頂軟帽，遮住了他臉上的特徵。

我明明沒做錯什麼，卻害怕被老師看見。因為我想避免成為老師微服出行的目擊者或見證人，不願在無言中和老師結下信賴或不信的關係。

這時，一隻黑狗混在正月夜晚的人群中走著。這隻黑色長毛狗似乎已經很習慣在人潮中行走，敏捷地穿行在女人的華美大衣和行人的軍隊外套的下襬間，途中在各處店門前駐足。狗停在聖護院八橋的一家古風土產店前，不停地嗅著。藉著店裡的燈光，我才看清了狗的臉。牠的一隻眼潰爛了，爛了的眼角混著眼屎和血，就像瑪瑙一樣。正常的那隻眼直直向下看著地面。長毛的背上到處是緊皺的傷疤，硬直的毛束非常顯眼。

我也不知道，為什麼一隻狗會引起我如此的關心。狗徬徨在與明亮的繁華街道完全不同的另一個世界，執著地找尋，也許我就是被這一點吸引了。狗遊蕩在只有嗅覺的黑暗世界裡，與人類的城市相重合。那些燈火、唱片的歌聲和人的笑聲，反而被執拗的黑暗氣味威脅著。因為氣味的秩序更加切實，狗潮溼的腳爪沾染的尿騷味，與人類的內臟散發的微微惡臭，的確是聯繫在一起的。

天很冷。兩三個像是黑市商人的年輕人走了過去，隨手把還沒撤下來的門松[1]的松葉拔下來。他們張開戴著嶄新皮手套的手掌，互相比誰拔得多。一個人手裡只有幾根松葉，另一個人的手掌裡居然有整整一小枝。他們笑著走遠了。

我呢，不知不覺被狗吸引著向前走了。狗時隱時現，在通向河原町的路上轉彎了。我就這樣來到了比新京極還要黑暗幾分的電車大道旁的人行道上。狗的身影消失了。我站在那裡左顧右盼，又來到車道的旁邊，用目光追尋狗的去向。

那時一輛車身光亮的計程車在我面前停下了。車門一打開，女人先坐了進去。我不禁朝那裡看去。跟在女人後面要上車的男人，突然注意到了我，站在那裡愣住了。

那是老師。不知道為什麼，剛才和我擦肩而過的老師，和女人轉了一圈以後，又被

1 日本正月期間立於家門口的新年裝飾。

我碰上了。總之，那個人的確是老師，先上車的女人大衣的鏽紅色，是還留在我先前的記憶裡的顏色。

這次我避不開了。我慌了神，說不出話來，嘴裡結結巴巴地嘟噥著，遲遲發不出聲音。終於，我做出了一副自己都沒想到的表情。我居然毫無理由地朝著老師笑了起來。無法說明這笑的意思。笑從外部而來，就像突然貼在了我的嘴角上。可是，老師看見我的笑容，頓時變了臉色。

「混蛋！你要跟蹤我嗎？」

訓斥完，老師瞥了我一眼就上了車，用力關上車門，計程車開走了。此時我才突然省悟過來，剛才在新京極碰見老師時，他就注意到我了。

第二天，我反而盼望著老師把我叫出去斥責一頓。那可以成為辯明的機會。然而，就和當時的娼婦事件一樣，從第二天開始，我就受到了由老師無言的放任帶來的拷問。

偏偏這時母親又給我來了信。結尾還是同樣，盼望著能活著看到我成為鹿苑寺住持的那一天。

「混蛋！你要跟蹤我嗎？」——老師的這聲怒喝，越想越讓人覺得不對勁。如果是更加富於諧謔、豪放磊落的禪僧，應該不會劈頭對徒弟潑下這種俗惡的叱責，反之，他會吐出寸鐵殺人的一句話語直擊我的痛處吧。已經無法挽回了。事後再看，肯定是當時老師誤解了我，堅信我是特地跟蹤他，最後終於抓住了他的狐狸尾巴而嘲笑他的，所以一邊帶著狼狽，一邊口不擇言地發洩了怒火吧。

那倒暫且不管，老師的沉默又成了日復一日壓在我身上的不安。老師的存在變成了巨大的力量，就像在我眼前盤旋不去的飛蛾。之前老師被請去做法事，慣例是由一兩位僧人陪同。本來執事是一定要同去的，現在說什麼民主化，就在執事、殿司，再加上我和另外兩個徒弟五人之間輪流了。因為嚴厲、至今還被我們津津樂道的舍監被抓去當兵戰死了，舍監一職就由四十五歲的執事兼任。鶴川一死，又補充進來了一個徒弟。

碰巧，同屬相國寺派、素有來往的寺院住持去世了。老師被召請去參加新任住持的入寺儀式，輪到我陪同。老師沒有特意排斥我，所以我盼望能在往返的路上得到辯明的機會。但是就在出發前夜，又追加了一個新來的徒弟陪同，我對那天所寄的希望，一半已成泡影。

熟悉五山文學[2]的人，肯定會記得康安元年石室善玖進入京都萬壽寺當住持時解釋佛法的語句。新任住持到了任寺，從山門到佛殿、土地堂、祖師堂，最後向著方丈室前進，一路上都留下了解釋佛法的妙語。

指著山門，住持掩不住赴任的喜悅，自豪地吟道：「天域九重內，帝城萬壽門。空

---

2 指從鎌倉時代末期到室町時代，京都、鎌倉的五山十刹的僧侶之間興起的漢文學。

手拔關鍵，赤腳上崑崙。」

上香開始了，這是對嗣法師報恩的香，叫作嗣法香。在掙脫了禪宗舊例的束縛、重視個人省悟的系譜的時代，不是師父決定弟子，而是弟子挑選師父。除了最初授業的師父外，弟子從其他各位師父那裡也都有所受教，因此會在心中挑選一位師父以繼承他的衣缽，並用供奉嗣法香時的佛語公之於眾。

看著莊嚴的上香儀式，我心中暗暗思忖，如果我能繼承鹿苑寺，在上香儀式上我會按慣例說出老師的名字嗎？也許我會打破七百年的舊例，說出一個其他名字吧。早春的下午，方丈室微寒清冷，煙霧繚繞的五種香、三具足[3]深處閃耀的瓔珞和本尊背後的金光閃閃的光背、滿室僧侶袈裟的色彩……我夢想著，有朝一日我能在這裡上嗣法香，把新任住持的樣子想像成了自己。

……就是那時，我會被早春凜冽的寒氣所鼓舞，以驚世駭俗的背叛踐踏這個舊習吧。在座的僧侶也會因為震驚而目瞪口呆，因為憤怒而臉色蒼白吧。我不會說出我老師的名字，我會說別的名字……別的名字？但是讓我省悟的老師是誰呢？真正的嗣法師是誰呢？我會結巴。那個別的名字被我的口吃所阻礙，說不出口。我會結巴吧。一邊結巴著，一邊把那個別的名字說成是「美」呀，或是「虛無」什麼的。於是滿座哄堂大笑，在那笑聲裡，我會悲慘地呆立吧……

——我的幻夢突然間被打斷了。老師有要做的事情，需要我幫忙。對於侍僧來說，能位列這種場合，本來就是無上光榮，何況鹿苑寺住持坐在當日來賓的上座。上座的職責是上香儀式結束後擊打白槌，證明新任住持並非贗浮屠，即並非假冒的和尚。

老師口稱讚詞：「法筵龍象眾，當觀第一義。」

然後用力擊打白槌。方丈室裡嫋嫋不絕的槌音，讓我再一次領悟到老師的權力之大。

我忍受不了老師無盡的無言放任。只要我有幾分人類的感情，就無法不期待對我感情的回應，無論是愛還是恨。

每次都要看老師的臉色行事，已經成了我可悲的習慣，但那臉色中沒有絲毫特別的感情。那種無表情甚至不是冷嘲。即使說無表情意味著侮辱，這種侮辱也不是對著我一個人來的，而是面向更加普遍的東西，比如說人類的一般性，或者各種抽象概念。

我從那時候開始，硬逼著自己去想像他那動物般的頭和醜陋不堪的肉體；想像他排便的姿勢，還有與那鏽紅色大衣女子翻雲覆雨的樣子；想像著他那面無表情的臉放鬆下來，沉溺在快感之中的既非笑容亦非痛苦的表情。

老師光滑柔軟的肉體，和同樣光滑柔軟的女人的肉體相融合，難分彼此。老師隆起

3　指花瓶、燭臺和香爐三種佛具。

的腹部和女人隆起的腹部互相擠壓……但不可思議的是，不論我怎麼發揮我的想像，老師的無表情都會直接變成排便、性交的動物性表情，它們之間，沒有任何的過渡。不像日常細微的感情如彩虹七色之間的漸變，而是一個一個地，從一個極端直接進入到另一個極端。如果一定要我說那之間有什麼關聯、有什麼微小線索的話，也只有那一瞬間吐出的、極其卑劣的呵斥了：「混蛋！你要跟蹤我嗎？」

苦苦思索、苦苦等待的最後，我成了一個無法擺脫欲望的俘虜——只想清楚地抓住老師憎惡的嘴臉，哪怕僅有一次。確立這個目標後我採取的計策，可以說有點瘋狂、有點孩子氣，總之明顯是給我帶來不利的東西，可是我已經沒法控制住自己了。我甚至沒有顧及這種惡作劇只會加深老師對我的誤解，帶來不利後果。

我去學校找柏木問了那家店的名字和地址。柏木沒問緣由就告訴了我。當天我馬上去了那家店，看了許多明信片大小的祇園名妓的照片。

剛開始我覺得這些濃妝的臉都沒什麼區別，不久就發現其中存在著微妙的性格差異，透過白粉和胭脂的假面、陰鬱和開朗、機敏的智慧和美麗的愚鈍、不耐煩和無止境的快活、不幸和幸福，這些多彩的色調就呼之欲出了。終於我找到了我要的那一張。那張照片在店內過於明亮的燈光下，表面反光閃爍，差一點看漏了。等我拿在手中避開反光，鏽紅色大衣的女人的臉出現了。

「請給我這張。」我對店裡的人說。

我也不知道自己為何變得如此膽大妄為。這種不可思議，和自從有了那個計畫後我一下子變得開朗外向、因無法言表的喜悅而充滿勇氣的不可思議，正好互相呼應。首先我想到的是趁老師不在偷偷實行的方法，但是昂揚的心情驅使我選擇了一眼就知道是我幹的危險的方法。

現在我依然每天去給老師送早報。三月的早晨春寒料峭，我像往常一樣去大門口拿報紙。我從懷裡拿出了那張祇園女子的照片，把它夾在報紙中間，胸中興奮起來。

前庭花壇中央，被圓形樹籬圍繞的一棵蘇鐵，正沐浴著朝陽。那粗糙的樹幹，被朝陽勾勒出了鮮明的輪廓。左邊是一棵小小的菩提樹，四、五隻晚歸的黃雀停在樹枝上，發出如撚動佛珠般輕微的叫聲。現在居然還有黃雀，我感到有些意外。晨光照射的樹枝上，有極小的黃色胸毛在移動，的確是黃雀。前庭的白色砂礫寂靜無聲。

我草草地擦了地板。走廊上到處是水，我小心翼翼地走著，不讓雙腳沾溼。大書院裡老師的房間，拉門關得緊緊的。天太早，那拉門上的白色還很鮮明。

我跪在走廊上像平常一樣開口：「打擾了。」

老師應聲了。我打開拉門進去，把輕輕折過的報紙放在書桌的一角。老師低著頭在讀什麼書，沒看我的眼睛……我退了出去，關上拉門，拚命冷靜下來，沿著走廊，朝自己的房間慢慢地走了回去。

一直到去學校之前，我都坐在自己房間裡，任由心怦怦地越跳越快。從來沒有如此滿懷希望地盼望某件事情的發生。明明是期待著老師的憎恨而做的事，我心裡卻幻想著人和人互相理解的、洋溢著戲劇化的熱情場面。

也許老師會突然跑到我的房間裡來原諒我。被原諒的我，也許就會有生以來第一次到達像鶴川日常所表現出的那種純潔明亮的感情。之後肯定就是老師和我擁抱在一起，慨歎互相理解得太遲。

哪怕只持續了很短的時間，我也無法說明，為何會如此熱衷於這種荒唐的空想之中。冷靜下來一想，我無聊的蠢行只會激怒老師，把我從住持候補名單裡抹去，永久失去成為金閣主人的希望，這一切都是我自掘墳墓。我那時甚至忘記了對金閣永恆的執著。

我專心傾聽著大書院老師房間的動靜，可是什麼聲音都沒有傳來。

我等著老師怒火爆發、雷霆大喝。我想即便是被毆打、被踢倒、頭破血流也在所不惜。

但是，大書院那邊一片寂靜，悄無聲息……

終於到了上學的時刻。走出鹿苑寺時，我的心疲倦了，荒廢了。儘管去了學校，上課卻什麼也聽不進去。回答老師的提問牛頭不對馬嘴，惹得大家哄堂大笑。只有柏木毫不關心地眺望著窗外。柏木肯定發覺了我內心的波瀾。

回到寺裡，也沒有什麼變化。寺院生活灰暗而散發著霉味的永恆性，使得今天和明天之間不會產生任何的差異和懸隔。一月兩次的佛典講座，其中一次就在今天。寺院裡的人都集中在老師的房間裡聽講，我相信老師大概會藉《無門關》的講義來當著全體的面責問我吧。

我確信的理由是，今夜的講座我會面對老師坐著，雖然和我甚不相符，但是我感覺自己有一種男性的勇氣。於是老師會回應這勇氣，也顯示出男性的美德，打破偽善，在寺院全體僧人面前坦白自己的作為，並且責問我卑劣的行為吧。

……昏暗的電燈下，寺院的僧人手拿《無門關》的課本齊聚一堂。夜晚寒冷，只有老師身旁有一個小暖爐。能聽見有人吸鼻子的聲音。低著頭的老少僧人的臉被影子暈染，每張臉上都漂著一種難以名狀而有氣無力的神情。新來的徒弟是白天擔任小學老師的男人，他的近視眼鏡總要從瘦削的鼻梁上滑落下來。

只有我感到身體裡充滿了力量。至少我是這麼想的。翻開課本，老師環視大家，我的眼睛追著老師的視線。絕對不能讓他看到我垂下眼睛。但是，老師那被柔和皺紋包圍的眼睛，不露聲色地經過我，移到我旁邊的臉上。

講課開始了。我只等待著講課在什麼時候突然轉到我的問題上。我豎起耳朵傾聽。

老師高亢的聲音持續著，卻完全聽不到老師內心的聲音……

那天晚上我輾轉反側，從心裡輕視老師，想嘲笑他的偽善，可是漸漸生出的悔恨，不讓我一直沉浸在這亢奮的心情中。對於老師偽善的輕蔑，很奇妙地和我的軟弱結合起來，最終當我明白了對方是如此不堪的對手時，我終於悟到，即便向他道歉也並非我的失敗。我的心剛爬上陡坡，又急忙跑了下去。

我想第二天一早去道歉。到了早晨，我又想今天之內去道歉。老師的表情依然看不出任何變化。

那天風很大。我從學校回來，無意中打開書桌的抽屜，發現了一張白紙包著的東西。包著的，就是那張照片。白紙上一個字也沒寫。

老師好像是想用這個方法來了結此事。並非不管不問，而是想讓我知道我的行為無效。但是，這種奇妙的返還照片的方法，突然讓我湧起了大團的想像。

「老師一定也很痛苦吧。」我想，「一定是經歷了非同尋常的煩惱，最後才想出了這個辦法的。現在他的確是恨我的。他大概並不是憎恨這張照片本身，而是這張照片逼著他身為一個老師，在自己的寺裡還要避人耳目，趁人不備偷偷穿過走廊，溜進從未進過的徒弟的房間，簡直就像犯罪一樣打開我的抽屜，做出如此卑鄙的行為。老師現在有足夠的理由恨我了。」

想到這裡，我的心中突然迸發出了莫名的喜悅。然後我就開始愉快的工作了。

我將女人的照片用剪刀細細剪碎，拿筆記本的結實紙張包了兩層，緊緊捏著去了金閣的水邊。

金閣在風聲呼嘯的月下，保持著與以往無異的陰鬱的均衡，靜靜矗立著。林立的細柱在月光的映照下像是琴弦一般，隨著月亮位置的高低變化，金閣宛如一個巨大的奇異樂器。今夜正是如此。但是，風只是從絕對不會鳴響的琴弦縫隙間徒然地吹過。

我撿起腳邊的一塊小石子，把石子包進紙裡，緊緊地擰好。就這樣，我把細細剪碎的女人照片加上重物投進了鏡湖池心。悠然蕩開的水波，不久就湧到了站在水邊的我的腳下。

＊＊＊

這年十一月我突然的出走，都是這些事日積月累的結果。

事後回想起來，看似突然的出走固然也有長時間的深思熟慮和猶豫，但我喜歡把它當作被一時衝動驅使的行為。為什麼呢？因為我從根本上缺乏衝動，所以我特別喜歡模仿衝動。比如，前一天晚上就計畫好要去給父親掃墓的男人，在當天離開家來到車站前時，突然打消念頭跑去酒友家。這種情況，可以說他是純粹衝動的人嗎？他突然改變主意，比起之前為掃墓做了很久的準備，難道不是更有意識、並且是對自己意志的報復行為嗎？

我出走的直接動機，是前一天老師第一次用毅然決然的口吻說：「明確告訴你吧，我曾經想過將來讓你做我的繼任，但是現在已經完全沒有這個打算了。」

雖然我很早以前就預感到了，心裡也有所準備，但被他這麼明確地宣告還是第一次。對我來說這並不是青天霹靂，事到如今更不需要驚訝和狼狽。儘管如此，我還是傾向於認為我之所以出走是被老師這番話所觸發，出於衝動而為的。

藉由照片事件，確認了老師對我的憎恨之後，我的學業一天天懈怠下去。預科一年級時的成績，以華語、歷史的八十四分為首，總分七百四十八，在八十四人當中排名第二十四。缺勤在全部四百六十四堂課中只有十四堂課。預科二年級時成績總分六百九十三，排名在七十七人中滑到第三十五名。從三年級開始，我明明沒有可以打發時間的金錢，卻單純為了不上課的閒暇樂趣而開始蹺課了。這個新學期，正好緊接在照片事件發生之後。

第一學期結束時，學校給了我警告，老師訓斥了我。學業成績差、缺課多當然是一個理由，更重要的是，一個學期只有三天的「接心」[4]課我都缺勤，使得老師怒火中燒。學校的「接心」課，是在暑假、寒假和春假前各三天，舉行形式和各種專門道場相同。

這次訓斥，是我被老師特意叫進他房間的少有的機會。我只是低著頭沉默無語。我心裡悄悄盼望著的只有一件事，老師卻根本沒有提及照片事件，更別說娼婦的勒索事件了。

但從這時起，老師對我的態度就變得特別冷淡了。說起來這也是我希望的結果，是我想看到的證據，某種意義上是我的勝利。何況，想達成目的，只要偷懶就夠了。

三年級的第一學期，我的缺勤時間達到了六十多堂課，這是一年級三個學期缺勤時間總和的五倍之多。這麼多時間裡，我沒有讀書，也沒有錢花在娛樂上，除了偶爾和柏木說說話，都是一個人無所事事。我一個人沉默著，什麼都不做，直到大谷大學的記憶和無為的記憶混為一體，難以區分。這種無為是不是我自創的一種「接心」呢？在這樣度日的時間裡，我一刻也沒有感到無聊。

我曾經坐在草地上，連續好幾個小時呆看螞蟻搬運細碎紅土建造蟻穴，並不是螞蟻引起了我的興趣。我也曾久久凝望學校後面的工廠煙囪冒出的薄煙，並不是煙引起了我的興趣……我把整個人沉浸在自己這個存在之中了。外界處處時而冰冷，時而火熱。是的，怎麼說才好呢？外界時而是斑斑點點，時而是橫豎條紋。自己的內部世界和外界無序而緩慢地交替出現，周圍無意義的風景就那樣映在我的眼裡，闖入我的內部，而沒有闖入的部分在遠方鮮活生動地閃耀著。那閃閃發光的東西，有時候是工廠的旗子，有時

4　禪宗裡僧人闡釋禪的教義。

候是牆上無意義的汙漬，有時候是被丟在草裡的一隻舊木屐。所有的東西在我的內部一瞬間生起，又一瞬間滅絕。應該說是「所有無形的思想」吧……我感到，重要的東西和瑣細的東西攜起手來，今天報紙上讀到的歐洲政治事件和眼下這隻舊木屐好像有著千絲萬縷的關聯。

我一度久久地思考過一片草葉尖的銳角問題。說「一度思考過」並不合適。那些不可思議的瑣細思考絕不會持續，而只會像樂曲的反覆記號一樣，在我既非生又非死的感覺中執拗地反覆出現而已。為什麼這根草的葉尖一定是尖銳的銳角呢？如果是鈍角，這根草的種類就會消失、大自然就會從一角崩壞嗎？把大自然極小的齒輪卸下來，就能顛覆大自然全體嗎？我苦苦思索著這顛覆自然的方法。

——老師的叱責瞬間傳遍了寺院，寺裡的人對我的態度日漸險惡起來。嫉妒我上大學的那個徒弟，總是用勝利般的輕蔑笑臉面對我。

無論夏秋，幾乎不和人說話的我，在寺內繼續生活著。我出走前的那個早晨，老師命令執事叫我過去。

那是十一月九日的事情。因為要去上學，我穿著制服來到了老師面前。

老師本來滿是福相的臉，一看見我，就因為必須要和我說話的不快而變得異樣地凝重起來。而我呢，看到老師用看麻瘋病人一樣的眼光看我，心裡非常快活。這才是我期待的充滿人類感情的眼睛。

老師馬上把目光移開，在暖爐上搓著雙手說起來。那柔軟手掌裡，肉互相摩擦的聲音雖然很小，但在初冬早晨的空氣中，可以說是打亂這片清靜的噪音了。我感到和尚的肉和肉之間，已經是超乎必要的親密了。

「去世的令尊該多悲傷啊。看看這封信，學校又來警告了。這樣下去最終會怎麼樣，你想過嗎？好好想想吧。」——之後，老師就說了那句話：「明確告訴你吧，我曾經想過將來讓你做我的繼任，但是現在已經完全沒有這個打算了。」

我沉默了許久，開口了：「您這不是要放棄我嗎？」

老師沒有馬上回答。不久，他說：「你都做到那個地步了，還覺得我不能放棄你嗎？」

我無言以對。過了一會兒，我不知不覺地結巴著說起了別的事：「老師您對我是無所不知。我對您也算是一清二楚。」

「一清二楚又怎樣！」——和尚的目光變得陰暗了，「還不是一點用也沒有嗎？完全無濟於事。」

我從沒有見過如此拋棄現世的面孔。生活的細節、金錢、女人，所有的地方他都伸出髒手，現在卻如此侮辱現世……我彷彿觸到了一具有血色有溫度的屍體一般感到噁心。

這時，我心裡湧起了一種要遠離我身邊所有一切的急迫感，哪怕只有很短的時間。

離開老師房間後我也不停地在考慮這事，這種想法越發急切了。

我把佛教辭典和從柏木那裡得到的尺八包了起來。當我提著書包和包袱急匆匆趕往學校時，滿腦子都想著出發的事情。

進了校門，正碰見柏木從我面前經過。我拉著柏木的手臂走到路邊，向他借三千圓錢。又拜託他收下佛教辭典和尺八，權當是給他的補償。

柏木的臉上，失去了平時述說反論時的哲學式的爽快。他瞇著眼，用迷惘的目光看著我。

「你還記得《哈姆雷特》劇中雷歐提斯的父親給了兒子什麼忠告嗎？『不要借別人的錢，也不要借給別人錢。借出去不僅會失去錢，還會失去朋友。』」

「我沒有父親。」我說，「不借的話也沒關係。」

「我還沒說不行呢。我們好好商量一下。我把現在身上的錢都拿出來，看看夠不夠三千。」

我不禁想起從插花老師那裡聽到的他榨取女人金錢的巧妙手段，剛要脫口而出，一想又按下了。

「先把這本辭典和尺八處理了吧。」柏木這麼說著，就掉頭往校門口走去。我也轉過身放慢腳步和他並肩走起來。柏木說，那個「光」俱樂部的學生經理因為涉嫌從事黑市金融被逮捕了，九月被釋放後信用掃地，日子難過得很。從這個春天開始，「光」俱樂部的經理令柏木非常感興趣，他也經常出現在我們的話題裡。堅信他是社會強者的柏木和我，誰也沒想到僅僅兩週之後他居然就自殺了。

「你要錢做什麼？」他突然這麼問道。這不像是柏木的作風。

「想去哪裡隨便旅行一下。」

「還回來嗎？」

「大概吧……」

「是想逃避什麼吧？」

「我想從我周圍的一切中逃離出去，從我周圍事物散發出的無力的氣味中逃走……老師也是無力的，非常無力。我都明白了。」

「也想逃離金閣嗎？」

「是的，也想逃離金閣。」

「金閣也是無力的吧。」

「金閣不是無力，絕對不是無力。但它是一切無力的根源。」

「這像是你能想出來的。」

柏木一邊沿著人行道邁著誇張的舞步，一邊愉快地咋著舌頭。

在柏木的帶領下，我們走進一家寒酸的小骨董店賣了尺八。只賣了四百圓。接著去了舊書店，好不容易把辭典賣了一百圓。為了借給我剩下的兩千五百圓，柏木帶我去了他的住處。

隨後他想出了一個奇妙的方案。尺八是我還給他的，辭典是我送他的禮物，這兩樣東西一旦歸他所有，賣了的錢就是柏木的錢，所以這五百加上兩千五，借錢的金額當然就是三千圓。一直到還清為止，每月要付一成的利息。比起「光」俱樂部每月三成四分的高利貸，幾乎是恩惠性的低利息了……他拿出一張練字的和紙和硯臺，工整地寫上了這些條件，並要求我在借契上按拇指手印。我不想考慮未來的事情，馬上就用拇指蘸上印泥按了指印。

——我心裡很急。懷揣著三千圓，一出柏木的住處，我就乘上電車，在船岡公園前下了車，跑上了通往建勳神社的迂曲的石階。我想求個籤來決定旅行的方向。

初登石階處，右手是義照稻荷神社刺眼的朱紅色大殿，我看到了鐵絲網裡面有一對石狐。石狐嘴裡銜著壽司捲，尖尖豎立的耳朵裡面也被塗上了朱紅色。

那天天氣陰冷，陽光微弱，陣風倏忽而逝。拾級而上的石階的顏色，看起來像是落了一層細灰，那其實是透過樹葉漏下來的昏暗日光。光線實在微弱，所以看起來就像是汙濁的灰塵。

一口氣爬了上來，來到建勳神社寬闊的前庭時，我身上出汗了。正面有通向拜殿的石階。石階前面，是一條平坦的石板路。左右兩邊低踞的松枝，伏在參拜道路的空中。右側有破舊的神社辦公室，牆壁泛著木色，正門上掛著「命運研究所」的牌子。神社辦公室與拜殿之間有一個白色的倉庫，從那裡延伸出一片稀疏的杉樹林，蛋白色的清冷雲彩飽含著沉痛的光，散亂無序。天空下，京都西郊的群山一覽無餘。

建勳神社以織田信長為主祭神，信長的兒子信忠為配祭神。神社簡單樸素，只有圍繞拜殿的朱紅色欄杆增添了些許色彩。

我登上石階，拜神，拿起了功德箱旁邊架子上的古舊六角木箱。我晃了晃木箱，從小孔裡掉出了一根削尖的竹籤。上面只有用墨寫著的兩個字「十四」。

我掉頭往回走。「十四……十四……」一邊嘟囔著一邊走下臺階。那數字的發音在我舌頭上停滯了，好像慢慢地有了含義。

在神社辦公室的正門，我請裡面的人幫我解籤。一個像是負責廚房和清掃的中年女人，一邊用脫下來的圍裙使勁擦著手，一邊走了過來，面無表情地接過我按規定遞過去的十圓錢。

「幾號？」

「十四號。」

「請在緣廊上稍候片刻。」

我坐在緣廊邊等待。等待的過程中，我突然覺得讓那雙濡溼而皴裂的女人的手來決定我的命運，真是毫無意義。不過我就是來賭這種無意義的，這也不錯。從關著的拉門裡，傳來了用力拉開破舊小抽屜時鐵環碰撞的聲音，然後是翻開紙張的聲音。一會兒拉門開了一條小縫。

「哎，好了。」

說著，遞出了一張薄紙，拉門又關上了。紙的一角，被女人的手指濡溼了。

我看了。上面寫著：

十四號。凶。

汝有此間者遂為八十神所滅大國主命歷經燒石落矢等劫難，在御祖神的教示下應從此國退去悄然逃離之徵兆。

釋語講了諸事不順和前途不安。我絲毫沒有畏懼。又看見下段眾多項目中有「旅行」，上面寫著：「旅行——凶。西北方向尤甚。」

我決定去西北方向旅行。

＊＊＊

去敦賀的火車早晨六點五十五分從京都站發車。寺院起床時間是五點半。十日早上，我一起床就馬上換上制服，也沒有人驚訝。誰都習慣了裝作看不見我。

間。

黎明時分的寺院裡，到處散亂著忙於掃除和擦拭的人。六點半之前都是清掃的時

我打掃著前庭。連一個包裹也不帶，就從那裡突然隱身一般跑去旅行，這就是我的計畫。拂曉時分，微白的砂礫道上，我和掃帚在動。突然間掃帚倒下，我的身影消失，之後只留下微明中的白色砂礫道。我夢想著這樣的出發。

我沒向金閣告別也是出於這個原因。因為必須是我一個人突然間從包含著金閣的整個環境中被奪走。我徐徐地朝著山門的方向掃著，從松梢間看到了晨星。

我的心怦怦直跳。必須出發了。幾乎可以說是振翅欲飛。總之，我必須從這個環境、從束縛我的美的觀念、從我的坎坷遭遇、從我的口吃、從我存在的條件離開，出發了。

就像熟透的果實離開枝頭一樣，掃帚從我手上自然地掉落到了黎明微暗的草叢裡。我藏在樹影裡朝著山門悄悄走去，一出山門就一溜煙跑了。第一班市營電車開來了。夾雜在稀稀落落的工人之中，我盡情地沐浴著車內明亮的燈光，感覺從來沒有到過這麼明亮的地方。

那次旅行的細節，現在還清清楚楚地浮現在我的腦海中。那並非是沒有目的地的出走。目的地是中學時代修學旅行過的地方。但是在慢慢接近那裡的時候，出發和解放的心情實在過於強烈，令我感覺面前只有未知了。

火車行駛的鐵路，明明是朝著生養我的故鄉而去的熟悉路線，但老舊汙黑的火車，看起來從未如此地新鮮和珍奇。車站、汽笛，就連黎明時擴音器中渾濁低音的迴響，都在重複著同一種感情，加強這種感情，將令人清醒的抒情般的展望一一呈現在我的眼前。旭日把寬闊的月臺分割開來。跑過的足音、木屐敲打地面的聲音、響個不停的單調鈴聲、小販從籃子裡遞出來的蜜橘的顏色……這所有的一切，都像是我投身的龐大環境的一個個暗示、一個個預兆。

車站上，無論多麼微小的片段，都向著離別和出發這種統一的感情，輻輳集中。我眼前的月臺，緩慢、威嚴，又彬彬有禮地後退著。我感受到了，這毫無表情的混凝土平面，因為從那裡移動、離開和出發的人和物，會變得多麼的絢爛奪目啊！

我信賴火車。這說法很可笑。雖然可笑，但為了確保自己正在一點點離開京都奔向遠方這種難以置信的心情，也只能這麼說了。在鹿苑寺的夜晚，我多次聽到花園附近行駛的貨運列車的汽笛聲，而如今居然要乘上那樣無論晝夜都確確實實地疾馳在我遠方的東西，真是太不可思議了。

火車沿著深青色的保津峽行駛，我曾經和病重的父親一起眺望過。愛宕連峰和嵐山西側，從這裡到園部一帶的區域，大概因為氣流的影響吧，氣候和京都市截然相反。十月、十一月和十二月期間，從夜裡十一點到第二天早上十點，保津川上每天都會升起濃霧，把這片地方包圍得嚴嚴實實。霧氣不停地流動，幾乎不會斷開。

田野在朦朧中鋪開，收割過的稻田看起來是灰藍色的。田埂上稀疏的樹木，高低大小各自不同，枝葉都被修剪成高聳的樣子，纖細的樹幹全都被這個地方叫作「蒸籠」的稻束圍了起來。它們依次在霧中浮現出來的樣子，就像樹木的幽靈。有時車窗近旁，會出現一棵非常鮮明的大柳樹，背靠著幾乎看不清的灰色水田，重重地低垂著溼透的葉子，在霧中輕輕搖擺著，若隱若現。

離開京都時曾經那樣雀躍的我的心情，現在變成了對故人的追憶。有為子、父親、鶴川，喚醒了我無法言表的溫柔之情，令我懷疑我是否只能把死者當作人來愛。可是，死者比起生者，是多麼的惹人憐愛啊！

在不那麼擁擠的三等車廂裡，很難讓人愛的眾生，心浮氣躁地抽著菸、剝著橘子。旁邊座位上像是公共團體幹部的老人，在大聲說著話。他們全都穿著破舊難看的西服，一個人的袖口還露出破了的條紋襯裡。我再次確信，人的凡庸並不會因為年齡增長而衰退。他們被太陽曬焦、滿是皺紋的平民風格的大寬臉，和被酒腐蝕的渾濁聲音一起，顯現出一種可以稱作凡庸精華的東西。

他們在談論應該讓公共團體捐獻的事。一個冷靜的禿頭老人也不插話，用洗過無數遍的發黃的白麻手巾，不停地擦著手。

「這手黑的。被煤煙熏得自然就變黑了。真傷腦筋啊。」

另一個人接上話了：「我說，你是不是曾經給報紙投稿說過這煤煙的問題啊。」

「沒有。」禿頭老人否認了，「總之，真傷腦筋啊。」

我漫不經心地聽著，他們的對話裡頻頻出現金閣寺和銀閣寺的名字。

他們的一致意見是，必須讓金閣寺和銀閣寺好好捐一筆錢。銀閣寺的收入雖然只有金閣寺的一半左右，但也是巨大的金額了。舉個例子，金閣寺每年收入五百萬以上，寺院的生活就是一般禪寺的水準，水電費加起來一年也不過花費二十多萬。剩下的錢都去哪裡了？寺裡給小和尚吃冷飯，住持一個人卻每夜跑去祇園吃喝玩樂，還不用交稅，簡直就是治外法權。就衝著那種事，也該毫不留情地要求他們大捐一筆。兩人交頭接耳，說個不停。

那個禿頭老人，依舊拿手巾擦著手，每到談話告一段落的時候，就說：「真傷腦筋啊。」

那就成了大家的結論。老人的手被擦得發亮，早就沒了煤煙的痕跡，散發著掛墜般的光澤。實際上，眼前這雙完美打磨的手，與其說是手，不如說是手套更合適。

真是很奇妙。俗世間的批評進入到我的耳朵裡，這是第一次。我們屬於僧侶的世界，學校也在那個世界裡，寺院之間不會彼此批評。但是年老幹部的這番對話，卻絲毫沒讓我感到驚訝。因為那都是明擺著的事情！我們是在吃冷飯。住持一個人每天跑到祇園去玩女人……然而，對於自己被這些老幹部用這種方式來理解，我有一種說不出的厭惡。我無法忍受被「他們的語言」說三道四。「我的語言」則另當別論。請回想一下，我發現老師和祇園的藝妓一起散步時，也沒有任何道德上的嫌惡感吧。

老職員的對話，像凡庸的飄香一樣，只在我心上留下了少許厭惡就飛走了。我自己的思想裡，沒有仰仗社會支援的心情。我也沒有心情將世間容易理解的框架強加給我的思想。我已經說過多次，不被理解才是我存在的理由。

——突然，車廂的門開了，嗓音沙啞的小販胸前掛著一個大籃子出現了。我感覺肚子餓了，買了似乎是海草做的綠色麵條便當，代替米飯吃了。霧雖然散了，但空中並沒有陽光。丹波山邊的貧瘠土地上，出現了種植著楮樹的造紙人家。

舞鶴灣。不知為何，這個名字一如既往撩動了我的心。從在志樂村度過的少年時代開始，這個名字就是看不見的海的總稱，最終成了海的代名詞。

那看不見的海，從志樂村後面高聳的青葉山頂就可以看得很清楚。我曾兩次登上了青葉山。第二次，我們恰好看到了進入舞鶴軍港的聯合艦隊。

停泊在波光粼粼的海灣裡的艦隊，也許是在祕密集結。關於這個艦隊的事都屬於軍事機密，我們幾乎懷疑這個艦隊是否真正存在。遠遠望去，聯合艦隊宛如只知道名字、只在照片裡見過的威嚴的黑色水鳥群，並不知道正被人窺視，被威風凜凜的老鳥警惕地守護著，偷偷享受著沐浴一般。

……「下一站西舞鶴——」列車員在車廂裡邊走邊通報的聲音把我喚醒了。慌慌張張挑著行李的水兵已經都不見了。開始做下車準備的，除了我之外，還有兩三個黑市商人似的男子。

一切都變了。好像是受到了英文交通標識的威脅一樣，這裡變成了到處都洋溢著異國風情的港口城市。許多美國兵來來往往。

初冬陰鬱的天空下，寒冷的微風飽含鹽分，吹過寬闊的軍用道路。與其說是海的氣味，不如說是一種無機質的、鏽鐵般的氣味。像通向城市深處的運河一樣狹窄的海，死寂的海面，繫在岩石上的美國小艦艇……這裡的確和平，但是太過周到的衛生管理，奪去了軍港那曾經雜亂的肉體的活力，把整個城市變成了一座醫院。

我沒想過會在這裡和大海如此親密。也許從身後駛來的吉普車會半開玩笑似的把我撞到海裡去。現在想來，驅使我去旅行的衝動，是來自大海的暗示。那海不是這種人工港口的海，而是我小時候，在故鄉成生岬旁邊接觸過的大海，那種原始而波濤洶湧的大海，是肌理粗糙、始終含著怒氣的躁動不安的日本海。

所以，我決定要去由良。夏天的海水浴場很熱鬧，但是這個季節肯定是滿目荒涼，只有陸地和大海在用黑暗的力量搏鬥吧。從西舞鶴到由良有三里之遠，我的腳依稀還記得路。

路線是從舞鶴市出發，沿著海灣底端向西，垂直穿過宮津線，然後越過瀧尻坡，去到由良川。走過大川橋，再沿著由良川西岸北上。之後就是順著河流走向，最終到達河口。

我離開城市，走了起來……

走著走著，腳一累我就這樣問自己：「由良有什麼呢？我是為了要找到什麼明證，才這樣拚命地走嗎？那裡不是只有日本海和荒無人煙的沙灘嗎？」

但是我的腳沒有要停下來的意思。去哪裡都好，總之我想到達某個地方。我要去的地方，地名沒有任何意義。無論哪裡都行，我心裡生出了直面目的地的勇氣，幾乎是不道德的勇氣。

碰巧，天空發出微弱的陽光，路邊一棵大毛櫸樹像是招呼我到它葉隙間灑下的微光裡休息。不知為何，我覺得時光荏苒，沒有時間休息。

沒有漸漸接近寬闊河流的平緩斜坡，在山谷的小路上走著走著，由良川就突然出現在了眼前。河水蒼茫，河面寬闊，水流卻混濁緩慢，在陰鬱的天空下，不情願似的緩緩向大海流去。

來到河的西岸，汽車和行人都消失了蹤影。道路兩旁不時可以看到夏柑的果園，卻杳無人煙。附近有一個叫作「和江」的小部落，那裡忽然傳來撥開草叢的聲音，不過是一隻鼻頭黝黑的狗探出腦袋而已。

我知道，這一帶的名勝就是一個來歷不明的山椒大夫[5]的宅邸。我沒有心思去拜訪，不知不覺從那前面走過去了。這是我一直看著河流的緣故。河中央有一個被竹林籠罩的大沙洲。我走的路上並沒有風，但沙洲的竹林卻都被風吹向一邊。沙洲上有一塊靠天上雨水耕種的水田，一兩公頃大小，沒看見農夫的身影，只有一個孤零零垂釣的背影。久違的人影，令我倍感親切。

「他是在釣鯔魚嗎？如果釣上來是鯔魚的話，這裡應該離河口不遠了。」

這時，倒伏的竹林的喧噪聲蓋過了河流的聲音，那裡看似升起了霧，其實是下雨了。雨滴沾溼了沙洲乾燥的河灘。旋即，就有雨點落到我身上了。我被雨淋著，望向沙洲，那裡雨已經停了。垂釣的人保持著剛才的姿勢，紋絲不動。不久，灑在我身上的陣雨也過去了。

每當道路轉彎，野芒和秋草就遮住了我的視野。但是河口馬上就要展現在我面前了，因為凜冽潮溼的海風已經刺痛了我的鼻子。

在快到由良川盡頭的地方，出現了幾處孤寂的沙洲。河水確實臨近海邊了，被潮水不斷侵入。但水面越發平靜，不露一點徵兆，就像一個失去意識即將死去的人一樣。

河口意外地很狹窄。在那裡，與河水互相融合、互相侵犯的海，只是爭相湧進天空堆積的黑雲裡，橫亙在那裡，海天一色。

為了能觸摸和感知到海，還必須頂著橫吹過原野和田地的烈風再走一會兒。風全方位地描繪出了北方的海。這麼猛烈的風，在空無一人的原野上如此浪費，就是為了海。這就是覆蓋此地冬天的氣體的海，命令性的、支配性的、看不見的海。

河口對面層層疊疊的波浪，徐徐展示出灰色的海面。一座禮帽形狀的小島，從河口的正面浮現出來。那是距離河口三十多公里的冠島，是自然保護動物大水雉鳥的棲息地。

我踏進一塊旱田。環視四周，是一片荒涼的土地。

此時，某種意念在我心中閃過。靈光乍現後倏忽而逝，也失去了意義。我佇立良久，吹打在臉上的冷風奪走了我的思考。我又迎著風走了起來。

貧瘠的旱地變成了多石的荒蕪之地，野草也半枯了。沒有乾枯的綠色，只有緊貼地面的青苔等雜草，雜草的葉子也都萎縮著，蔫了。這兒已經變成砂石地了。

傳來了震顫般的低音。在我不由得背靠烈風，仰望身後的由良岳之時，聽到了人聲。

我到處搜尋人影。有一條沿著低矮懸崖下去的小路通向沙灘。我看到，為了對抗嚴重的海水侵蝕，那裡正在沉聲進行一項護堤工程。白骨般的混凝土柱散亂地放在沙子上面，新鮮混凝土的顏色看起來生氣勃勃。震顫的聲音，就是攪拌機攪拌水泥的聲音。鼻尖通紅的四、五個工人，很驚訝地看著身穿學生制服的我。

---

5 傳說中，丹後國加佐郡由良的一個霸道財主。

我也看了一眼他們。人類之間的寒暄就止於此了。

大海從沙灘開始呈擂缽形急劇塌陷下去。我踩著花崗岩質的沙子，朝著波浪走去。朝著剛才我靈光乍現的一個意念，確確實實地、一步一步地走近——這種喜悅再次襲擊了我。烈風冰冷，我沒有戴手套的手幾乎凍僵了，但這都算不上什麼。

這裡才是真正的裡日本的海！是我所有不幸和陰暗思想的源泉、我所有醜惡和力量的源泉。大海波濤洶湧。波浪一個接一個地湧上來，現在的浪和下一個浪之間，可以看到光滑的灰色深淵。灰暗海面上的天空中，層疊的積雲兼有著厚重和纖細。沒有分界線的凝重積雲，從無比輕盈的冰冷羽毛似的鑲邊向內延伸，將若有若無的淡藍天空圍在中央。鉛灰色的大海，又緊靠著黑紫色的海角群山。所有的東西都蘊含著一種動搖和不動的對立，有著不斷湧動的黑暗力量和礦物般凝結堅固的感覺。

猛然間我想起了第一次見到柏木時他對我說的話：我們突然變得殘暴，你不覺得就是一瞬間嗎？比如在這個春光和煦的下午，躺在精心修剪的草地上，呆呆地望著從樹葉間隙漏下來的跳躍的陽光，這樣的瞬間。

現在，我面朝波濤，迎著凜冽的北風。這裡沒有春光和煦的下午和精心修剪的草地。但是這荒涼的自然，比起春日午後的草地，更討我的歡心，成為了我親密的朋友。在這裡，我心滿意足。我不會被任何東西威脅了。

突然間冒出了一個想法，就是柏木所說的殘忍的想法吧。總之這個想法突然在我內心生成，點亮了我剛才靈光一現的念頭，熊熊地照亮了我的內心。我還沒有深思熟慮，這個想法只不過是一道閃光。但是，迄今為止從未有過的這個念頭，一旦生成，馬上就獲得了力量，變得巨大無比。不如說我現在被它包圍了。這個念頭，就是：

「必須燒掉金閣。」

第八章 決意

我繼續走，來到了宮津線丹後由良站前。在東舞鶴中學修學旅行時，也是相同的路線，從這個車站踏上了歸途。站前的機動車道上人影稀疏，可知這裡就是靠著夏天短暫的景氣維持生計的土地。

站前有家小旅館，掛著「海水浴旅館由良館」的牌子，我突然想在這裡住一夜。打開玄關的磨砂玻璃門，我招呼店員，但無人回應。玄關前的鋪板積滿了灰塵，關著防雨窗的屋內一片昏暗，沒有人的氣息。

我繞到屋子後面，是一個樸素的小院子，菊花都開敗了。有個設置在高處的水槽。水槽上垂著一個淋浴頭，可供夏天洗完海水浴回來的客人洗掉身上的沙子。

稍微遠點的地方，有一棟應該是旅館主人家居住的小房子。緊閉著的玻璃門縫裡飄出了收音機的聲音。那喧囂的聲音聽起來無比空虛，反而讓人覺得不像是有人在。果不其然，我在散亂放著兩三雙木屐的玄關，趁著收音機聲音的間隙反覆地招呼，還是白等了半天。

背後出現了一個人影。那是陰沉的天空中微微滲出了些許陽光，我發現玄關鞋櫃的木紋變亮的時候。

我看到了一個女人。身體的輪廓已經融化，肉體蕩漾而出，富態白皙，一雙瞇瞇眼似有似無。我請她讓我留宿。女人也沒說聲「跟我來」，就默不作聲地轉身朝旅館大門的方向走去了。

——分給我的房間在二樓的角落，是窗戶朝著大海方向的一個小間。女人拿來的小火爐炭火微溫，烤著塵封已久的房間裡的空氣，泛起的霉味讓人難以忍受。我打開窗戶，讓自己暴露在北風之下。大海那邊也像剛才一樣，自娛自樂地繼續著雲彩悠然而又威嚴的遊戲。雲彩彷彿是自然漫無目的的衝動的反映。而它們的一部分裡面，必定可以看見明敏理智的藍色小結晶——碧空的薄片，卻看不見大海。

……我站在窗邊，又開始追尋剛才的思緒了。我自問，為何在想到燒掉金閣之前，沒先想到殺了老師呢？

倒也不是一直沒有這個想法。但我馬上意識到那是徒勞的。因為我知道，就算是把老師殺了，那光頭和那無力的惡，也會源源不斷地、無窮無盡地從黑暗的地平線上湧現出來。

凡是有生命的東西，都不會像金閣那樣擁有嚴密的一次性。人類只不過是擁有諸多自然屬性中的一部分，用有效的更替方法傳播和繁殖下去而已。如果殺人是為了消滅對象的一次性，那麼殺人就是永遠的誤算。我是這麼想的。這樣一來，金閣和人類存在之間越發顯示出明確的對比：從人類易逝的形象中浮現出永生的幻影，而從金閣不滅的美中，卻飄出滅亡的可能性。無法根絕有必然滅亡的命運的人類，卻可以毀滅金閣那種不滅的東西。為什麼世人沒有發覺這一點呢？我的獨創性毋庸置疑。如果我燒毀了明治三〇年代就被指定為國寶的金閣，那就是純粹的破壞、是無可挽回的破壞，會確確實實地減少人類所創造的美的總量。

在思考的過程中，我甚至感到了幾分滑稽。「如果燒了金閣，」我自言自語道，「那教育效果就會非常顯著吧。因為人類就會因此學到，依靠類推得來的不滅沒有任何意義；就會因此學到，只是單純地持續五百五十年屹立在鏡湖池畔，並不能成為任何保證；就會因此學到，我們把生存建立於其上的不言自明的前提，就是可能明天就會崩潰的不安。」

是的。我們的生存的確是被持續一定時間的凝固物所包圍和保持著的。例如，工匠為了家居之便打造的抽屜，隨著時間的推移，時間就凌駕於其物體形態之上，在數十數百年之後，反而變成了時間凝固於其中的樣態。一定的小空間，剛開始是被物體所占據，但之後就會被凝結的時間所占據。這也許是向某種幽靈的轉化。中世的大眾小說《付喪神記》的開頭，這樣寫道：

陰陽雜記云，器物經百年，得化精靈，誆騙人心，號曰付喪神。由是，世俗每年立春之前，家家戶戶清除舊器，棄於路旁，謂之除煤煙。如此則差一年而不足百年，付喪神的大災難即可避免。

我的行為，會讓世人注意到付喪神的災禍，把他們從這場災禍中拯救出來吧。我的這個行為，會把金閣存在的世界推向金閣不存在的世界並加以展示吧。世界的意義必會變化吧……

……我越想越快活了。現在包圍著我的眼前世界，它的沒落和終結已經逼近了。夕陽遍灑，承載著因落日餘暉而輝煌粲然的金閣的世界，就像從指縫中漏下的沙子一樣，一刻一刻，實實在在地在掉落下去……

＊＊＊

我在由良館逗留了三天。這三天我足不出戶地悶在房間裡，旅館老闆娘起了疑心就找來了警察。當身穿制服的警察來到我房間時，我害怕我的計畫被發覺，但馬上就意識到並沒有擔心的理由。面對警察的訊問，我老老實實地回答說是想逃離寺院生活一段時間而出走的，並給他看了我的學生證，還故意在警察面前交清了房費。結果，警察採取了保護的態度。他馬上給鹿苑寺打了電話，確認我沒有弄虛作假，告訴寺裡他將護送我回去。而且，為了不傷害有前途的我，他還特意換上了便衣。

在丹後由良站等火車的時候陣雨襲來，露天車站一下子就淋溼了。警察帶我進了車站辦公室，自豪地向我介紹說，站長和站務員都是他的朋友。不僅如此，他還跟他們說我是他外甥，是從京都來這裡拜訪他的。

我理解了革命家的心理。圍坐在通紅熾熱的鐵火缽旁談笑風生的鄉下站長和警察，絲毫沒有預感到逼近眼前的世界的變動，以及自己世界的秩序近在咫尺的崩塌。

「如果金閣燒毀了……金閣燒毀了，這些傢伙的世界就會變樣，生活的金科玉律就會被顛覆，列車時刻表就會混亂，這些傢伙的法律就會無效吧。」

一個面無表情的未來犯人就在身邊坐著，正伸著手烤火——他們卻全然不知，這令我感到欣喜。開朗的年輕站務員大聲吹噓著下次休假要去看的電影。那是部精彩的催淚電影，也不乏誇張的激烈格鬥場面。下一次休假去看電影！這個朝氣蓬勃、比我強壯太多、充滿活力的年輕人，會在下一次休假時看電影、抱女人，然後進入夢鄉。

他不停地調侃站長，說笑話，然後被訓斥，其間還殷勤地往火爐裡添炭，在黑板上寫一些數字。生活的魅惑，又或是對生活的嫉妒，再次要將我俘獲。不去燒毀金閣，逃離寺院還俗的話，我也可以沉浸在這種世俗的快樂裡。

……但是，黑暗的力量忽然甦醒，把我從那當中拽了出來。我還是得燒毀金閣。為我特別定製的人生、前所未有的人生將會在那時開啟。

——站長去接了電話，不久來到鏡子前，認真地戴好了鑲著金線的制服帽，清了清嗓子，挺著胸脯，就像去出席典禮一般，來到了雨後的月臺上。不一會兒，我們要乘坐的列車就緊貼著鐵路邊的懸崖峭壁，發出轟鳴滑行過來。那是雨後的懸崖泥土帶來的新鮮潮溼的轟鳴聲。

＊＊＊

晚上八點十分，火車到達了京都站。我被便衣警察護送到了鹿苑寺的山門。那是個寒冷的夜晚。穿過松林延綿的黑色樹幹，山門那頑固不化的身影逼近而來時，我看到了站在那裡的母親。

母親正好站在「若有違犯者，依國法處罰」的木牌旁邊。頭髮亂蓬蓬的，在大門的燈光下，白髮看起來像是一根根地直豎著。母親的頭髮其實沒有那麼白，只是在燈光的映照下顯得煞白，白髮籠罩下的瘦小臉龐一動不動。

母親瘦小的身子，看起來卻無限地膨脹，變得巨大無比。母親身後洞開的大門裡，前庭的黑暗四處彌漫。以這黑暗為背景，母親繫著唯一能穿出門的磨破的金線刺繡腰帶，粗陋的和服可笑地變了形，佇立在那裡紋絲不動，簡直像一具僵屍。

我躊躇不前了，很驚訝為何母親會來這裡。事後才知道，老師得知我出走後就去向母親詢問，母親張皇失措地來到鹿苑寺，結果就那樣住下了。

便衣警察推了下我的後背。隨著慢慢接近，母親的身影卻漸漸變小了。母親的臉在我的眼睛下，抬頭看著我，醜陋地扭曲著。

感覺，大概從沒欺騙過我。母親狡黠的深陷小眼，如今更加使我明白了我厭惡母親的正當性。我前面已經說過，原本對於這個人生下了我的不愉快的厭惡感、那深深的恥辱感……反而把我和母親隔絕開來，甚至沒有給我留下復仇的餘地。然而，我們之間的牽絆卻沒有解開。

……可是現在，看著母親沉浸在母性的悲歎中，我卻突然感覺到了自由。不知為何，我感到母親已經再也無法威脅我了。

——突然響起了像被絞殺一般刺耳的嗚咽聲。緊接著，那手就伸過來，無力地扇了我一記耳光。

「你這個不孝子！忘恩負義的傢伙！」

便衣警察默不作聲地看著我被母親打。打我的手指尖亂了方寸，已經失去了力量，但反而像冰粒一樣刮過了我的臉頰。母親一邊打我，一邊臉上還是一副苦苦哀求的表情。我看不下去，就把眼睛移開了。過了一陣，母親的語調變了。

「那麼遠……你跑去那麼遠，錢從哪裡來的？」

「錢嗎？從朋友那裡借來的。」

「真的嗎？不是偷來的嗎？」

「沒偷啊。」

這好像是她唯一擔心的事情，母親鬆了口氣。

「是嗎……你沒幹什麼壞事吧？」

「沒有。」

「是嗎？那就好了。去跟方丈好好道個歉吧。我也跟他好好道過歉了，你要誠心誠意地道歉，請求他原諒。方丈心胸寬廣，他會放過你的。如果你這次還不洗心革面，媽媽就死給你看。真的。如果你不想讓媽媽死，就好好重新做人吧。然後成為一個了不起的和尚……好了，趕緊先去賠罪吧。」

我和便衣警察默默地跟在母親身後。母親連應向便衣警察打招呼都忘記了。

看著母親邁著小碎步、耷拉著腰帶的後背，我在想是什麼讓她變得更加醜陋了。讓母親變醜的……那就是希望。就像在骯髒皮膚上盤踞著的頑固皮癬一樣，泛著溼潤的淡紅色，不斷地讓人發癢，不輸給這世上任何東西的希望。這是無可救藥的希望。

＊＊＊

冬天來了。我的決心越發堅定了。計畫一再延後，不過我沒有厭倦這種一點點拖延的感覺。

之後的半年裡，讓我煩惱的倒是別的事情。每個月底柏木都來要債，通知我加上了利息的金額，還口吐髒話地叱責我。但是我已經沒有要還錢的打算了。為了避開柏木，我想只要不去上學就好了。

一度下定了的決心，又經歷了種種動搖，變得猶豫不定、瞻前顧後。請不要奇怪為什麼我沒有講這個經過。我心的易變已經消失。這半年來我的眼睛只盯著一個未來，從未移開。其間，我大概已經明白了幸福的意義。

第一，寺院的生活變得輕鬆了。一想到反正金閣要被燒掉，無論多麼辛苦的工作都變得容易忍受了。就像預感到死的人一樣，我對寺裡人的態度好了起來，說話帶著笑臉，無論何事都小心翼翼地以和為貴。我甚至與大自然也和解了。就連冬天每個早晨都來啄食落霜紅殘存果實的小鳥，我也對牠們的胸毛抱有了親近感。

甚至連對老師的憎惡，我都忘記了！我從母親、朋友，從所有事物的束縛之中解脫出來，成了自由之身。但是我還不至於愚蠢到產生這樣一種錯覺：把現在這個全新世界裡每天的舒暢當作是不勞而獲的世界的改變。無論何事，從最終的結果來看，都會變得可以原諒。把這種從最終結果來看的眼光據為己有，知道決定最終結果的就是我自己，這才是我自由的根本。

雖說是唐突冒出的念頭，但燒掉金閣這個想法就像新做的洋裝似的，穿上後越發感覺合身了，就像是從出生起就一直有這個志向一樣。至少從父親陪我看到金閣的那一天起，這個想法就在我內心生根發芽、等待開花了。金閣映照在少年眼裡，美得超凡脫俗，其中就已經具備了日後我成為縱火者的諸多理由。

昭和二十五年三月十七日，我從大谷大學預科畢業了。兩天後的十九日是我的生日，我滿二十一歲了。預科三年的成績很驚人。排名是七十九人中第七十九名，各科目的最低分是國語的四十二分。全部六百一十六堂課中曠課二百一十八堂課，超過了三分之一。即便如此，這所大學出於佛祖的慈悲心，沒有設置留級制度，所以我還是升入了本科。老師也默認了。

課還是照樣逃，我到處遊玩免費的寺院神社，度過了從晚春到初夏的美麗時光。只要是能走到的地方我都步行前往。不禁想起了這樣的一個日子。

那天我走在妙心寺寺前的大路上。忽然，我發現了前面有一個邁著和我同樣步幅的學生。他停下來走進一家古老的屋簷低垂的香菸鋪要去買菸，我看到了他頭戴制服帽的側臉。

那是一張長著劍眉、稜角分明的白皙側臉。從制服帽看，是京都大學的學生。他用眼睛的餘光瞥了我一眼，彷彿一道濃重的陰影傾瀉而來。這時，我的直覺告訴我：「他一定是縱火者。」

那是下午三點，並不是適合縱火的時間。一隻迷途的蝴蝶飛入了公車行駛的道路，在香菸鋪門前插著的一枝衰敗的茶花上流連。白色茶花枯萎的部分呈茶褐色，就像被火燒過的痕跡。公車一直不來，道路上的時間像是停滯了。

我也不知道，為何我會感到那個學生正在一步步走到縱火的邊緣。只是我感覺他就是縱火者。他特地選擇了最為困難的白晝縱火，向著他自己堅定的志向，緩緩地走過去。他的前方有火和破壞，他的背後有被拋棄的秩序。從他那帶著幾分莊嚴的制服後背，我感覺到了這一點。也許我很久以前就這麼想像過，年輕的縱火者的後背就應該是這樣的。曝曬在陽光下的黑色化纖制服後背，充斥著不吉和危險的東西。

我放慢了腳步，想跟蹤這個學生。走著走著，我發現他左肩稍稍下傾，那背影簡直和我的一樣。他比我英俊得多，但一定是同樣的孤獨、同樣的不幸和同樣的對美的妄執，促使他採取了和我同樣的行動。不知從何時起，跟蹤著他，就好像提前看到了我自身的行為一般。

晚春的下午，陽光燦爛，空氣慵懶，正是容易發生這種事的時候。我變成了雙重的人，我的分身事先模仿了我的行為，給我清清楚楚地展示了真正付諸行動時我無法看到的自己。

公車一直沒有來，路上的人影也絕跡了。正法山妙心寺巨大的南門逼近眼前。左右兩扇大門洞開，彷彿要把所有的現象都吞進肚子裡一般。從這邊望去，次第層疊的敕使門、山門柱子、佛殿的屋脊、茂密的松林，以及輪廓鮮明的一片藍天，甚至連幾塊朦朧的雲彩，都被那宏偉的大門吞沒了。越接近大門，就看見越來越多的內容加入其中：寬闊寺院裡縱橫交錯的石板路，許多佛塔小院的圍牆。然後一旦穿過大門，就明白這神祕的大門將全部的蒼穹和雲都盡收其中了。大伽藍就是這個樣子的。

那個學生走進了大門。他繞過敕使門外側，來到了山門前的蓮花池畔，站在池塘上面的唐風石橋上，仰望著聳立的山門。我想，他縱火的目標是那座山門吧。

那是一座雄偉的山門，作為縱火的目標再適合不過了。在這樣一個陽光明媚的下午，恐怕看不見火吧。看不見的火焰被濃煙裹挾舔舐天空的情景，只要看到藍天在扭曲搖動，也就知道了吧。

學生已經靠近了山門，我為了不被他發覺，就繞到山門的東側窺探。已經到了化緣僧歸寺的時刻。從東邊的道路上，化緣僧一行三人穿著草鞋踩著石瓦路雁行而來。每人手裡都拿著竹編斗笠。回到僧房之前都要遵守化緣的規矩，因此他們眼簾低垂，只看前面三、四尺遠，也不私語，安靜地從我前面右拐而去。

學生還在山門處猶豫不決。終於，他靠著一根柱子，從口袋裡掏出了剛才買的菸，不安地環視四周。我想，他一定是藉著香菸來點火的吧。果然，他叼起了一根菸，將火柴靠近臉頰擦著了。

火柴的火苗，一瞬間發出了小小的透明的閃耀。火的顏色甚至連學生自己都看不見，因為當時午後的陽光正好包圍著山門的三個方向，只在我這邊落下了陰影。在倚著蓮池畔山門柱子的學生的臉頰旁邊，一瞬間熊熊燃起了火的泡沫。然後他馬上用力揮手把火苗熄滅了。

學生好像並不滿足於僅僅熄滅了火柴，又用鞋底仔細地踩了踩扔到基石上的火柴。之後，他一邊愜意地吸著菸，一邊不顧我的失望，走過石橋，經過敕使門旁邊，悠然地走出了南門，走向了兩旁延伸著鱗次櫛比的人家的大路……

他不是縱火者，只是一個散步的學生。可能是有點無聊、有點窮，只是這樣的一個青年而已。

對於將這一切盡收眼底的我來說，他不是為了縱火，只是為了抽根菸就那樣慌張地環視四周的謹小慎微，那種學生式的違法的竊酸喜悅，以及其後那種小心仔細地踩踏已經熄滅了的火柴的態度，即他的「文化教養」，令我不滿。正是這種無聊的教養，使他成為了小小火苗的奴隸。他也許還以為自己是火柴的管理者、是這個社會盡職盡責的火的管理者，因此洋洋自得了吧。

京都城內外的古寺，明治維新以後很少被燒毀，也是拜這種教育所賜。即便是偶爾的失火，火勢也會馬上被隔斷、被細分、被管理。而那之前絕非如此。知恩院在永享三年遭遇大火，之後又數次蒙受火災；南禪寺明德四年總本山的佛殿、法堂、金剛殿、大雲庵等起火；延曆寺在元龜二年化為灰燼；建仁寺在天文二十一年罹難於戰火；三十三間堂在建長元年被燒毀；本能寺在天正十年毀於兵火……

那時，火與火是親密無間的。火不像現在一樣被細分、被貶低，它那時總能和別的火聯合起來，集結成無數的火。人類恐怕也是如此。火無論在哪裡都能夠呼喚其他的火，那聲音馬上就可以傳到。寺院的火災都是緣於失火、延燒或兵火，並沒有縱火的記錄，因為古代即便有我這樣的男子，他也只需屏住呼吸躲起來等著就好。寺院必然會在某一天被燒毀。火是豐富的，也是放縱肆意的，只要耐心等待，火必然會伺機而動。火與火，攜起手來完成它們應該完成的事情。金閣只是出於難得的偶然才免於火災。火自然而起，滅亡和否定是常態，建造好的伽藍必然被燒毀，佛教的原理和法則嚴密地支配著地上世界。即便是縱火，那也是極其自然地訴諸了火的種種力量，歷史學家誰也不會認為那是縱火吧。

那個時候，地上世界動盪不安。而昭和二十五年的現在，地上世界的動盪不安也不亞於當時。如果說寺院曾經因為動盪不安而被燒毀的話，那為什麼現在金閣還有不被燒毀的道理呢？

＊
＊
＊

雖然我總是蹺課，卻經常去圖書館。五月的一天，我見到了我一直躲避的柏木。看到我躲避的樣子，他很感興趣似的追了上來。如果我跑起來的話，內翻足的他是不可能追上我的。這樣一想，我反而停下了腳步。

柏木抓住了我的肩膀，喘著大氣。大概是放學後的五點半左右。為了不和柏木迎頭碰上，我走出圖書館之後，會特意繞到校舍的後面，沿著西側臨時搭建的教室和高高的石牆之間的道路走。那裡是野菊叢生的荒地，其間散落著紙屑和被丟棄的空瓶子，偷偷溜進來的幾個孩子在練習棒球的拋接球。放學後的教室空無一人，透過破玻璃窗可以看到裡面布滿塵埃的書桌行列，孩子喧鬧的聲音更襯托出教室的寂靜。

我穿過那裡，來到主樓的西側，在掛著一塊「花道部工房」牌子的小屋前，停下了腳步。牆邊高高聳立的樟樹叢，越過小屋的屋頂，將它們夕陽下的細長葉影，映照在主樓紅色的磚瓦牆上。沐浴著夕陽的紅磚牆燦爛輝煌。

柏木一邊喘著大氣，一邊將身子靠在了那面磚牆上。樟樹沙沙作響的葉影，給他一如既往的憔悴臉頰添上了色彩，灑下了神奇躍動的影子。也許是與他不相稱的紅磚牆的反射，令他看起來如此吧。

「五千一百圓噢，」他說道，「這個五月底要還我五千一百圓噢。你越來越難以靠自己還清了。」

他從胸前的口袋掏出了一直折好放在那裡的借據，展開了給我看。或許是看到我要伸手去抓，怕被撕破，他又慌忙折好放回了原處。我眼前只有那惡毒的朱紅色拇指印的殘影一閃而過。我的指紋看起來太淒慘了。

「快還給我！那樣才對你好。不管是學費，還是別的什麼錢也好，不都是可以挪用的嗎？」

我一直沉默不語。世界的毀滅就在眼前，我還有還錢的義務嗎？我想稍微暗示一下柏木，這種誘惑驅使著我，但一想又作罷了。

「你不說我哪裡知道呢？是因為結巴不好意思嗎？事到如今還有什麼不好意思?!你是個結巴，就連這個也知道啊，就連這個，」他用拳頭擊打著夕陽映照下的紅磚牆，拳頭沾上了黛赭色的粉末，「就連這牆也知道，這個學校裡誰不知道啊！」

即使如此，我依然保持沉默與他對峙著。此時，孩子的球打偏了，滾到了我倆中間。柏木準備撿起來還回去，微微彎下了身子。我心裡突然起了壞心眼，想要看看他是如何移動他那雙內翻足，讓他的手能夠搆到一尺前的球的。我的眼睛下意識地盯著他的腳。柏木近乎神速地察覺了我的意圖。他直起了還沒有彎下的身子盯著我，那雙眼裡有著不像是他的、失去了冷靜的憎惡。

一個小孩戰戰兢兢地靠近，從我們倆之間撿了球逃走了。終於，柏木開口了：「好。

如果你是這個態度的話，我也有我的辦法。下個月回老家之前，無論如何，我都會把我的錢要回來的。你最好做好心理準備。」

＊＊＊

進入六月，重要的課程逐漸減少，學生都各自開始做回老家的準備。這是六月十日的事情，我至今難忘。

從早晨開始下雨，入夜後變成了傾盆大雨。晚餐之後大家都在自己房間裡看書。夜裡八點左右，從客殿到大書院的走廊傳來了腳步聲，好像是有客人來拜訪難得沒出門的老師了。但是那腳步聲非常奇特，就像雨點散亂地打在門板上的聲音。帶路徒弟的腳步聲安靜而規矩，客人的腳步卻把走廊的老舊木板踩得嘎嘎作響，並且非常緩慢。

雨聲籠罩著鹿苑寺黑暗的軒廊。大雨如注，潑灑著這古老的大寺，填滿了無數空蕩蕩的潮霉房間的夜晚。寺廚也好、執事宿舍也好、殿司宿舍也好、客殿也好，耳之所及，全是雨聲。我想看如今占領了金閣的雨，便稍稍打開了房間的拉門。鋪滿石頭的小中庭溢滿了雨水，水露出黑色光滑的脊背，從一塊石頭流向另一塊石頭。

新來的徒弟從老師的居室回來，朝著我房間探了個腦袋說：「有個叫柏木的學生來找老師了。他不是你的朋友嗎？」

我瞬間變得不安起來。於是，當這個白天擔任小學老師的戴著眼鏡的徒弟要告辭而去時，我連忙把他請進了房間，因為我無法忍受一個人待著胡亂想像大書院裡的談話。

過了五、六分鐘，傳來了老師搖響的鈴聲。鈴聲劈開了雨聲，清脆地響徹整個走廊，又戛然而止。我們互相看著對方的臉。

「叫你呢。」新來的徒弟說道。

我費了好大力氣才站起來。

老師的桌子上鋪著按了我拇指印的借據，老師拿著紙的一端，給跪在走廊上的我看。我沒被允許進到房間裡。

「這確實是你的拇指印吧？」

「是的。」我答道。

「你真是給我出了難題啊。今後如果再發生這樣的事情，就不能讓你待在寺院裡了，多加注意吧。其他還有很多……」剛說了一半，老師顧忌一旁的柏木，閉上了嘴，「錢我來還，你退下吧。」

聽了這句話，我終於有心情看了一眼柏木的側臉。他神情老實地坐在那裡，根本沒朝我這邊看。他自己都未曾意識到，作惡時他會現出一副最為無辜純潔的表情，彷彿他性格的核心脫離了他。知道這一點的只有我。

回到自己房間的我，在激烈的雨聲中、在孤獨中，一下子被解放了。新來的徒弟已經不在了。

「就不能讓你待在寺院裡了」，老師這樣說了。我是第一次從老師口中聽到這個，也就是說，這是老師的口頭許諾。突然，事態變得明瞭了。老師心裡已經有了放逐我的念頭。我必須馬上付諸行動了。

如果柏木沒有採取今夜的行動，我就不會有機會聽到老師說那句話，也許就會將實際行動向後推遲。一想到給予我下決心的力量的是柏木，我心頭就湧上了對他奇妙的感謝之情。

雨勢絲毫沒有減弱的跡象。雖是六月卻感到寒意，被門板圍起來的五疊榻榻米的倉庫，在昏暗的電燈下顯得荒涼。這就是我也許不久就會被趕出去的住所。沒有一絲裝飾，變色的榻榻米席子，黑色的布邊已經破爛、捲曲，露出了裡面的硬線。進入黑暗的房間打開電燈時，我的腳趾經常會被鉤住，但我也沒想去修補。我對生活的熱情和榻榻米席子沒有關係。

隨著夏天的到來，五疊的空間，充滿了我酸臭的體味。可笑的是，我是僧侶，卻也有著青年的體臭。臭味浸入了房間四角發著黑光的粗舊柱子和厚門板裡，它們經年累月形成鏽斑的木紋之間散發著年輕生物的惡臭。那些柱子和門板，已經半化成了帶著腥臭的不動生物。

此時，走廊上又傳來了剛才那奇異的腳步聲。我起身來到走廊。走廊那頭老師居室的燈光照射著的陸舟松，高高抬起濡溼而發黑的綠色船頭。柏木背對著松樹，像是機器突然停止了一般站住不動了。我呢，臉上浮起了微笑。看到我的笑容，柏木第一次露出了近似恐懼的神情，對此我很滿足，開口說道：「不來我房間坐一下嗎？」

「什麼啊。可別威脅我啊。你這個人可真奇怪。」

——柏木還是進來了，像往常一樣，用下蹲的動作緩慢地坐在我給他準備的薄坐墊上，把腿伸開，抬頭環視了房間。雨聲像是厚厚的錦帳遮罩了外部。打在廊簷上的水花，時而星星點點地反彈到拉門上。

「你就別再恨我了。我之所以不得不出此下策，也是你自作自受。就這樣算了吧。」

他說著，從口袋裡掏出了一個印著「鹿苑寺」字樣的信封，數起了紙鈔。是今年正月剛剛發行的嶄新的千圓紙鈔，只有三張。

我開口了：「這裡的紙鈔乾淨吧。老師有潔癖，執事每隔三天就要去銀行換零錢。」

「看呀，只有三張。你這裡的和尚真夠小氣的。說是學生之間的借貸，不能算利息。他自己倒是賺得缽滿盆滿的。」

柏木這意外的失望，令我從心底感到愉快。我不客氣地笑起來，他也附和著笑了。可是，這種和解也不過短短一瞬間，收起了笑容的他，看著我的額頭，像是要和我撇清關係似的說：「我知道的。你這一陣子是在策畫著什麼毀滅性的事件吧。」

我努力抵擋他沉甸甸的視線。不過，他所理解的「毀滅性」，和我的志向相去甚遠。一想到這一點，我就恢復了平靜，回答也絲毫沒有口吃。

「不是……完全沒有。」

「是嗎？你真是個奇怪的傢伙啊，是我迄今為止所遇見最奇怪的傢伙了。」

我知道這句話是對著我嘴角還沒有消失的微笑說的，然而當我確信他絕對無法察覺我心中湧起的感謝的含義時，就更加自然地綻開了笑容。在世間普通的友情的平面上，我這麼問他：「你已經要回老家了嗎？」

「是啊。打算明天就回去。今年夏天就在三宮過了吧。那裡也是挺無聊的……」

「那暫時在學校也見不到了啊。」

「說什麼啊？明明是你根本不來上課嘛。」——這麼說著，柏木慌忙解開制服的鈕扣，摸索著裡面的口袋，「……回老家之前，我想讓你高興，就把這個拿來了。因為你太欣賞那個傢伙了。」

四、五封信被拋在我的桌子上。看到寄信人的名字，我大吃一驚。柏木卻輕描淡寫地說了起來：「看看吧。都是鶴川的遺物喲。」

「你曾經和鶴川很親密嗎？」

「算是吧，是按照我的方式的那種親密。可是，那傢伙生前極其討厭被人看作是我的朋友。即便如此，他還是只向我袒露心聲。他已經死了三年，也可以給外人看了吧。

特別是你也和他很親近，所以我就想著只給你看。」

信的落款日期都是他死前不久。昭和二十二年的五月，他基本上每天都從東京給柏木寄信，卻沒給我寫過一封信。這麼看來，他從回東京第二天開始就每天給柏木寫信了。筆跡無疑是鶴川的，四四方方、帶著稜角的幼稚的字跡。我生出了一絲嫉妒。在我面前，鶴川透明的感情似乎沒有絲毫的偽裝，有時候還說柏木的壞話，非難我和柏木的來往，沒想到他自己卻深深隱藏著和柏木如此密切的關係。

我按照落款日期的順序，開始讀薄便箋紙上的小字。文章是無法形容的拙劣，思路不通，很難從頭讀到尾。但是，從顛三倒四的文章背後，我感受到了一種模糊的痛苦。再接下去讀之後的信時，鶴川的痛苦愈發鮮明地躍然紙上。往下讀著，我忍不住潸然淚下，一邊哭著，一邊被鶴川凡庸的苦惱驚呆了。

那只不過是一個很尋常的小小戀愛事件而已，也只不過是不被父母允許的、不為人所知的不幸的戀愛而已。可是，寫下這一切的鶴川自己，不知不覺中犯下了誇張感情的錯誤，下面的一句話令我愕然不已。

現在想來，甚至覺得這段不幸的愛情，就是我這不幸的心造成的。我的心生來就是陰暗的。我的心，最終也不知道何為悠然適意的明亮。

最後一封信的末尾，以湍急的調子戛然而止，我這才帶著一種前所未有的疑惑省悟過來。

「難道是……」

對著欲言又止的我，柏木點了點頭。

「是的。是自殺。我只能這麼想。家人為了世間的面子才說是被卡車撞死的吧。」

我憤怒地口吃著，向柏木索要答案：「你給他回信了吧？」

「回了，可是他死後信才送到。」

「寫了什麼？」

「寫了『不要死』。只有這個。」

我沉默了。

我確信感覺從來不會欺騙我，但這一次卻是徒然。柏木又一次直擊了我的要害。

「怎麼樣啊？讀了這些，是不是人生觀也改變了？你的計畫全部失算了吧？」

柏木在三年後給我看這個的用意很明顯了。但即便受到了這樣的打擊，躺在夏日茂盛草叢中的少年的白襯衫上，朝陽透過樹葉灑下小小的點點光斑——那情那景，也不曾從我的記憶中消逝。鶴川死了，三年後卻變成了如此模樣。託付在他身上的東西應該隨著他的死亡而消失，可是，這個瞬間，它們卻帶著另外一種現實性甦醒了過來。比起記憶的意義，我變得相信記憶的實質了。如果不相信它，生命本身就會崩潰——我是在這樣的狀態下相信的……但是，柏木俯視著我，滿足於他剛才動手進行的心靈殺戮。

「怎麼樣？你心中有什麼東西壞掉了吧？我不能忍受看著朋友懷抱著易壞的東西而生存。我的體貼關懷，就是努力去破壞它。」

「如果還沒壞，你怎麼辦？」

「你就別像小孩似的不服輸了，」柏木嘲笑道，「我是想告訴你，讓這個世界變化的東西是認知，好嗎？別的東西，沒有一樣能夠改變世界。只有認知，能使世界保持原來的狀態而變化。從認知的眼睛看，世界是永久不變的，同時也是永久變化的。你會說那有什麼用吧。可是，這麼說吧，為了忍耐生存，人類才擁有了認知這個武器的。動物不需要這個東西，因為動物沒有要忍耐生存的意識。生的難耐原封不動地變成人類的武器，這就是認知。可是儘管如此，生的難耐程度卻絲毫沒有減輕，僅此而已。」

「為了忍受生，沒有別的辦法了嗎？」

「沒有啊。之後就是發狂或者死亡了。」

「讓世界變化的絕對不是什麼認知，」我不禁冒著接近袒露心聲的危險反駁道，「讓世界變化的是行為。只有這個。」

果然，柏木用像貼上去的冷冷的假笑接受了我的這句話。

「啊哈，來了。就說是行為了。但是你不覺得你喜歡的美的東西，都是被認知守護著的貪睡的東西嗎？比如之前說過的『南泉斬貓』中的那隻貓啊，那隻無法形容的美麗小貓。兩堂的僧人之所以要爭搶，就是因為想將貓祕藏在各自的認知之中，養育牠，讓牠優閒地睡覺吧。可是，南泉和尚是個行動者，乾脆俐落地把貓斬殺扔掉了。之後的趙州和尚，把自己的草鞋放在頭頂上了。趙州要說的話就是這個。他還是知道美應該是被認知守護著安眠的東西。但是，個體的認知、各自不同的認知，是不存在的。認知既是人類的大海，也是人類的原野，是人類普遍存在的樣態。我想這就是他要說的話。你現在是要以南泉自居嗎？……美的東西、你所喜愛的美的東西，是人類精神中委身於認知的殘存部分、剩餘部分的幻影，是你所說的『忍耐生的其他方法』的幻影。可以說原本就沒有這種東西。雖然可以這麼說，但將幻影變得有力，賦予它盡可能的現實性的，還是認知。對於認知來說，美絕不會是慰藉。美可能是女人，也可能是妻子，但不是慰藉。可是，這種絕不是慰藉的美，和認知結合之後，就會生出某種東西。像虛幻的泡沫那樣，無可奈何的東西。世間稱作藝術的，就是這種東西。」

「美是……」我剛一開口，就劇烈地結巴起來。雖然是毫無道理的想法，但這時，我腦子裡掠過了一絲疑惑，我的口吃不是從我美的觀念中生出來的嗎？「美是……美的東西對我來說，已經是怨敵了。」

「你說美是怨敵？」——柏木誇張地瞪大了眼睛。在他興奮的臉上，恢復了往常帶有的哲學意味的爽快。「這是多大的變化啊，能從你的嘴裡聽到這個。我也必須重新校準自己認知透鏡的度數了。」

……此後，我們還親密地討論了很久。雨沒有停。告辭之際，柏木講了我還沒見過的三宮和神戶港、描繪了夏天離開港口的巨輪。這喚醒了我對舞鶴的回憶。無論怎樣的認知和行為，都難以代替出港的喜悅吧——在這個空想上，我們兩個窮學生的意見，總算達成了一致。

第九章
肉欲

老師總是以恩惠取代垂訓，而且正是應該給予我訓誡的場合，老師卻施以了恩惠，這恐怕不是偶然。柏木來要錢的五天後，老師把我叫去，親手遞給了我新學年第一學期的學費三千四百圓、交通費三百五十圓，以及文具費五百五十圓。學校規定暑假前必須繳清學費，但我沒想到出了那事之後，老師還能給我錢。既然知道了我不可信賴，就算有心給我錢，老師也應該直接把錢寄給學校吧。

但是，即使老師是這樣親手把錢交給我，我也比老師更清楚，他對我的信賴是虛偽的。老師默默地給予我的恩惠，與老師那粉色柔軟的肉非常相似。那是充滿虛偽的肉，以信賴應對背叛、以背叛應對信賴的肉，百腐不侵，悄悄地繁殖著的溫暖又粉色的肉……

就像當時警察來到由良的旅館時我一瞬間唯恐想法暴露那樣，我又產生了一種近似妄想的恐懼：說不定老師已經看穿了我的計畫，給我錢是為了讓我錯失行動的機會吧。我感覺小心翼翼地拿著這些錢的期間，是不能鼓起付諸行動的勇氣的。必須盡快找到花掉這些錢的途徑。偏偏窮人就想不出花錢的好辦法。必須想到一個花錢的方法，能使老師一旦知道就暴跳如雷、然後即刻把我逐出寺院的方法。

那天我在廚房當值。晚餐後，我在廚房裡洗著碗筷，無意中看了一眼已經安靜下來的食堂。食堂和廚房的交界處立著一根柱子，在煙熏火燎下黑得發亮，上面貼著一張完全變色的木牌。

阿多古
祀符　　小心火燭

……我心中看到了被護符囚禁著的火的蒼白身姿。我看見曾經豪華絢爛的東西，在古老護符的身後隱隱顯現出蒼白的病弱狀態。如果說現在的我，對火的幻象能夠感受到肉欲，別人會相信嗎？如果說我生存的欲望，全部都寄託在火的身上，那麼對它感到肉欲，難道不是當然的嗎？而我的這種欲望造就了火柔美的身姿，火焰彷彿知道能夠透過黑色發光的柱子被我看見，於是溫柔地整理儀容，梳妝打扮。那手、那腿、那胸，都婀娜多姿。

六月十八日晚，我把錢放到懷裡，悄悄地溜出了寺院，去了通稱五番町的北新地。

我早有所耳聞那裡很便宜，對寺院裡的小和尚也很熱情。五番町離鹿苑寺不遠，走路也不過三、四十分鐘的距離。

那是一個潮溼的夜晚，薄陰的天空中月色朦朧。我穿著褐色的褲子，身披寬鬆的外套，腳下趿著木屐。也許幾個小時之後，我還會以同樣的一身裝扮回來吧。但是我的本質卻變成了另外一個人——這樣的預想，如何才能使我自己接受呢？

我的確是為了生存而要燒掉金閣的，但是我現在做的事情卻像是死的準備。就像決心自殺的童男，在那之前要去一趟妓院一樣，我也準備去。放心好了，這樣一個男人的行為，不過是在文件上的署名那樣，即便失去了童貞，他也絕對不會變成「另外一個人」的。

那數次的挫折、女人和我之間因金閣遮擋而來的那些挫折，這次已經無需害怕了。因為我從來沒有夢想過，要藉由女人來參與人生。我的人生已經被牢固地確定在遠方，而到達那裡之前的我的行動，只不過是履行悽慘的手續而已。

……我這麼說給自己聽。於是耳邊又迴響起了柏木的話。

「賣春女並不是出於愛情才接客的。老頭也好、乞丐也好、獨眼龍也好、美男子也好，甚至隱瞞病情的麻瘋病人也好，她們都會接待的。普通人的話，會安心於這種平等感而去找個賣春女度過初夜吧。但是我並不喜歡這種平等。我無法忍受四肢健全的男人和我這樣的男人受到一視同仁的待遇，這對於我來說，是一種可怕的自我冒瀆。」

回想起的這段話，令現在的我感到不快。但是除去口吃，可以說四肢健全的我，與柏木不同，只需相信自己的醜與常人無異就好了。

「……雖說如此，女人不會以她的直覺，發現我醜陋的額頭上有天才犯罪者的印記嗎？」

我心中又充滿了愚蠢的不安。

我的腳步停滯不前了。思來想去，我已經搞不清楚到底是為了燒毀金閣而捨棄童貞呢，還是為了失去童貞而去燒掉金閣。此時，心頭毫無意義地浮上了「天步艱難」這個高貴的詞，我反覆念叨著「天步艱難，天步艱難……」向前走去。

就這樣走著走著，小鋼珠店、小酒館等明亮的熱鬧到了盡頭，我開始看到一個角落，螢光燈和微微發白的紙燈籠在黑暗中整齊地排成一列。

從走出寺院開始，我就一直空想著有為子還活著，在這個角落裡隱居著。空想給了我力量。

因為自從下決心燒掉金閣以來，我就又回到了少年時代初始那純新無垢的狀態，所以我想我是可以再一次邂逅人生伊始時遇見的人和事的。

今後我明明會活著，但不可思議的是，我卻一天比一天有強烈的不祥預感，好像明天就會死去似的。我祈求死神在我燒毀金閣之前一定要放過我。絕對不是病，也沒有生病的預兆。但是讓我活著的各種條件的調整和責任，無一例外地全部壓在我的肩頭，我日復一日地強烈地感受到那沉甸甸的重量。

昨天掃除時，我的食指被笤帚的竹篾劃傷了。連這小小的傷口也成了我不安的種子。我想起了被玫瑰花刺傷指尖而死的詩人[1]。那些凡庸的人不會因為這種事而死，但是因為我成了重要的人，所以就不知道我會招致怎樣的宿命般的死了。手指的傷幸好沒有化膿，今天一按傷口，也只是微微的疼痛而已。

就連去五番町，我也沒有懈怠對衛生上的注意。前幾天，我就跑到不認識我的遠處的藥房，買回了保險套。沾滿細粉的薄膜呈現出極其羸弱的不健康顏色。昨夜我試了一個。用洋紅色蠟筆畫的佛畫、京都觀光協會的日曆、打開正好是佛頂尊勝陀羅尼經文的禪林日課、髒汙的襪子、刺蓬蓬的榻榻米席子……在這些雜亂之中，我那玩意，像光滑、沒眼沒鼻、不吉利的灰色佛像一樣立了起來。這令人不快的姿態，令我想起了如今只留在傳說中的那個叫作「羅切」[2]的殘酷行為。

……我走進了紙燈籠連成一片的巷子。

百數十棟房子都是相同的建築樣式。據說如果能在這裡找到帶頭大哥幫忙的話，通緝犯也很容易躲藏起來。帶頭大哥一按鈴，鈴聲就會傳遍整片青樓的每一間房子，給通緝犯發出危險的預告。

無論哪一家，門口旁邊都有著暗色的格子窗，都是二層樓的構造。厚重古老的瓦屋頂，都以相同的高度，在朦朧的月下鱗次櫛比。哪一家門口都掛著印有「西陣」的白字藍底的紮染布簾，穿著圍裙的老鴇，斜著身子，從布簾的邊上窺探著外面。

我絲毫沒有快樂的想法。我感覺好像被某種秩序所拋棄，隻身一個人離開佇列，拖著疲憊的雙腿在荒涼的地方行走。欲望在我內心只露出不開心的背部，抱膝蹲踞著。

「總之，在這裡花錢就是我的義務，」我繼續想道，「總之，在這裡把學費全部花光就好。因為這樣的話，就會給老師最好的理由驅逐我了。」

我沒有發現這想法中奇妙的矛盾。如果這就是我的本心的話，我理應是非常愛老師的。

也許是還沒到來客高峰的時候吧，這條街上的客人出奇地稀少。我的木屐聲顯得格外響。老鴇招呼客人的單調乏味的聲音，聽起來像是在梅雨季節低垂瀰漫的空氣中四處爬行。我的腳趾緊緊地夾著鬆了的木屐帶，然後這麼想道：戰爭結束後，我從不動山山頂眺望的無數燈火中，確實也包含著這條街的燈火啊。

我信步而至的地方，應該有有為子吧。在一個十字路口的拐角，有一家叫作「大瀧」

---

1 奧地利詩人里爾克（一八七五－一九二六），據說因指尖被玫瑰花刺傷，引起感染而死。

2 切除陰莖以斷淫欲。

的店。我莽撞地鑽進了布簾。進門就是六疊大小、鋪著瓷磚的一個房間，裡面坐著三個女人，就像火車久等不來而厭煩的樣子。一個人穿著和服，脖子上圍著繃帶。穿著洋裝的一個人俯著身子，把襪子拉下來，不停地撓著小腿。有為子不在。她不在，我就安心了。

撓腿的那個女人，像被召喚的狗一樣抬起頭來。那張有點腫的圓臉，像兒童的畫一樣鮮明，被白粉和胭脂勾勒出輪廓。也許說法有點奇怪，但她抬頭看我的眼神裡，的確有著善意。那女人就像在看街角碰見的陌生人一樣，那雙眼睛根本不承認我體內有任何情欲。

既然有為子不在，那麼誰都可以。我迷信地認為，只要有所選擇或期待，就會失敗。正如女人無法選擇客人那樣，我也不需要選擇女人。必須讓那個可怕而令人無力的美的觀念沒有絲毫介入的餘地。

老鴇說話了：「你想要哪個女孩子？」

我指了指那個撓腿的女子。那時在她腿上延伸的小小搔癢，恐怕是被瓷磚表面盤旋的黑斑蚊叮過的痕跡，成為了連接她和我的緣分……正因為那搔癢，她之後就會獲得成為我證人的權力吧。

女人站起身，來到我旁邊，揚起嘴唇微微一笑，輕輕碰了一下我穿著寬鬆外套的手臂。

沿著陰暗的舊樓梯爬往二樓時，我在想有為子的事情。我想，總之，這一刻、這一刻的世界，她是不在的。既然她現在不在這裡，那麼無論到哪裡尋找，有為子一定都是不在的。她似乎是到我們世界之外的澡堂或者別的什麼地方入浴去了。

我感覺有為子從她生前就可以自由地出入這二重世界。那個悲劇事件發生時，她也是先拒絕了這個世界，然後又接受了它。死亡，對於有為子來說，也許不過就是個偶然事件。她留在金剛院走廊的血，也許只不過是早晨打開窗子時，飛起的蝴蝶落在窗框上的鱗粉而已。

二樓中央是中庭的挑空部分，圍著古老的鏤空雕花的欄杆。那裡架著一根從一個房間伸到另一個房間的晾衣杆，上面晾著紅襯裙、內褲和睡衣等。光線幽暗，模糊的睡衣看起來就像人影。

不知哪個房間裡有女人在唱歌。女人的歌聲悠揚不絕，時而伴有走調的男人和聲。歌聲停止，短暫的沉默之後，就像絲線斷了一般，女人笑了出來。

「——是她啊！」陪我的女人對老鴇說。

「她老是那個樣子。」老鴇頑固地將四方的後背對著笑聲傳來的方向。我被領進的小房間是個煞風景的三疊間，放茶具的櫥子充當了壁龕，裡面隨意地放著布袋和尚像和招財貓。牆上貼著瑣細的條規，掛著年曆。房頂吊著一盞三四十燭光的昏暗電燈。敞開的窗子，偶爾傳來嫖客的腳步聲。

老鴇問我是休息還是過夜。休息是四百圓。我又要了酒和小菜。

老鴇下去拿酒菜之後，女人依然沒接近我。在拿來酒菜的老鴇的催促下，她才靠到我身邊來。靠近了一看，女人鼻子下面有塊擦痕，微微發紅。不光是腿，她似乎有為了打發無聊而四處搔癢抓撓的怪癖。不過鼻子下面的這點微紅，也許是不小心溢出來的口紅。

不要驚訝於我生來第一次到青樓時如此仔細地觀察。我竭力想從我能看到的東西裡找到快樂的證據。所有的一切都如銅版畫一般被我精密地觀察，並且它們保持著精密的狀態，平整地貼在與我拉開一定距離的地方上面。

「先生，我以前見過你啊。」女人介紹了自己叫作鞠子之後，這麼說道。

「我是第一次來呀。」

「你真的是第一次來這種地方嗎？」

「是第一次來呢。」

「真是啊，你的手在發抖呢。」

被她這麼一說，我才發覺自己拿著小酒杯的手在顫抖。

「真是這樣的話，鞠子今天真是走運了。」老鴇說道。

「是不是真的，馬上就能知道了。」鞠子胡亂地應道。但是，那言語裡沒有肉欲。我感到鞠子的心，在與我的肉體和她的肉體都沒有任何關聯的地方獨自玩耍，像孩子玩得入迷，和夥伴失散了那樣。鞠子上身是淡綠色的襯衫，下面穿著黃色的裙子。像是從同伴姊妹那裡借來指甲油塗著玩似的，只有兩個大拇指的指甲染成了紅色。

不久我們進了八疊的臥室，鞠子伸出一隻腳踩著被褥，拽了一下從燈罩垂下來的長長的燈繩。燈光下浮現出鮮豔的友禪織的被子。這房間帶有裝飾著法國人偶的漂亮壁龕。

我笨拙地脫了衣服。鞠子將淺粉色的毛巾質地的浴衣披在肩上，在下面靈活地脫了洋裝。我咕咚咕咚地喝了枕邊的水。聽到喝水聲，她背對著我笑著說：「你可真能喝水呀。」

然後我們鑽進了被窩，臉貼著臉，她還用指尖輕輕點了點我的鼻子，笑道：「真的是第一次嗎？」

即使在枕邊燈籠的昏暗光線裡，我也沒有忘記觀察。因為觀察是我生存的證據。看到別人的兩隻眼睛離我如此之近，也是頭一次。我一直看著的世界的遠近法崩潰了。他人毫不畏懼地侵犯我的存在，那體溫和廉價香水的氣味合在一起，如洪水一般一點一點地增高水位侵入進來，把我淹沒了。我第一次看見，我的世界和他人的世界如此地融為一體。

我完全被當作一個常見的普通男人來對待了。我從沒想像過誰能這樣來對待我。口吃從我身上被脫去了，醜陋和貧窮被脫去了，就這樣，在脫去衣服之後，無數的脫衣接踵而至。我的確達到了高潮，但是我不敢相信體會到高潮的就是我。一種我在遙遠的地方被疏離的感覺湧上心頭，馬上又消散了……我猛然抽出身子，將額頭靠在枕頭上，用拳頭輕輕擊打冰涼而麻痹的頭部。之後，被整個世界所拋棄的感覺襲擊了我，但也還不至於潸然淚下。

那之後我們說起了枕邊話。我朦朧中聽著女人說她從名古屋漂泊而來，心裡只想著金閣的事。那的確是抽象的思索，完全沒有平時那種情欲沉溺的感覺。

「下次再來呀！」

從鞠子的話語裡，我感覺她似乎比我大一兩歲。事實上也是如此。她的乳房就在我眼前，微微出汗。這絕不是由金閣變化而來，只是人肉而已。我小心翼翼地用指尖戳了一下。

「這種東西，很稀罕嗎？」

鞠子這麼說著，支起身子，像是逗弄小動物似的，盯著自己的乳房，輕輕地晃了晃。看著那肉體的搖盪，我想起了舞鶴灣的夕陽。我覺得夕陽的易逝和肉體的易逝在我心中結合了。於是，這眼前的肉體也像夕陽一樣，不久就會被黃昏的雲彩層層包裹，橫臥在夜之墓穴的深處了吧——這個想像，讓我安心了。

＊＊＊

第二天，我也去了同一家店，找了同一個女人。不只是因為我還有很多錢。我的第一次比我想像中的歡喜遜色很多，所以我想有必要再試一次，哪怕朝著想像中的歡喜，稍微接近一點點也好。我在現實生活中的行為，與常人不同，總是傾向以忠實模仿想像而告終。叫作想像不太恰當，不如換成「我本源上的記憶」更好。人生中我早晚會體會到的所有的經驗，都會以一種最輝煌的形式被事先體驗到——我無法拂去這種感覺。即便是這種肉體的行為，我也曾在回憶不起來的時間和地點，體驗過（大概是和有為子）更強烈的、更讓全身麻痹的情欲的愉悅了。它成為我一切快感的源泉，而現實的快樂，也不過是從那裡分來的一掬泉水罷了。

的確在遙遠的過去，我彷彿在哪裡看見過無可匹敵的壯麗晚霞。那之後看到的晚霞多少都有些褪色，這難道是我的罪過嗎？

昨天的女人完全把我當成普通人看待，所以今天我把幾天前在舊書店買的舊文庫本放進口袋裡去找她了。這是貝卡利亞的《犯罪與刑罰》。這本十八世紀義大利刑法學者的著作，是啟蒙主義和理性主義的古典必讀書目，我讀了幾頁就放棄了。不過我想，也許女人會對這個書名感興趣。

鞠子帶著和昨天一樣的微笑迎接我。雖然是一樣的微笑，但沒有留下任何「昨天」的痕跡。對我的親近，就和對在街角偶然碰見的人一樣。這也是因為，她的肉體就像某處的街角一樣吧。

在小房間裡喝酒聊天，也比昨天游刃有餘了。

「今天又來找她了啊，年紀輕輕卻是個風流種子呢。」老鴇這麼說。

「可是每天都來，不會被和尚罵嗎？」鞠子接著說道。看著我被識破的驚訝的臉，她又說：「這可是一看就知道的啊。現在人都是大背頭，理平頭的，肯定是寺裡的和尚。聽說就是現在許多成名的和尚，年輕時也幾乎都來過我們這裡呢……好了，我們來唱歌吧！」

鞠子冷不防地唱起了「港口的女人如何如何」的流行歌曲。

之後，第二次床笫之歡在已經熟悉的環境裡，輕鬆愉快地進行了。這次我好像也瞥見了快樂，但那並不是想像中的歡樂，只不過是感到自己適應了那自甘墮落的滿足而已。

事後，女人像姊姊似的給了我有些傷感的訓誡，破壞了我轉瞬即逝的興致。

「我覺得你還是不要一直來這裡的好，」鞠子說道，「你是個老實人。我是這麼想的。不要在這裡陷得太深，還是把精力放到正經事上去吧。雖然很想讓你來的，但是如果你能理解我的這種心情就好了。我是把你當弟弟一樣看待呢。」

這恐怕是鞠子從什麼低級小說那裡學來的話。這並不是什麼認真說的話，而是她把我作為對象構想了一個故事，期待著我能與她有同感吧。如果我再配合她哭起來，那就更好了。

但是我並沒有。我一下子從枕邊拿起了《犯罪與刑罰》，戳向了女人的鼻尖。鞠子順從地翻了翻文庫本，然後一言不發地扔回了原處。那本書已經離開了她的記憶。

我期待著女人能對和我相遇的這個命運，預感到一點什麼，期待著她能再稍微意識到自己正在協助我達成世界沒落。我想，就算對於女人，這也不是無關緊要的事情。焦急的思慮之後，我終於說出了不該說的話。

「一個月……嗯，一個月之內，報紙上就會大幅報導我。那樣的話，就請想起我吧。」

說完，我感到了強烈的悸動。鞠子卻笑了起來，笑得乳房也搖晃著。眼睛不時地瞟瞟我，咬著衣角拚命忍住笑，然後又重新嗤嗤笑了出來，笑得花枝亂顫。是什麼這麼可笑呢？鞠子自己肯定也說不清楚。發覺了這一點，她止住了笑。

「有什麼可笑的？」我發出了愚蠢的提問。

「我說，你可真是會胡說的人呢。啊，太搞笑了。你太會說謊了。」

「我從不胡說的。」

「快別說了。啊，太可笑了。我都快笑死了。這麼老實的一張臉，光會胡說。」

鞠子又笑了起來。她的笑也許只出於一個單純的理由，就是我說話時因為太激動所以特別口吃吧。總之，鞠子完全沒有相信我的話。

她沒有相信。就算眼前發生地震，她也一定不會相信吧。即便世界崩塌，也許只有這個女人不會崩潰。為什麼這麼說呢？是因為鞠子只相信按照自己的道理發生的事情，但世界卻不會像她想的那樣崩塌，所以鞠子也絕對不會有考慮那種事情的機會。在這一點上，鞠子和柏木很相似。鞠子就是女人中只按自己的思路考慮事情的柏木。

話題中斷了，鞠子裸露著乳房，鼻子哼著歌。不久，她的歌聲和蒼蠅的嗡嗡聲混為一體。蒼蠅在她的身旁飛來飛去，有時候停在乳房上，鞠子也只會說「好癢啊」，而不去追打。停在乳房上的時候，蒼蠅完全貼在了上面。讓我感到驚訝的是，鞠子還挺滿足於這種愛撫。

屋簷上響起了雨聲。雨聲好像只打在那裡似的。雨不再擴散，像是迷失在這條街的一隅，站在這裡停步不前了。那聲音，就像我所在的地方一樣，與無邊的夜晚分離開來，只局限在枕邊燈籠昏暗燈光下的世界裡。

如果說蒼蠅喜歡腐爛，那鞠子是否已經開始腐爛了呢？什麼都不相信就是腐爛嗎？

鞠子住在只有自己的絕對世界裡，才會被蒼蠅光顧的嗎？這一點我弄不明白。

可是，女人突然間睡死過去。豐滿的乳房被枕畔的燈光照射著，上面明亮處停著的蒼蠅，也突然像睡著了一樣，一動不動了。

＊　＊　＊

我再也沒去「大瀧」。要做的事已經完成了。之後就是等著老師發現我挪用學費尋花問柳，將我放逐了。

但是，我絕沒有向老師暗示我是怎麼花錢的。不需要告白。即使沒有告白，老師應該也會聞得出來的。

為什麼我會在某種意義上那麼信任老師的力量、借助他的力量呢？很難說明。我也不知道為什麼要將自己最後的決斷，一而再、再而三地委身於老師的放逐。正如我前面說過的那樣，我早就看透了老師的無能為力。

在第二次逛青樓的幾天之後，我看見了老師不尋常的舉動。

那天一大早，老師破例在開園前沿著金閣散步去了。老師身著清涼的白衣，給我們這些打掃環境的弟子送上慰問的話語，然後登上了通往夕佳亭的石階。他大概想一個人在那裡靜坐喝茶、修身養性吧。

那天早晨，天上還飄浮著絢爛的朝霞。湛藍的天空，處處流動著映得通紅的雲彩。雲彩像是還沒從羞怯中完全甦醒。

打掃完了，我們開始各自走回大殿，只有我經過夕佳亭旁，沿著通往大書院後院的小路回去。因為大書院後院還沒有打掃。

我拿著掃帚登上被金閣寺寺牆圍繞的石階，來到了夕佳亭的近旁。樹木都被昨夜的雨淋溼了。灌木的葉梢上，無數露珠映著朝霞的餘韻，像結滿了不合時宜的淡紅色果實。連結著露珠的蜘蛛網也發出微微的紅色，在風中顫動著。

地上的物象竟會如此敏感地蘊含天上的色彩——我帶著一種感動，凝視著這一切。籠罩著寺內綠色的雨的潤澤，也是天上的賜物。這一切都像是享受著恩寵一般溼潤，散發著混合著腐爛和勃勃生機的香氣。之所以這麼說，是因為它們不知道如何拒絕這恩賜。

眾所周知，夕佳亭緊挨著拱北樓。「拱北」的名字來源於「北辰之居其所而眾星拱之」。但是現在的拱北樓已經不是足利義滿君臨天下時代的原樣，在一百幾十年前就重新建造，變成了圓形的茶室。老師的身影並不在夕佳亭，那就應該是在拱北樓。

我不想單獨和老師碰面。只要彎下腰貼著灌木籬笆走，對面就應該看不見。我就那樣悄無聲息地走起來。

拱北樓四面開放。像往常一樣，壁龕裡掛著圓山應舉[3]的畫軸。裡面裝飾著印度舶來的白檀雕刻的精緻佛龕，歷經歲月的洗禮而變黑了。左邊是千利休[4]喜好的桑木架，還可以看見隔扇壁畫，但唯獨看不見老師的身影。我不禁將頭伸向灌木籬笆上方環視四周。

在壁龕柱子旁的昏暗之處，有一個大白包袱似的東西。仔細一看，原來是老師。他緊緊地蜷曲著身子，將頭部放進兩膝之間，兩袖捂著臉，蹲踞在那裡。

老師保持著那個姿勢，一動不動，無論怎樣都紋絲不動。反而是看著的我，心潮澎湃。

起初，我曾想是不是老師被急病所襲擊，正忍受著病痛的發作呢？我馬上跑上前去照顧他就好了。

但是，卻有另外一種力量拉住了我。因為無論從何種意義上來說我都不愛老師，也已經下了決心恨不得明天就縱火，這樣的照顧就是偽善。並且我還擔心如果因為我照顧了他，被他表示了感謝或者愛意，我就會變得軟弱。

---

3 圓山應舉（一七三三—一七九五），江戶時代中期京都畫壇大家，圓山派鼻祖。掌握了逼真的描繪方法，重視寫生，善畫花卉、動物和山水。

4 千利休（一五二二—一五九一），安土桃山時期的著名茶師，日本茶道的集大成者。

仔細一看，老師並不是生病了。不管怎樣，那姿勢失去了自尊和威信，卑微的樣子讓人幾乎聯想到野獸的臥姿。我看到他的衣袖在微微戰慄，彷彿有什麼看不見的沉重東西壓在了他的背上。

我在想，那看不見的重物是什麼呢？是苦惱嗎？還是老師自己也無法承受的無力感呢？

隨著耳朵漸漸熟悉環境，我聽到了老師好像在用極低的聲音誦經。不知道是什麼經文。原來老師也有不為我們所知的黑暗的精神生活。和它相比，我那些拚命嘗試而來的小小的罪惡和怠惰，都是不值一提的——這種想法，突然為了傷害我的自尊而出現了。

是的，那時我發覺了，老師蹲踞的姿勢，就好像是請求進入僧堂的雲遊僧被拒絕後，那種整天在大門口將頭垂在自己行囊上生活的，叫作「庭詰」的姿勢。如果像老師這樣的高僧，也模仿新來的旅僧那種修行姿勢的話，他的謙虛真讓人驚訝。我不知道老師面對什麼會如此地謙虛。就像庭院裡的小草、樹木的葉梢和粘在蜘蛛網上的露水面對天上的朝霞而謙虛那樣，老師也是面對並非自己所為的本源性的惡和罪業，以一種野獸的姿勢將之原封不動地反映在自己身上來表達謙虛的嗎？

「這分明是做給我看的！」我突然這麼想道。一定是這樣。老師知道我會經過這裡，為了給我看而那麼做的。在完全領悟了自己的無力後，老師最後用一種無言的姿勢撕裂我的心，喚起我憐憫的感情，最終使我屈膝服從——老師原來發現了這種世上絕無僅有的諷刺意味的訓誡方法！

我心裡迷亂不已。事實上，在觀察老師的姿勢的時候，我已經差點被感動了。雖然我極力否認，可是我的確已經到了馬上要去愛慕老師的境地。然而，當我領悟到「這分明是做給我看的」時，一切都反轉了，我的心變得比以前更加堅硬了。

也就是在這時，我下定了決心，不再以老師的放逐作為實施縱火的契機了。老師和我，已經成了不會互相影響的不同世界的人。我是自由無礙的。我已經不用期待外力，能夠完全按照自己的意志，在自己想做的時候做就行了。

隨著朝霞褪去顏色，空中的雲湧了起來。絢爛的陽光從拱北樓的緣廊上消失了。老師還是保持著蹲踞的姿勢。我疾步離開了。

＊＊＊

六月二十五日，朝鮮發生了動亂。我的預感變成了現實，世界確實要走向沒落和毀滅了。必須趕緊行動。

第十章
縱火

其實，去五番町的第二天，我就已經做了一個嘗試，把金閣北側門板上兩寸左右的釘子拔下了兩根。

金閣第一層法水院的入口有兩個。東西各一，都是左右對開的兩扇門扉。導覽的老人晚上登上金閣，將西側大門從裡面關上，然後將東側大門從外面關上並上鎖。但我知道不用鑰匙也能進到金閣裡面的辦法。從東側的門往後繞到北側，這裡的門板恰好保護著閣內金閣模型的背後。那門板已經老朽不堪，只要將上下的釘子拔掉六、七根就能卸下來。釘子都鬆動了，只用手指的力量就能輕鬆拔掉。於是，我試著拔了兩根釘子。拔下來的釘子我用紙包好，放在桌子抽屜的最深處保存起來。過了好幾天，誰也沒有發覺。一週過去了，還是沒人發覺。二十八日晚上，我又偷偷將兩根釘子放回原處。

看了老師蹲踞的樣子，我最終下決心不靠任何人的力量。正是那天，我去千本今出川西陣警察局附近的藥房買了安眠藥。剛開始店員拿了一小瓶三十粒裝的，我說要再大點容量的，就花了一百圓買了一瓶一百粒裝的。接著，我又去西陣警察局南邊的五金店，花九十圓買了一把四寸刀刃的帶刀鞘的小刀。

我在夜裡往來於西陣警察局前面。那裡有幾扇窗戶燈火通明，我看見穿著翻領襯衫的警察夾著包匆匆忙忙地進出。沒有一個人注意到我。過去二十年，從來沒有人注意過我。現在，這個狀態仍在繼續。現在，我還不是什麼重要人物。在這個日本，有上百萬、上千萬不引人注目的角落裡的人，我就是其中的一員。這些人生也好、死也好，完全無關這世間的痛癢，但這些人的確讓人安心。所以警察也都很安心，完全不理會我。紅色煙霧一樣的門燈照耀著脫落了「察」字的「西陣警（察）署」的橫排石刻字。

在回寺院的路上，我回顧了今晚的採購。真是一次令人雀躍的採購。

小刀和藥是為了萬一要赴死做的準備。不過這種採購就像行將擁有新家庭的男人規畫未來生活時的採購一樣，令我歡欣不已。就算回到寺院後，我也百看不厭。我把刀從刀鞘中拔出，舔了舔刀刃。刀刃馬上模糊了，舌頭明顯感受到一陣冰涼，最後竟感覺到了隱約的甜味。甜味好像是從這薄鋼的內部、從無法到達的鋼的本質那裡出發，微微映照似的傳到了舌尖。這種明確的形狀、這種宛如深海之藍的鋼鐵的光澤……它有一股清甜，和唾液一起不斷地纏繞在舌尖。不久，這甜味消失了。我開心地想著，有朝一日，我的肉體將沉醉於這種甘甜的迸發之中。死的天空和生的天空一樣明亮。我忘記了陰暗的想法。在這個世界上，痛苦是不存在的。

金閣在戰後安裝了最新式的火災自動警報器。只要金閣的內部達到一定的溫度，鹿苑寺辦公室的走廊裡就會警鈴大作。六月二十九日晚上，這個警報器故障了。發現故障的是老導覽員。我當時在寺廚，偶然聽見了老人在執事宿舍報告這件事。我好像聽到了上天激勵我的聲音。

但是第二天的三十日一早，執事就給提供機器的工廠打電話，讓他們來修理。善良的老導覽員還特地跑來告訴了我。我緊咬著嘴唇。昨晚明明是行動的好時機，我卻把這個千載難逢的機會給錯過了。

到了傍晚，修理工來了。我們都很好奇地擠在那裡看修理的情形。沒想到修起來很費勁，工人一直抓頭。看熱鬧的也紛紛離去了。我也在適當的時候離開了。剩下就等著修好之後，工人試著鳴響警鈴，那高昂尖利的聲音響徹整個寺院。對我來說，那就是絕望的信號……我等待著。金閣裡，夜色如潮水一般漫了上來，只有修理的小燈在閃爍著。警報沒有鳴響。斷了念的工人說了聲「明天再來」，就回去了。

七月一日，工人食言了，沒有過來。但寺院也沒有那麼急著催人家來修理的理由。

六月三十日，我又去了趟千本今出川，買了夾餡麵包和紅豆餅。寺院裡沒有零食，我只能經常從我少得可憐的零花錢裡擠出來一些，去那裡買些點心回來。

但是三十日買的點心並不是為了充飢，也不是為了服用安眠藥。勉強要說的話，就是不安讓我買了點心。

手裡提著的鼓鼓囊囊的紙袋，和我之間的關係。我現在就要著手去做的完全孤獨的行為，和寒酸的夾餡麵包之間的關係。……從陰沉的天空中滲出的陽光，就像悶熱的霧靄一般籠罩著古老的城市。突然間，汗水像一道冰涼的絲線，悄悄沿著我的後背流了下來。我疲倦極了。

夾餡麵包和我的關係，到底是什麼呢？面對行動，精神無論多麼緊張和集中地向前出發，我孤零零留在原地的胃，也仍然會尋求孤獨的保證吧——我這樣預想道。我感覺我的內臟就像我養的那隻寒磣但絕不馴服的狗。我知道的。無論精神多麼清醒，腸胃這些天然鈍感的臟器也會自顧自地夢想起微溫的日常生活。

我知道自己的胃夢想的東西。它盼望著夾餡麵包和紅豆餅。我的精神在夢想著寶石的時候，它們也還是頑固地夢想著夾餡麵包和紅豆餅……不管怎樣，夾餡麵包會在別人努力去試著理解我為何犯罪時，為他們提供一個絕佳的線索吧。人家會這麼說吧：「原來那個人是肚子餓了。這是多麼合乎人之常情啊！」

＊　＊　＊

那一天來了。昭和二十五年七月一日。如前所述，火災警報器不可能在今天之內修好了。這事在下午六點得到了確認。老導覽員再一次打了電話催促。工人回答說，不好意思，今天太忙了，明天一定去。

那天參觀金閣寺的遊客大約百人。因為六點半就要關門，那時已經人影稀疏了。導覽的工作已經結束，老人打完電話就站在寺廚東側的地面上，呆呆地眺望著小菜園。

天上下著毛毛雨，從早晨開始就下下停停。風微微地吹著，也不算太悶熱。菜地裡，南瓜花在雨中星星點點地開著。另一邊，黑得發亮的田埂上，上月初剛播種的大豆已經發芽了。

老人想事情的時候，經常張閉上下顎，將沒鑲好的滿口假牙使勁咬合，發出咯吱咯吱的聲音。雖然每天都重複相同的導覽用語，但他的話一天天地愈發難懂，應該是假牙的問題。可是，即便別人勸他，他也不想去矯正。他盯著園子，嘴裡嘟囔著什麼，嘟囔一會兒又咯吱咯吱地咬牙，咬完牙又開始嘟囔，大概是在抱怨警報器的修理毫無進展吧。

聽著那含糊的嘟囔，我禁不住想，他是在說無論假牙還是警報器都修不好了吧。

那天晚上，鹿苑寺來了一位拜訪老師的稀客，是過去老師僧堂時代的學友、福井縣龍法寺的住持桑井禪海和尚。既然是老師僧堂時代的學友，那就是說，也是我父親的學友。

寺院給老師前往的地方打了電話。對方告訴我們老師大約一小時後回來。禪海和尚是抱著在鹿苑寺住上一兩夜的打算來京都的。

父親一有機會就會開心地講起禪海和尚的事，我很清楚父親對和尚的敬愛之情。和尚無論外表還是性格都極具男人味，是粗獷豪放的禪僧的典型：身長近六尺，皮膚黝黑，眉毛濃密，聲若洪鐘。

師兄弟跑來叫我，說是禪海和尚想在等待老師回來的這段時間和我聊聊。我猶豫了。我害怕和尚單純清亮的眼睛會看透我迫在今夜的計畫。

在大殿客殿的十二疊間，和尚盤腿坐在那裡，就著素齋，喝著執事精心準備的酒。之前是同輩在斟酒，這次我代替了他，端坐在和尚前面的榻榻米上給他斟酒。我背對著無聲的雨夜。於是，和尚只能看到兩個黑暗的景象：我的臉和梅雨時節庭院的夜晚。

可是，禪海和尚完全不在意。一看見初次見面的我，他就滔滔不絕地朗聲招呼，「和你父親真像啊」、「都長成這麼大人了」、「令尊去世真是太可惜了」等等，不一而足。和尚有著老師沒有的質樸，有著父親沒有的力量。他的臉被太陽曬得黝黑，鼻孔張得很大，濃眉隆起，氣勢逼人，就像照著雙唇緊閉、威嚴莊重的能劇面具做出來的那樣。就連突出的顴骨，也像南畫的岩石那樣奇峭。

儘管如此，如洪鐘般大聲說話的和尚身上，有著一種震撼我心靈的溫柔。這不是世上常見的溫柔，而是在村邊上給予往來行人以小憩的樹蔭的大樹粗獷的根部那樣的溫柔，是觸感非常粗糙的溫柔。聊著聊著，我開始警惕了：今夜，自己的決心不會被這種溫柔所消解吧。於是我又懷疑是不是老師專門為了我把和尚請來的呢？不，不可能為了我，從福井縣請和尚來京都。和尚只不過是位偶然的客人，是見證這個空前絕後的慘劇的證人罷了。

裝了二合酒的大白瓷酒壺已經空了，我鞠了一躬，拿到廚役僧那裡去換了一壺。當我捧著溫熱的酒壺回來時，心裡生出了從未有過的感情。我從來沒有想被人理解的衝動，此時此刻，卻期望被禪海和尚理解。再來勸酒的我，和剛才不同，一舉一動都閃耀著真摯，和尚應該發覺了。

「您覺得我怎麼樣？」我問道。

「嗯，看起來是個認真的好學生啊。不知道你背地裡是不是去玩樂。不過可憐的是，你們和過去不同，沒有去玩的錢吧。你父親、我，和這裡的住持，年輕的時候可是盡情地尋歡作樂了。」

「我看起來像個平凡的學生嗎？」

「看起來平凡最好了呀。平凡就好。那樣就不會招人懷疑了。」

禪海和尚沒有虛榮心。高僧都有個容易犯的毛病，就是因為經常被人拜託去鑒別從人物到書畫骨董等的真偽高低，為了日後不被人笑話鑒別錯誤，有人會故意不說斷定的話。當然他們會當場做出禪僧風格的斷定，留下可以隨意解釋的模稜兩可的餘地。禪海和尚不是這樣的。我很清楚，他說的話都是他真實看見的和感受到的。對於映入自己單純銳利的眼睛裡的事物，他不會再去尋求什麼深層的意義。有意義也好，沒有也好。並且，和尚最讓我感到偉大的地方，就是他看東西，比如看我，並不是只靠自己眼睛觀察到的特別的東西來標新立異，而是保持和別人差不多的眼光來看。對於和尚來說，單純的主觀世界沒有意義。我明白了和尚想說的話，漸漸地感到了安心。只要是被他人看成一個平凡的人，那我就是一個平凡的人。無論做出怎樣過激異常的行為，我的平凡，還是會像被簸箕篩過的米一樣留在那裡。

不知不覺中，我把自己想像成了一棵枝葉繁茂的小樹，靜靜地站在和尚的面前。

「按照別人看到的樣子活下去就行了嗎？」

「也不行吧。如果做出什麼奇怪的事，人家就會那樣看你了吧。要知道，世間是健忘的啊。」

「大家看到的我，和我思想中的我，到底哪個更能持久呢？」

「哪個都會馬上中斷的吧。即便勉強讓它持續，也一定會斷絕的。火車行進的時候，乘客靜止著。火車停下來時，乘客就必須從那裡離開。行進著的中斷了，休息也會中斷。死應該是最後的休息吧，但就是如此，我們也不知道它會持續多長時間。」

「請把我看透吧！」我終於說出了口，「我不是您所想像的那種人。請看透我的本質吧！」

和尚抿著杯子，定定地凝視著我。沉默像是被雨淋溼的鹿苑寺的巨大的黑色瓦屋頂，重重地壓在我的頭上。我渾身戰慄了。突然，和尚爆發出世間少有的爽朗笑聲。

「沒有必要看透你。一切都寫在你的臉上了啊。」

和尚這麼說了。我覺得自己完全地徹底地被理解了。我第一次變成了空白。就像朝著這空白滲入的水一樣，我又煥發了新鮮的行動的勇氣。

老師回來時，已經是晚上九點了。和往常一樣，四個警衛出去巡查了。沒有任何異常。

歸寺的老師與和尚交杯換盞，到了半夜零點左右，才由徒弟帶和尚去了寢室。然後老師進了浴室洗澡，二日凌晨一點，梆子聲也停息了，寺院安靜了下來。雨還是無聲地下著。

我獨自一人坐在鋪好的被褥上估量著鹿苑寺裡沉澱下來的夜色。夜色逐漸加大了密度和重量。我所在的五疊鋪席倉庫的粗柱子和門板，支撐著這古老的夜，顯得莊嚴肅穆。

我在嘴裡試著結巴著說話。就像平常一樣，一個詞語宛如將手伸進袋子裡找東西卻被其他物品鉤住怎麼也拿不出來那樣，令我焦灼萬分之後才到了嘴邊。我內部的沉重和濃厚宛如今夜，語言就像那深夜井中沉重的吊桶那樣，擦著井壁吱吱嘎嘎地攀升上來。

「快了。再忍耐一會兒，」我這麼想道，「我的內部和外部之間生了鏽的鎖就要成功地打開了。內部和外部連通為一體，風自由自在地穿過。吊桶輕鬆地上升，像是要飛起來，這世界的一切都變成了廣闊的原野展現在我的面前，密室就要毀滅……這幅圖景即將出現在我眼前。已經近在咫尺，觸手可及……」

我被幸福充溢著，在黑暗中坐了一個小時。我感覺有生以來沒有比此刻更幸福的時候了……突然，我從黑暗中站了起來。

我躡手躡腳地來到大書院的後面，穿上早就準備好的草鞋，在濛濛細雨中沿著鹿苑寺內側的水溝走，去往工地。工地上沒有木材，只有散亂的大鋸木屑，在雨裡散發著溼潤的氣味。那裡儲存著稻草，一次要買四十捆。但是今晚過來一看，幾乎都被用掉了，只剩下了三捆。

我抱起三捆稻草，經過菜地旁邊回去了。廚房那邊鴉雀無聲。沿著料理房間的拐角來到執事宿舍後面的時候，那裡廁所的窗戶突然亮起了燈光。我馬上就地蹲下了。

我聽到了廁所裡的咳嗽聲，好像是執事，不久聽到了撒尿的聲音，無比地漫長。

我害怕稻草被雨淋溼，就蹲在那裡用胸口擋著稻草。因為下雨而變得更加強烈的廁所的臭味，在微風吹拂的羊齒草叢裡沉澱……撒尿的聲音停止了，傳來了腳步踉蹌、身體碰到板壁的聲音。執事好像沒有完全清醒。廁所窗戶的燈滅了。我又抱起了三捆稻草，朝著大書院後面走去。

說起我的財產，只有一個裝著日用品的柳條包和一個小小的舊皮箱。我想把這些全都燒了。今夜我已經把書籍、衣物和僧衣等零碎的東西全部收進了這兩個箱子。請認可我的細心：運送途中容易發出聲音的東西，如蚊帳的吊鉤什麼的，還有燒不掉會留下證據的，如菸灰缸、杯子、墨水瓶等，都包進坐墊裡，用包袱巾包起來，另存他處。還有，一床褥子和兩床被子必須燒掉。我把這些大件行李一點點地搬運到大書院的後門處。之後，我又去卸了金閣北側的那個門板。

釘子一根根地像是插在鬆軟的土裡，很容易就拔了出來。我用整個身子支撐著傾斜的門板，那潮溼的朽木表面，帶著一種溫潤的膨脹感觸到了我的臉頰。並沒有我想像的那麼重。我把卸掉的門板橫放在了旁邊的土地上。可以窺見金閣內部，一片黑暗。

門板的寬度正好夠我斜著身子進去。我浸入了金閣的黑暗。這時出現了一張不可思議的臉，令我渾身顫抖。原來是進去時放金閣模型的玻璃櫃映出了舉著火柴的我的臉。

雖然不是時候，但我依然入神地看著玻璃櫃裡面的金閣。這小小的金閣，在火柴光芒的照耀下蹲踞著，影影綽綽，使那纖細的木造結構充滿了不安。忽然間它被黑暗吞沒了。火柴燃盡了。

擔心火柴燃灰裡的那一點紅光，我也變得異常緊張，像之前在妙心寺看到的學生那樣，全神貫注地把它踩滅了。之後我又擦著了新的火柴。經過六角形的經堂和三尊像，來到功德箱前。為了讓人投進錢幣，功德箱上方橫排著很多的小木條，那些木條的影子隨著火柴的火苗搖盪著，像是波浪在起伏。功德箱的後面是鹿苑寺殿道義足利義滿的國寶木像。那是一尊穿著法衣的坐像，衣袖長長地左右交叉，右手持笏，橫放在左手上。眼睛圓睜，剃髮後的頭較小，法衣的衣襟高聳，掩住了脖子。那雙眼睛在火柴光裡閃爍著，但我絲毫不畏懼。小小的木像看起來非常淒慘，雖然鎮坐在自己建造的樓閣的一隅，但好像很久以前就放棄了支配。

我打開了通往漱清亭的西門。這扇門我以前說過，是左右對開的、從裡面上鎖的門。夜雨的天空，比金閣裡面還要明亮。潮溼的門吸收了開門時低微的吱呀聲，迎進了充滿微風的深藍色的夜氣。

「義滿的眼睛，義滿的那雙眼睛。」從那扇門躍出室外，跑回大書院後面的時候，我不停地在想，「所有的一切都將在那雙眼前進行，在什麼都看不見的、已經死去的證人的眼前……」

奔跑時，褲子口袋裡有個東西在咣當作響。是火柴盒。我停下來，在火柴盒的空隙裡填上紙巾，消掉了聲音。包在手帕裡的安眠藥瓶子和小刀放在了另一個口袋裡，倒是沒有聲音。放了夾餡麵包、紅豆餅和香菸的外套口袋一直就沒有響過。

那之後我就開始了機械式的作業。我先把堆在大書院後門的行李，分四次運到了金閣的義滿像前。最先搬運的是除去了吊鉤的蚊帳和一床褥子，接著是兩床被子，然後是皮箱和柳條包，最後是三捆稻草。我把這些都胡亂堆起來，三捆稻草夾進了蚊帳和被褥之間。蚊帳最易燃，所以我把它的一半攤到了其他物品的上面。

最後一趟回到大書院後面時，我抱起了包著不易燃物品的包袱，來到了金閣東側的水池旁。近在眼前的水池裡，可以看見夜泊石。正好這裡有幾棵松樹，勉強可以避雨。池面映著夜空，微微發白。無數水藻像是與河岸相連，從它們細碎四散的間隙裡可以知道水的所在。雨很小，還沒到能在水上繪出波紋的程度。煙雨迷濛，水汽蒸騰。池子看起來好像無邊無際。

我把腳邊的一塊小石子踢進了水裡。那水聲像是引起了我周圍空氣的龜裂似的，發出了誇張的轟鳴。我連忙縮起身子一動不動。我想用沉默來消除剛才無意中發出的聲響。

我將手伸進了水裡。手被溫腥的水藻纏住了。我先把蚊帳的吊鉤從浸在水裡的手中放了下去，然後像是清洗一般把菸灰缸沿著水滑落下去。杯子和墨水瓶，也用同樣的方法沉到水裡。我把所有要沉水的東西都沉盡了。只有包裹它們的坐墊和包袱巾放在了一邊。剩下就是把這兩樣東西拿到義滿像前點火了。

此時，我突然被食欲襲擊了。這太符合我的預想，反而讓我感到受到了背叛。昨天吃剩的夾餡麵包和紅豆餅還在口袋裡。我用外套的下襬擦了擦溼手，狼吞虎嚥地吃起來，完全不知其味。和味覺不一樣，我的肚子在叫，我只要一直慌忙地把點心往嘴裡塞就行了。胸口焦急地悸動不已。終於我吞下了點心，掬起池裡的水喝了。

……我已經來到付諸行動的最後時刻。通向行動的長長準備全部結束，我站在準備的尖端上，只需縱身一躍了。只要我付出一舉手一投足的勞動，我就能輕易地到達行動了。

我做夢也沒想到，在這兩者之間，居然有一個足以吞沒我整個人生的巨大深淵，正在張著大口。

那時我抱著最後告別的打算，凝望著金閣。

金閣在雨夜的黑暗裡隱隱約約、輪廓不定，就像夜的結晶一般黑魆魆地立在那裡。要仔細凝視，才能勉強看清三樓的究竟頂上突然變細的結構，以及法水院和潮音洞的細柱林。但是曾經那樣感動過我的細部，如今已經和沉沉的夜色融為了一體。

可是，隨著我對美的回憶越來越強烈，這種黑暗反而成了我恣意描繪幻影的底色。在這黑暗盤踞的姿態中，潛藏著我認為的美的全貌。在回憶的作用下，美的細部一個個從黑暗中閃耀著浮現出來。這閃耀不斷擴散，終於，在非晝非夜的不可思議的光照裡，金閣徐徐地顯出了清晰的身影。金閣從來沒有以如此完整細緻的身姿、通身每個角落都發著光，展露在我的面前。我好像已經把盲人的視力變成了自己的視力。金閣因為自己發光而變得透明，就是從外側，也能清楚地看到潮音洞天人奏樂的壁頂畫，以及究竟頂牆壁上古老金箔的殘片。金閣纖巧的外部和內部已經渾然一體。那結構和主題鮮明的輪廓，那將主題具體化的細部精心的重複和裝飾、那對比和對稱的效果，都在我眼睛的一望之下，盡收眼底。擁有同樣面積的法水院和潮音洞的兩層樓，雖然有著微妙的不同，但被同一個深深的屋簷所守護，宛如重疊著的一雙極其相似的夢境、一對極其相似的快樂的紀念。只有其中一個的話就要被忘卻，但是如果上下溫柔地互相確認，夢就會因此而變成現實、快樂就會變成建築了。可是又因為上面第三層的究竟頂突然變細，曾經一度被確認的現實崩潰了，被那個黑暗而絢爛的時代的高邁哲學所統攝，最終服從於它。於是薄木片葺成的屋頂高高聳立，金銅的鳳凰連接著無明的長夜。

建築家仍然不滿足於此。他還在法水院的西側建了一座形似釣殿的小巧的漱清亭。他似乎在打破均衡方面，賭上了美的全部力量。漱清亭在這個建築中，是對形而上學的反抗。它明明不是向著池水伸展出去的，但看起來卻像是從金閣中心向無限遠處逃走一般。漱清亭就像從這個建築飛走的鳥兒一樣，已經展開翅膀，向著池面，向著一切現世的事物飛走了。它意味著一座從規定世界的秩序飛向無規定的東西（大約是本能）的橋梁。是的，金閣的精靈從這座斷橋一般的漱清亭開始，造就了三層樓閣，然後又從這座橋逃遁離開。為什麼呢？池面上蕩漾著的莫大的本能的力量，是構築金閣的隱祕力量的源泉，但是當那力量完全被秩序化、完成了美麗的三層建築之後，它們就無法忍受繼續住在那裡，只能沿著漱清亭再次向著池面、向著無限的本能的蕩漾、向著它們的故鄉逃去，別無選擇。我一直是這麼想的：每次看到鏡湖池上彌漫著的朝霧和夕靄時，我就想那裡才是構築了金閣的無數本能力量的棲息之地。

然後，美將這些各個部分的爭鬥、矛盾和所有的不協調統合起來，並君臨於它們之上！就像在深靛色紙上用泥金一筆一畫、一絲不苟地抄錄的供奉經文那樣，金閣是無明的長夜裡用泥金建成的建築。到底美就是金閣本身呢，還是包裹著金閣的虛無長夜呢？我不知道。恐怕美是兩者兼具吧。既是細部又是整體，既是金閣，又是包圍著金閣的夜。這麼想著，曾經讓我苦惱的金閣之美的不可解，如今好像明白了一半。為何這麼說呢？因為那細部的美，那柱子、那欄杆、那格子板窗、那唐風雙開門、那花頭窗、那寶形造的屋頂……那法水院、那潮音洞、那究竟頂、那漱清亭……那池面的投影、那小鳥、那松樹、那泊舟處，等等，如果點檢所有細部的美，就會發現美絕不是完結於細部，而是無論哪一個細部都含有下一個美的預兆。細部的美充滿在其自身的不安之中。它夢想著完美卻不知道完結，被引誘著走向下一個美、未知的美。然後預兆連著預兆，一個一個不存在於此的美的預兆，就構成了金閣的主題。這些預兆，原來是虛無的預兆。虛無，原本就是這個美的構造。於是，美在這些細部上的未完成，自然就含有了虛無的預兆，這個用細木片築成的纖細建築，就像瓔珞在風中顫抖一般，在虛無的預感中戰慄著。

即便如此，金閣的美也沒有過斷絕的時候！它的美總是在某個地方鳴響著。就像有著耳鳴痼疾的人，無論什麼地方，我都能聽見金閣美的吟嘯，並且習慣了它。如果比作聲音的話，這個建築應該是五個半世紀以來一直鳴響的小金鈴，或者是小琴那樣的聲音吧。如果那聲音一旦中斷……

——我陷入了極端的疲憊當中。

虛幻的金閣依然清楚地顯現在黑暗的金閣上方。它並沒有收起光芒。水邊的法水院欄杆謙卑地退後，屋簷上被天竺式樣的插肘木支撐著的潮音洞的欄杆，常常陷入空想似的，向著池面挺出胸膛。庇簷因池水的反射而明亮，光影隨水波搖盪不定。在夕陽和月色映照下的金閣，看起來像是不可思議的流動的東西，振翅欲飛，都是因為這水光。因為蕩漾的水的反光，金閣得以從堅固形態的束縛中解放，這時的金閣，看起來就像是用永遠流動不已的風、水、火焰等材料構築而成。

它的美無與倫比。我知道我極端的疲憊來自何處。這是美在抓住最後的機會又一次發揮它的力量，想要用曾經多次襲擊過我的無力感來束縛我。我的手腳萎靡無力了。距離行動只差一步之遙的我，又從這裡遠遠地後退了。

「我已經準備到只差一步就行動的地步了。」我低聲自語，「既然行動自身完全是夢想，我也完全生活在夢想裡了，下一步行動還有必要嗎？這難道不是徒勞無益嗎？

「柏木說過的話大概是真的。他說過，改變世界的不是行動而是認知。也存在著一直到最後關頭還想要模仿行動的認知。我的認知就是如此。讓行動真正無效的也是這種認知。這麼說來，我縝密地準備了這麼久，不就是完全為了『不用行動也可以』這個最後的認知嗎？

「請看看吧，現在，行動對我來說，只不過是一種剩餘物質。它從我的人生裡逸出，從我的意志中逸出，像一個完全不同的冰冷的鐵質機械一樣，在我的面前等待著發動。這種行動和我，簡直就像沒有任何關係的兩個東西。到此為止是我，再往前就不是我了……為何我一定要把我變成非我呢？」

我靠在了松樹的根部。那潮溼冰冷的樹幹使我迷醉。我感到，這種感覺、這種冰冷就是我。世界就此停止，也沒有了欲望，我滿足極了。

「這種極度的疲勞是怎麼回事呢？」我想，「總覺得有點發熱，渾身乏力，手不聽使喚。一定是我生病了。」

金閣更加熠熠生輝了，就像那個「弱法師」俊德丸[1]面向日落冥想極樂世界時所看到的景色那樣。

俊德丸是在雙目失明的黑暗中，觀想落日餘暉中難波的海的。他看到了萬里無雲的淡路繪島、須磨明石，一直到紀之海，都在夕陽的映照之下……

我像是通了電一般，不禁潸然淚下。就這樣一直到早晨，被人發現也無所謂了。我

---

1 能劇《弱法師》中的主角，作者為觀世元雅。

大概不會說一句辯解的話吧。

……我到現在講了很多關於幼時開始的記憶的無力，不得不說，有時候突然甦醒的記憶會帶來起死回生的力量。過去不只是把我們拉回過去。過去記憶的各處，有著為數不多但強韌的鋼製發條，現在的我們一旦觸碰它們，發條就會瞬間伸長，把我們彈向未來。

我的身體麻木了，心靈卻在記憶裡搜索著，好像有什麼語言浮浮沉沉。心靈的觸角馬上要搆著時，它又消失了……那些語言在呼喚我。它們應該是為了鼓舞我才要接近我的吧。

「向裡向外，逢著便殺。」

……最初的一行是這樣的。《臨濟錄．示眾章》裡著名的一節，語言接連不斷而流暢地湧出來。

逢佛殺佛，逢祖殺祖，逢羅漢殺羅漢，逢父母殺父母，逢親眷殺親眷，始得解脫，不與物拘，透脫自在。

語言把陷入無力的我彈了回來。我突然全身充滿了力量。雖然，我心的一部分還在執拗地提醒著我下面要做的事情徒勞無益，但我的力量已經不怕這個了。因為是徒勞，所以我才應該去做。

我把身旁的坐墊和包袱巾團起來夾在腋下，站起身來，望向金閣。閃光的虛幻金閣已經變得淡薄。欄杆慢慢地被黑暗吞沒，林立的柱子也看不分明了。水光消失，庇簷內側的反光也消逝了。不久，金閣的細部全部隱入夜色，金閣只剩下了一個純黑色的模糊輪廓……

我跑了起來，繞過了金閣的北側。腿腳已經習慣，沒有磕絆。黑暗一個接一個地打開，指引著我。

我從漱清亭旁邊，跳進了金閣西邊的入口、那個打開著的左右對開的門，把抱著的坐墊和包袱巾扔到了堆積著的行李上。

胸中鼓動著陽氣，潮溼的手微微顫抖。火柴也打溼了，第一根沒擦著，第二根剛點著又斷了。我用手擋著風劃了第三根，終於在我手指縫隙裡明亮地燃燒起來。

我又開始尋找稻草。剛才明明是我自己把三捆稻草到處塞，卻忘記了塞的地方。等我終於找到時，火柴也燃盡了。我蹲在那裡，將兩根火柴一起點燃了。

火苗描繪出稻草堆複雜的影子，浮現出那明亮枯野的顏色，密密地向著四方蔓延。火隱藏在了隨後冒起的煙霧中。不料遠處的蚊帳鼓脹著綠色，火焰升騰。我感到四周頓時變得熱鬧起來了。

我的頭腦此時非常清晰。火柴的數量有限。這次我跑到了另一個角落，珍惜地劃著一根火柴，點燃了另外一捆稻草。熊熊燃燒的火給了我安慰。以前和同伴一起玩篝火的時候，我是很擅長點火的。

法水院的內部高高地升騰起了搖晃的火影。中央的彌陀、觀音和勢至三尊像被火映得通紅。義滿像的眼睛閃閃發光。這尊木像的影子也在它背後跳動著。

我幾乎沒感到熱。當看到火勢確實蔓延到了功德箱時，我想應該沒問題了。

我忘記了安眠藥和短刀。我突然想在被火焰包圍的究竟頂上自殺。於是我逃開火場，沿著狹窄的樓梯飛奔而上。我也沒去懷疑為什麼通向潮音洞的門是開著的。是老導覽員忘了鎖上二樓的門。

濃煙直逼我的後背而來。我一邊咳嗽，一邊看著據說是惠心[2]所作的觀音像和天人奏樂的壁頂畫。潮音洞漸漸地被飄來的煙充滿了。我又沿著臺階往上走，準備打開通向究竟頂的門。

門打不開。三樓的門結結實實地上著鎖。

我叩門了。叩門聲應該很大，但是我完全聽不見。我拚命地叩那扇門。我感覺好像有人能從究竟頂裡面給我開門。

這時我之所以憧憬著究竟頂，是因為那裡將是我的葬身之地。濃煙已經逼近，我簡直就像求救一樣急切地敲著門。門的那邊只有一個僅僅三間四尺七寸平方的小房間。此時我迫切地想要進去。這個小房間裡應該是貼滿了金箔的，即使如今金箔基本上都已剝落。我無法說明我是如何一邊敲著門，一邊嚮往著這個金光炫目的小房間的。總之，我想，只要到達這裡就好了，只要到達這個金色的小屋就好了……

我使出全身力氣敲門。光用手已經不夠，我直接用身體撞了門。但門還是不開。潮音洞已經充滿了濃煙。我的腳下響起火焰爆燃的聲音。我被煙嗆得幾乎要窒息了，一邊拚命咳著，我還是使勁敲門。門仍舊不開。

在某個瞬間我清楚地意識到了自己被拒絕時，我沒有絲毫猶豫，轉身跑下了臺階。在濃煙滾滾中我鑽過了火，下到了法水院。終於，我來到了金閣西側的門，縱身跳出門外。之後我就像韋馱天[3]那樣拚命奔跑，自己也不知道要去哪裡。

……我一直跑。無法想像我一直不停歇地跑了多少路。我不記得都經過了什麼地方，怎樣經過的。我大概是從拱北樓旁邊跑出了北面的後門，經過了明王殿側旁，沿著

2 即源信（九四二－一〇一七），平安時代中期天臺宗高僧，被日本淨土宗奉為教祖之一，居比叡山惠心院，名惠心僧都。

3 佛教護法天神，二十四諸天之一，相傳跑得很快。

小竹和杜鵑花的山路奔跑上山，來到了左大文字山的山頂。

我倒在紅松樹蔭下的小竹叢裡，為了讓激烈的心跳平靜下來，拚命地喘氣。這裡的確就是左大文字山的山頂了。它是從正北方守護金閣的山。

受驚鳥群的啼鳴，讓我恢復了清醒的意識。一隻鳥猛烈地拍打著翅膀滑到我的臉旁，又飛走了。

我仰面朝天躺著，看著夜空。無數的鳥兒鳴叫著飛過紅松的樹梢，已經有點點的火星在我頭頂的空中浮游著了。

我直起身子，往下眺望著遠處山谷間的金閣。從那裡傳來了異樣的聲音，像是爆竹一樣的聲音，也像是無數人的關節齊鳴的聲音。

從這裡看不到金閣的樣子，只能看到滾滾的濃煙和沖天的火焰。林間無數的火星飛散，金閣的天空就像撒下了金沙。

我盤腿而坐，久久地看著這一切。

回過神來，我才發覺自己遍體鱗傷，渾身都是火泡和擦傷，還在流血。手指因為剛才敲門太用力受了傷，也在滲血。我像是一隻逃遁的野獸，舔了舔傷口。

一摸口袋，又發現了小刀和手帕包著的安眠藥瓶子。我將這些東西朝谷底扔下去。

在另一個口袋裡，我摸到了香菸。我抽起菸來，就像完成了一件工作後抽根菸休息的人經常會想的那樣。我想，我要活下去。

譯後記

三島由紀夫和《金閣寺》

日本作家中的作家

三島由紀夫，原名平岡公威，日本小說家、劇作家、評論家。

他是日本戰後文學界的傑出作家之一，也是諾貝爾文學獎的候選人，在海外享有盛譽。他是第一位被《君子》（*Esquire*）雜誌評為「世界百人」的日本人，也是第一個出現在國際電視節目中的日本人。

由於他的出生年分與昭和元年（一九二六年）很接近，一生的重要節點都與昭和時期日本興衰起伏的節點相重合，所以又被稱為「昭和作家」。

代表作有《假面的告白》、《潮騷》、《金閣寺》、《鏡子之家》、《憂國》、《豐饒之海》等，劇本有《現代能樂集》、《鹿鳴館》，和《薩德侯爵夫人》等。其作品精雕細琢，具有以古典戲劇為基調的嚴密性，同時運用豐富的修辭和華麗絢爛的詩意文體，風格極其唯美。

三島一九二五年出生在東京，祖父和父親均為東大畢業的政府官員，母親則出身於儒學家庭。三島自幼體質孱弱，被祖母從父母身邊奪走嚴加保護，把他當女孩一樣寵愛，並施予嚴格的貴族教育。和祖母一起生活的日子培養了他成為小說家和劇作家的文學素養，但同時也影響了他異於常人的性取向。

他從小博覽群書，很早就顯示出極高的文學天分。十六歲發表《鮮花盛開的森林》，被稱為天才，也由此在恩師的建議下開始使用「三島由紀夫」的筆名。之後陸續發表了一些作品，一九四四年以首席畢業生的身分從學習院高等科畢業，在父親的勸說下進入東大法學部法律學科學習。雖然他自己志在文學，但是法律的邏輯性給他的小說和劇本創作帶來了莫大的益處，之後他還為此感謝過父親。

雖然父親屢屢阻撓兒子的文學創作，但是他堅持讓三島進法律學科讀書，從而使三島的文學具有了日本文學史上罕見的邏輯性。三島文學的邏輯性（或者說技巧性）就集中體現在長篇小說《金閣寺》裡。

《金閣寺》於一九五六年一月在《新潮》雜誌上開始連載，十月完結後由新潮社出版了單行本。這部小說從連載開始就好評如潮，單行本暢銷十五萬冊，在朝日新聞社的問卷調查中被選為一九五六年度最佳作品，並獲得了第八屆讀賣文學獎（小說類）。新潮文庫刊行的文庫版，截至二〇二〇年十一月，累計銷售近三六二萬冊，經久不衰。

在海外，以一九五九年的伊凡·莫里斯（Ivan Morris）翻譯的英譯本為首，世界各國爭相翻譯出版，得到了媒體和讀者的極大關注，獲得一九六四年第四屆國際文學獎第二名。近年來，隨著歷史資料的解封，三島獲得了從一九六三年度到一九六五年度諾貝爾文學獎提名之事也大白於天下。特別是一九六三年，三島以「極富技巧的才能」引人注目，距離獲獎僅有一步之遙。

擔任一九六三年諾貝爾文學獎評審委員、著名日本文學研究者唐納德·基恩（Donald Keene）在被問及對被提名的日本作家（除三島外，還有川端康成、谷崎潤一郎等）的評價時說，考量到日本社會論資排輩的傳統，他是按照谷崎、川端、三島的順序加以推薦的，但其內心認為三島才是日本當代作家中最優秀的那一位。

日本經典中的經典

《金閣寺》不僅是三島最成功的代表作，還是足以代表近代日本文學的傑作。這是一部取材於真實事件的小說，用第一人稱講述了被金閣寺之美附體的學生僧人如何一步步走向縱火燒毀金閣寺的故事。在戰中、戰後的時代背景下，重度結巴的主人公的宿命，以及其對高聳在自己和人生之間的金閣之美的詛咒和執著的矛盾心理，被作者用堅硬而精緻的文體娓娓道來。即便是之前對三島持有懷疑和否定態度的日本舊文壇主流和左翼作家，都給予了這部作品很高的評價，由此奠定了三島由紀夫作為日本文學代表性作家的地位。

《金閣寺》始終貫穿著二元論的觀點：美與醜、善與惡、生與死、存在的絕對和相對、永遠和瞬間。這些成對的概念之間又有著或隱或顯、千絲萬縷的聯繫。為了闡明作品中人物的思想脈絡和理論架構，三島不惜大費周章地展開長篇大論，比如主人公的自卑又自大、對美極度嚮往又極度憎恨的心理，柏木回憶失去童貞的經典開場白和關於美的藝術論，兩人對於「南泉斬貓」公案的理解和詮釋的矛盾，毀滅金閣的可行性和理由……在《金閣寺》中，文字完全不是感性和柔軟的，而是理性、堅硬和緻密的。這的確與以感性和氛圍取勝的絕大部分日本文學作品截然不同，是一種全新的閱讀體驗。

這是因為作者創作《金閣寺》時正值他開始「自我改造」的時期。源於對孱弱肉體的自卑，三島的「自我改造」首先是肉體改造。他積極地跟著健身教練鍛鍊，兩年後就成果卓著並一直堅持（一九六一年九月演出細江英公寫真集《薔薇刑》的人體模特兒，震驚世人）。對肉體改造的癡迷，使他開始探索「行為」的意義。他把一九五〇年「金閣寺縱火事件」犯人林養賢的犯罪行為（對美的反感）看成是「嚮往美的行為」，然後又將自身的問題意識和文學動機融入其中，把它當作了賭上自己人生主題的新素材。他在《創作筆記》中寫道：「林養賢是不寫作的藝術家，犯罪的天才。」對於戰後風潮感到違和的三島，對「（把藝術）以犯罪的形式表現出來的年輕專家」天然地抱有了一種親近感。

其次是文體改造。《金閣寺》是硬質的、理性的文體。三島在連載中就自身文體的變遷談到，他試圖透過模仿森鷗外的「清澄的知性文體」、「絲毫沒有感性，或者說感性被完全壓抑」的文體來實現自我改造。他意圖指向「從感性的到理性的」、「從女性化的到男性化的」、「比起個性更追求普遍性」的文體。他認為「對作家來說，文體不是表現作家的實際存在，而總是表現必然」，表現「當然應該如此的必然」才是文體，那種「理性的努力」才能和主題產生關係。

《金閣寺》以主人公回憶過去的告白為基本構造，這個設定與《假面的告白》非常相似。三島在《金閣寺》刊行約兩年半後說：「自己終於能夠完全利用自身特質，並嘗試使之結晶為思想，雖歷經曲折，但還是成功了。」與《假面的告白》相同，《金閣寺》也是三島突破了此前的風格，貫徹了與他實際人生相反的美學，而指向下一個階段的作品。

三島說：「在我心目中，被美這種固有觀念窮追不捨的男人化作了藝術家的象徵……我把從自己人生中汲取的所有東西都注入到了主人公的身上。」

如果金閣燒毀了……

在這部曠世之作中，「金閣」和「女人」分別象徵著「美」和「人生」。主人公則是人生中異端者的象徵。「金閣」和「我」的關係是規定「我」存在的根本性指標，同時也存在於「世界」和「我」的關係之中。作為美的象徵的金閣，分裂為「現實的金閣」和「想像中的金閣」，同樣地，世界也分裂成「我」的內部世界和外部世界。這兩個金閣和兩個世界需要一個契機才能統一為整體。而這個契機，就是世界滅亡的日子（比如空襲），只有在這種危機狀況下，「我」的疏離感才能消失，現實的金閣和心中的金閣相重疊，熠熠生輝。可是沒想到一直等到戰爭結束，金閣非但沒有迎來「我」心心念念的空襲，反而毫髮無損，依舊美麗地屹立在戰後的時空裡，這讓「我」非常失望：

> 我得說明一下，戰敗對我來說意味著什麼。
>
> 那不是解放，絕對不是解放，而是一種不變的東西、永遠的東西，是融入了日常的佛教時間的復活。

原本和金閣活在同一個世界，幻想著與它同歸於盡的「我」，在戰後領悟到金閣已經離「我」遠去，成為不會被毀滅的「永遠」，而自己，只能遠遠地望著這個永遠的美，無可奈何。然而，這個「永遠」滲入到了「我」的日常之中，聳立在「我」和「我」所嚮往的人生之間，阻礙「我」成為一個能夠和女人交往的正常人。如何使它屬於我、如何合二為一呢？既然不能指望空襲，唯一的辦法就是親手將它毀滅並與之同歸於盡吧。

「我」只能製造一次「失火」把它毀滅了。

柏木這個人物，是站在美的對立面的存在。他洞察一切、玩世不恭、親切熱情又無情陰暗，他邏輯明晰、能言善辯，就像一個黑洞把周圍的人都吸引進去，甚至連「我」之前的摯友、善良純粹的化身——鶴川——都把他當成了傾吐人生煩惱的唯一對象（這對「我」無疑是個巨大的打擊）。而「我」也毫不例外地被他吸引了。在和柏木來往的過程中，「我」內心的惡被最大限度地激發出來。

「我」對美極度敏感：一方面嚮往著金閣的美、有為子的美、插花老師的美，對描繪它和她們的美不遺餘力；一方面內心又潛藏著對醜惡之美的肯定，靜靜地綻放著「惡之花」。在「我」心中，最美和最醜是相通的、最惡和最善的感情並無徑庭。

如果只凝思美這件事，人類就會在不知不覺中碰上世間最黑暗的思想。人類大概生來就是如此。

於是暗自決意：

如果說世間的人用生活和行動來體味惡，那我就盡可能地深深沉入我內部的惡裡面去吧。

戰後，「我」又跑到金閣寺的後山上俯瞰整個京都的萬家燈火，想道：

請讓我心中的邪惡繁殖，無窮無盡地繁殖，綻放光彩，和眼前這些無數的燈一一對應起來吧！請讓包容邪惡的我心中的黑暗，變得和這包容無數燈火的夜的黑暗一模一樣吧！

本想依靠鶴川的善良解釋來懺悔，但鶴川偏偏沒有這麼做，於是「我黑暗的感情獲得了力量」，作惡變得理所當然了。「我」與老師決裂、出走，然後在旅途中靈光一現，被一個巨大的念頭所包圍：必須燒掉金閣。

但「我」的惡毋寧說是以惡制惡。在經歷了母親的惡（通姦）、老師的惡（貪腐和狎妓）、軍官的惡（倒賣物資）和柏木的惡（對女人始亂終棄）之後，「我」唯有拿內心的黑暗直面現實的黑暗。

這種無力感使「我」把目光轉向永恆不滅的美的化身——金閣。如果燒毀了明治三〇年代就被指定為國寶的金閣，那就是純粹的破壞、是無可挽回的破壞、是會確確實實地減少人類所創造的美的總量。

> 如果金閣燒毀了……金閣燒毀了，這些傢伙的世界就會變樣、生活的金科玉律就會被顛覆、列車時刻表就會混亂、這些傢伙的法律就會無效吧。

如果說曾經那些寺院是因為動盪不安而被燒毀的話，那為什麼現在金閣還有不被燒毀的道理呢？於是，火焰沖天而起，金閣灰飛煙滅。

而小說結尾處「我要活下去」的「活下去」，是「我」完全沒有把握的未知的「生」的開始。這個「活」的意義基本和人生無緣，即便是「活」，也是難以區分生死的「活」吧。

二〇二一年九月

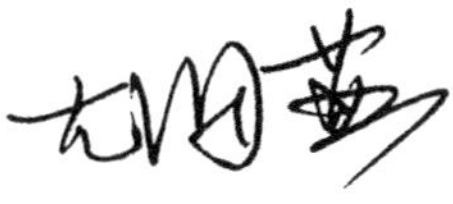

金閣寺 / 三島由紀夫著；尤海燕譯 . -- 初版 . -- 臺北市：時報文化出版企業股份有限公司 , 2023.07
272 面；14.8×21 公分 . -- (愛經典；71)
ISBN 978-626-374-054-9 (精裝)

861.57 112010652

本書譯自 1960 年新潮社版《金閣寺》（『きんかくじ』）

作家榜经典文库®

ISBN 978-626-374-054-9
Printed in Taiwan

愛經典 0 0 7 1

金閣寺

作者—三島由紀夫｜譯者—尤海燕｜編輯總監—蘇清霖｜編輯—邱淑鈴｜企畫—張瑋之｜封面設計—朱疋｜內頁設計—沐多思—林瑞霖｜校對—邱淑鈴、蕭淑芳｜董事長—趙政岷｜出版者—時報文化出版企業股份有限公司　108019 臺北市和平西路三段二四〇號四樓　發行專線—（〇二）二三〇六—六八四二　讀者服務專線—〇八〇〇—二三一—七〇五、（〇二）二三〇四—七一〇三　讀者服務傳真—（〇二）二三〇四—六八五八　郵撥—一九三四四七二四時報文化出版公司　信箱—10899 臺北華江橋郵局第 99 信箱　時報悅讀網—http://www.readingtimes.com.tw｜電子郵件信箱—new@readingtimes.com.tw｜法律顧問—理律法律事務所　陳長文律師、李念祖律師｜印刷—紘億印刷有限公司｜初版一刷—二〇二三年七月二十一日｜定價—新台幣四五〇元｜（缺頁或破損的書，請寄回更換）

時報文化出版公司成立於一九七五年，並於一九九九年股票上櫃公開發行，於二〇〇八年脫離中時集團非屬旺中，以「尊重智慧與創意的文化事業」為信念。